直虎の城

山名 美和子
Yamana Miwako

時事通信社

目次

井伊家系図

（寛政重修諸家譜などより作成。＊印の名は本書の創作）

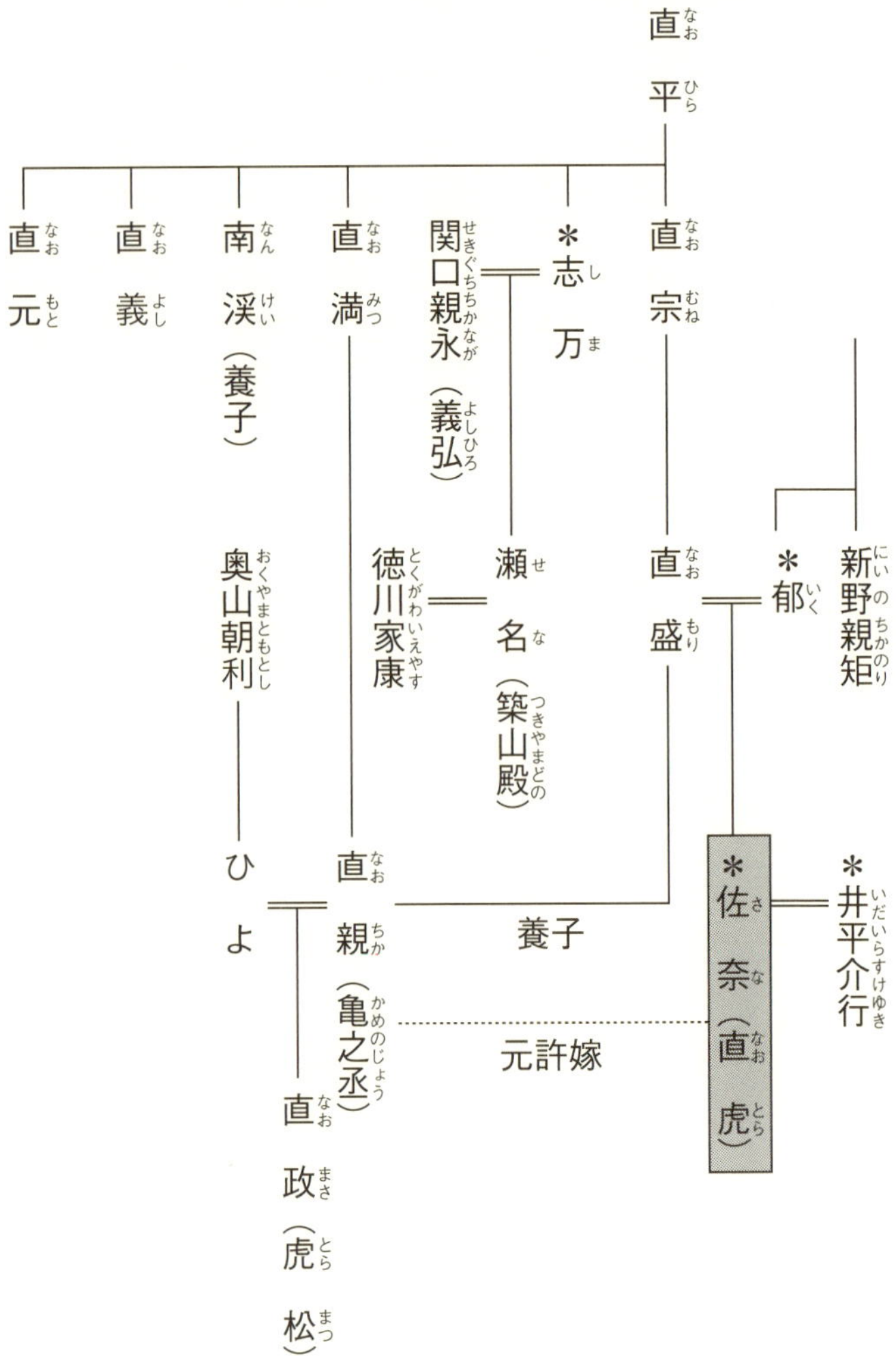

上図：遠江周辺の勢力図（1560年ごろ）　下図：舞台となる地域

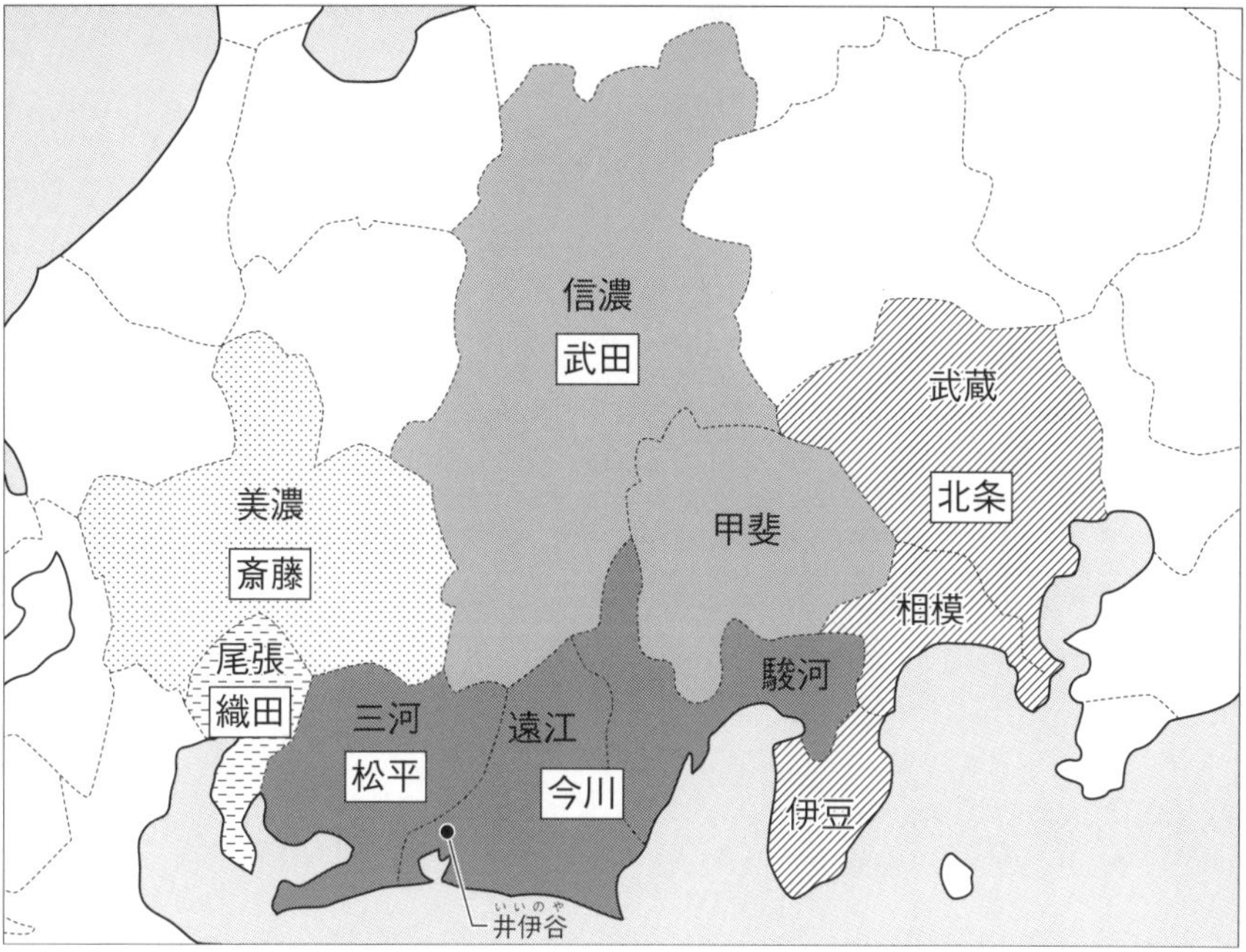

装画　ヤマモトマサアキ
装幀　イオック

第1章　井伊谷《いいのや》の暗雲

井伊館《いいやかた》の通用門を出ると、佐奈《さな》は堀沿いの土手道を急いだ。天文《てんぶん》二十二年（一五五三）夏、十六歳になった佐奈の上気した頬を明け方の湿った風がかすめていく。

――あのお方は生きておられた。生きておいでなら、お会いしてお話しせねばならぬ。

分別のない企てと分かっている。父上を困惑させ、怒らせるかもしれない。でも、お会いしたい。佐奈は抑えきれぬ思いに駆られていた。

許婚《いいなずけ》の亀之丞《かめのじょう》が突然姿を消したのは、佐奈がまだ七歳、亀之丞は九歳のときのことだった。

「亀之丞さまはどこ」と訊ねてまわっても、皆、首を横に振り、口を閉ざす。

おずおずと父の直盛《なおもり》に問いかければ、

「子どもがよけいなことを聞くものではない」

と、いつもの穏やかさにそぐわない険しい眼差しが返ってきた。

こうして何一つ知らされないまま今日まで九年、どれほど涙をこぼしたことだろう。あるときは大人たちをひそかに恨んだ。無事を祈り続ける佐奈を支えたのは、〝夫婦《めおと》の約束は来世までの契り〟という御仏《みほとけ》の訓《おし》えだった。

亡くなったという噂を信じたことはない。いつか約束はかなえられると、逢える日を待ち続けてきた。そして昨夜、亀之丞が信濃国伊那郡《しなののくにいなごおり》で生存していると知らされたのだ。出入りの商人・小弥太が、今朝、伊那郡に発つと聞いていた。小弥太に頼めば、逢う手立てが見つかるかもしれない。

佐奈は天文七年（一五三八）、遠江国《とおとうみのくに》（静岡県西部）の西部に位置する引佐郡《いなさごおり》の富裕な有力国人領主・井伊直盛の娘に生まれ、父母にいつくしまれて育った。穏やかな目鼻立ち、笑みをたたえる口もと、筋の通った小さめの鼻、後ろで結んだ元結《もっとい》を解くと細面の頬や額に黒髪がこぼれかかる。じっと見つめ返す瞳は思慮深さを感じさせ、その奥に意思の強さが秘められていた。

引佐郡は浜名湖の北東一里半（約六キロメートル）ほど、神宮寺川と井伊谷《いいのや》川に挟まれた山地に井伊谷城があり、山麓の本丸に住まいの井伊館が築かれている。

井伊谷城は台地の先端に築かれた防御の砦の山城で、山麓からの高さは二百六十尺（約八十メートル）ほど、敵の侵入を防ぐため山腹の斜面に沿って掘った竪堀《たてぼり》や尾根を横切って削った切岸《きりぎし》を設け、土塁、櫓を築き、平らに削った山頂の主郭には数棟の武器庫や食糧蔵などが置かれていた。豊かな木々に覆われた周囲の山々は尾根と谷が入り組み、城の眼下には田畑がのびやかに広がる。そのはるか向こうは浜名の湖《あわうみ》だ。

麓の居館・井伊館が井伊宗家の住まいになっている。

館の本丸は、南北の長さがおよそ百二十間（約二百二十メートル）、東西がおよそ七十間（約百三十メートル）と広大で、四方を土塁で囲み、その外側に水堀がめぐらされている。南側の大手門には望楼型の櫓が上げられ、北側に搦手門《からめてもん》（裏門）を設け、西側の通用門は城山への登山道に通じる。番小屋の並ぶ東側は商人や百姓らの出入りする枝折戸《しおりど》になっていた。

この広々とした敷地の中央、庭園に面して宗家の屋敷が築かれていて、当主の井伊直盛、妻の郁《いく》、そして佐奈が暮らす。隣接して隠居屋敷、宗家一族の屋敷、武者所が軒を寄せ合い、一族は親しく行き来していた。

土塁の内側に沿って郎党小屋、武器庫、穀物蔵、厩、使用人の住まいなどが点在、ひと塊の一族の屋敷の裏手北側から搦手門の付近まで、一面に畑地が広がる。

これが佐奈の生まれ育った井伊館であった。

本丸の外郭に土塁や門を設けた二の丸、三の丸が置かれ、重臣の屋敷が軒を連ねている。外廓は本丸の四倍ほどの広さがあり、その外側は城下の町屋や市がにぎわっている。

井伊谷の山野には高く土盛りした数百年も昔の古い墳墓がたくさん築かれていて、

「これらは井伊家の祖の豪族が築いたものだ」

と、佐奈は曽祖父の直平《なおひら》からしばしば聞かされていた。

古くから一帯に勢力を張った豪族だったこともあり、井伊家の別家は十二、三流を数える。それぞれが、遠江西部を占める引佐郡の奥山郷、伊平《いだいら》（井平）郷《ごう》、渋川郷などを支配する国人領主であり、山城や砦を築いて井伊谷郷の宗家を中心に広大な引佐郡を守っていた。

直盛は武家の多くがそうであるように、元服するとすぐ、井伊家の家老・新野左馬助親矩《にいのさまのすけちかのり》の妹・郁《いく》をめとっている。佐奈をもうけたのは直盛が十七歳のときであった。たっぷりとした黒い髪、ひいでた額、ぎょろりと大きな目に鼻も口も大ぶりで、威圧感のある武将らしさに恵まれた風貌の直盛だが、人柄は温厚で、家臣らの信頼は厚い。

十六年前、佐奈が生まれた頃、曽祖父、といってもまだ六十歳前の直平が家中すべてに目くばりをしていた。剛毅な武人だが、慎重な性質《たち》で情が深く、村々の百姓衆には直平を慕う者が多い。祖父・直宗《なおむね》は三十代の半ば、引佐一円を治める惣領の立場にあった。直宗の見とれるほどとりりしい騎馬姿、進退自在の切れ味のある戦いぶりは一族のあいだで評判が高い。

若いながら温厚で辛抱強い直盛が領内の田畑や山林の開発を推し進め、直宗の弟たち、つまり直盛の叔父にあたる豪放で一本気な直満《なおみつ》と、直満に心服して従う屈強な武人の直義《なおよし》、この兄弟は持ち前の気性にふさわしく軍事を任されていた。

佐奈はこの頃の井伊谷が、どんな勢力に囲まれていたかを、年端もいかないうちから耳にして育った。

「直盛、佐奈には、よう聞かせておけ」

七十代になった直平は、あいかわらず家中の指南役だ。窪んだ眼窩に黒々とした瞳、ちょっと尖った鼻、鼻の下と縦皺のよった頬には、白髪交じりの髭がたくわえられている。

「井伊の惣領家に生まれたからには、しっかりと胸中に刻んでおかねばならぬことがある。わしが語ることを、佐奈がちゃんと受け止めると期待を込めて伝えるぞ」

直盛に語れと命じながら、直平は佐奈に、さあ、ここに座れと、胡坐《あぐら》の膝を叩く。直平の分厚い膝に乗っかり、大きな手に抱えられるのが大好きだった。

遠江の東側、駿河国《するがのくに》（静岡県中央部）では家督を継いだばかりの守護今川義元が戦をくりひろげて、遠江や三河（愛知県東部）の国人衆を次々と配下に従えていた。

「井伊家がもっとも大きく関わるのは今川なのじゃ」

こんなふうに話すとき、ちょっとしわがれた声が佐奈の耳もとにかかる。くすぐったくて、直平の顔を押しのけたものだ。だが、話の中身の大切さは、佐奈にも感じ取れた。

井伊家はすでに、今川氏の旗のもとに組み込まれていた。

「わが家《いえ》にとって、これが実に困難をもたらしておる。だが恐れなければならんのは今川ばかりではない。甲斐国《かいのくに》では、守護の武田信虎が国人領主と激しく抗争し、甲斐一国をほぼ制圧した」

遠江は強大な軍事力で他国へ侵攻する彼ら大大名の威力にさらされていた。

「だからな、命懸けで領地を守らねばならん。それが井伊家の負う運命《さだめ》なのだ」

こう締めくくるとき直平の声は、いつも力をおびた。

「直平さま、そんなに詳しゅう話しても、佐奈はまだ幼いゆえ」

直盛が止めようとするが、

「いいや、半端な子ども扱いはならん。佐奈はきっと分かる」

意に介せず話を続けたものだ。

この頃、尾張国《おわりのくに》では織田信秀が守護代である織田本家をしのいで勢力を伸ばし、美濃の斎藤道三《どうさん》は守護土岐《とき》氏の内紛を画策して台頭。守護という古くからの権威がおびやかされ、とても領主になれないような身分の低い者が兵力をもってのし上がり、大名という領国支配者として成長していくようになった。

隣国三河でも遠江と同じように有力国人衆が勢力を競い合っているが、いっとき父祖の地・岡崎城（三河中央部）を追われた松平広忠が帰城を果たし、勢力を回復し始めている。

「三河は引佐のすぐ隣、この井伊谷の山を西に越えれば三河だ。直盛、奥三河の鈴木氏は、近ごろ、どんな様子かの」

直平は佐奈を膝に置いたまま直盛に目をやった。

「重時どのの築いた三河寺部城《てらべじょう》（愛知県豊田市）も織田との小競り合いに苦戦しておるとか」

「そうか。佐奈、奥三河に井伊と親しい鈴木氏という国人がおる。そなたにはまだ難しい話かもしれん。だが、知っておれば、いつか、そなたの糧になる。その糧をもとに井伊を保っていかねばならんのだぞ」

そんなふうに言いながら、直平は佐奈の肩に手を置いたものだ。

国人領主たちは互いに攻防を繰り返しつつ、次第に大名の指揮下に組み込まれていくのだが、それでも自領の支配権は保持していた。

井伊家は引佐郡に古代から土着していた豪族だったが、二百数十年前、武家として力を持つと、今川氏と存亡を懸けて抗争を繰り返すようになった。直平が語る「井伊家と今川の大きなかかわり」である。

今川の強圧あるがゆえに、曽祖父、祖父、祖父の弟たち、そして父の直盛と、井伊家の親子兄弟は強く結ばれ、支え合ってきたといえよう。

佐奈が生まれる前々年、天文五年（一五三六）、今川義元は家督を継いでまもなく、井伊家の本城・三岳城《みたけじょう》を返還すると通告してきた。義元の父・氏親《うじちか》が井伊家と抗争のあげく二十年前に奪った城だ。井伊谷城から北東へ一里弱、高さ千五百尺（四百五十五メートル）を超える三岳山山頂の城は二百年ほど前に井伊家が築き、浜名の湖はもちろん、曳馬《ひくま》（浜松）や遠州灘まで見晴らせる井伊谷支配の要所だった。

三河全域の支配をもくろむ今川氏は、侵攻の途上に所領を持つ井伊家を足がかりにしようと欲して城を返すと伝えてきた。今川の事情はどうあれ、井伊家にしてみれば切望し続けた本城の返還に、ひとまずの安堵があった。

ところが三岳城返還には今川の配下となる条件が付けられていた。人質まで要求され、遠い昔から引佐を支配してきた井伊家は、全盛の勢いを誇る今川氏の膝下に屈したのである。これをきっかけに、井伊家は衰退の道をたどっていく。男たちは今川の手によって次々と命を落とし、家を支える者を失ってしまう。佐奈は、この苦難の嵐になぶられながら育ったといっていい。


亀之丞は直盛の叔父・直満の子なので、直盛とは年の離れた従兄弟同士だ。互いの屋敷は隣り合っていたから、佐奈は亀之丞や家臣の子らと田んぼの水路で鮒《ふな》やおたまじゃくしをつかまえたり、城山の林でどんぐりを拾ったりと、一緒に遊んで育った。面倒見がよく朗らかな性質《たち》の亀之丞のまわりには、いつも子どもたちが集まっていた。

「佐奈、ついておいで。すずめの巣を見せてあげるから」

手を引かれ畦道《あぜみち》を駆けた。そんなとき亀之丞の色白の頬が淡い朱に染まり、佐奈の目にまぶしく映った。

「ほら、巣は、あの高いところだよ。見えるかい」

小屋の軒下を指さしながら、ひょいと佐奈を抱きあげる。

「庇《ひさし》の陰の、そうそう、藁《わら》くずがたまっているだろ」

餌をねだる雛の鳴き声が聞こえた。

「あっ、あそこね」

指差すと、

「そう、よく見つけたね」

笑顔で褒め、兄さんぶって佐奈の髪をくしゃくしゃとなでる。ほかの女の子よりやさしくされるのが、佐奈はちょっと自慢だった。

七歳のある日、直盛は佐奈と亀之丞を膝前に座らせた。

「ゆくゆく亀之丞を養子に迎え、そなたら二人は夫婦《めおと》になる。わしと叔父の直満どのとで話しおうたことじゃ」

改まった口調だったので、大切なことが決まったのだと分かった。夫婦とか許婚の意味などよく知らないながら、

――ずっとずっと亀之丞さまと一緒にいられる。

と、どれほどうれしかったことか。

「内々にせよ婚姻を約した証《あかし》に、そなたたちに渡す品がある。郁、それを」

棚の手箱を持って来させ、直盛は、そろいの錦の袋包みを二人に手渡した。小柄で目鼻立ちも気性も温和な郁だが、気丈なところがあり、ときには直盛と言い争いもする。けれど直盛は内心、しっかり者の妻を頼りにしているようだ。

「さ、紐を解いてみよ。篠笛《しのぶえ》じゃ。亀之丞には『青葉』と名づけられた笛を。もう一本は『初音』。これを佐奈に」

受け取ると、ふたりは顔を見あわせ微笑んだ。

「見よ、内側ばかりでなく、外側も黒漆塗り。澄んだ音の響く高価な笛じゃぞ」

直盛は満足そうな笑みを向ける。

佐奈はひとり娘だった。男児に恵まれなかった直盛は佐奈に婿を取ろうと考えた。一族のごく内輪で話し合いをかさね、亀之丞なら血筋も申し分なく、歳も佐奈と近いことから、最適の婿だと意見がまとまった。亀之丞は直満の嫡子である。大切な跡取りを惣領家に差し出すことにより、家の絆はいっそう強まると期待された。直盛はまだ跡継ぎに焦る年齢ではないのだが、今川の命令で休みなく戦に駆り出され、常に命の危険にさらされていた。

家の存続に差し迫った不安が生じたのは、二年半前、天文十一年(一五四二)のこと。佐奈は当時五歳だったから、この激震をずいぶんあとになって聞かされた。

「直宗さまが討死なされた」

井伊館に衝撃が走った。惣領家の当主が戦死したのである。今川義元に三河国への出陣を命じられ、渥美郡《あつみごおり》の田原城《たはらじょう》(愛知県田原市)を攻めるさなかの死であった。

義元の田原城攻めは、尾張国守護の斯波氏をうわまわる権威と地位を手にした織田信秀への挑戦だった。信秀は今川氏の城・那古野城《なごやじょう》（名古屋城）を奪い、足利幕府や朝廷に献金して三河守の地位を手に入れた。三河は今川氏発祥の地である。その信秀に接近の気配をみせる田原城主・戸田氏に対し、制裁の戦を仕掛けたのだ。戸田氏は敗れ、義元に従属することになる。

田原城攻撃に際し、義元から井伊軍は先鋒を命じられた。直宗は何かを予感したのか、

「戦といえば井伊軍が必ず最前線で戦わされる。先鋒を名誉という者もあろうが、それは違う。先駆けは犠牲も大きい。どれだけ、わが兵と、わが家財を失ってきたことか。今川にとって井伊は新参ゆえ忠誠を試そうと、激戦の場へ送るのじゃ」

こうつぶやいたという。

長い抗争の末、井伊家がやむなく今川氏に従ってから、わずか六年ほどしか経っていなかった。直宗は父親の直平に似た戦巧者で、冷静に筋道を立てて物事を考える。理不尽さが重く心にのしかかっていたのだろう。

直宗の討死に井伊家中も引佐郷も騒然とした。直宗を守っていた重臣の騎馬武者や徒歩《かち》の兵も討死している。兵は普段は田畑を耕し家族を支える民たちだ。当主と多くの家臣や兵を失い、領内は深い嘆きに沈んだ。

「酷《むご》すぎる…。そもそも、なんのための戦だったのであろう。三河の戦など井伊が欲したものではない」

気丈な直平だったが、宗家を任せた長男の戦死に沈み込んでいた。直盛の落胆も大きかった。

「何ゆえ働き盛りの父や兵らが、最前線に送られ命を落とさねばならんのか。たくさんの百姓らが戦に倒れてしまった。引佐の田畑をどうせよというのか。どこまで戦の出費を賄えばいいのか」

ひそんでいた伏兵に襲われての死だったことも、武士としてあまりに無念だった。

「直盛、井伊家はこれから、そなたが背負うことになる。直満や直義を頼るがいい」

悲しみのなかにあっても、直平は宗家の行く末への心配りをおろそかにはしなかった。

今川への不満は広がったが、誰も表だって口にはしない。近在に今川から派遣された家臣が常駐し、監視の目は行きわたっている。井伊家の家臣たちの思惑もさまざまだった。あくまで自立した国人領主としての井伊家であろうとする者、今川と連携を深めて安定を望む者、奥三河など四囲の国人と組んで西遠江の強化を図ろうとする者など、いっこうにまとまらない。不平を声高に言いつのれば、謀叛だ、裏切りだと騒ぎになりかねなかった。

この上、直宗の跡を継いで当主となって間もない直盛の命が脅かされれば、家中も領内も混乱は避けられなくなる。これが跡継ぎを急いで決めた理由であった。

直盛も重臣らも井伊家の安泰に見通しがつき、ほっとしたのだが、亀之丞を養子にしようとする内々の約束は、わずか数ヵ月後、井伊家をさらなる激震に陥れた。

亀之丞の父・直満と、その弟・直義が今川義元に呼び出され、謀叛の罪で殺害された。数日後に亀之丞の姿も消えた。直満と不仲の重臣たちがめぐらせた謀《はかりごと》によるものだった。

恐怖に駆られたあの時を佐奈は忘れない。屋敷内を駆けまわる家臣の怒鳴り声が飛び交い、やがて急にしずまった。二人、三人と寄り合っては、ひそひそと立ち話する姿が目にとまる。佐奈はおびえた。

郁は佐奈に、

「屋敷から出てはならぬ」

と厳しく命じ、乳母や女中たちが、まるで見張るようにつききりだった。

数日のうちに、宗家の裏手の直満と直義の屋敷が壊された。今川の詮索を怖れ、直満らの謀叛のたくらみは惣領家の知らぬこと、としなければならなかったのだろう。その様子を佐奈は、物陰から覗き見ていた。がらんとした空き地に散らばる石ころや茶碗のかけらに亀之丞の残したものはないかと、佐奈は「亀之丞さまはどこ、どこにいらしたの」とつぶやいて、空しく探しまわった。

年が明けても屋敷内の人びとの表情は曇ったままだった。曽祖父・直平は座敷にこもり、日ごろの精悍さは影をひそめていた。惣領の直宗が戦死したばかりなのに、二男と三男がこともあろうに今川義元に謀叛の疑いで討たれたのだ。

三岳城を奪われ、今川の監視者を井伊の領内に入れざるを得ない時世になったのは、ほかならぬ直平の若き日のことである。すでに四男も病で亡くしていたから、僧籍にあるひとりを除き男子をすべて喪ってしまった直平だった。戦に負けるとは、田畑など領地、その支配権、多くの命、家財まで、かけがえのないものを奪われることだ。惣領家を担った者として、その無念や悲しみは、いかばかりであっただろう。

冬の淡い陽がそそぐ昼下がり、庭先にたたずむ直平の背が小刻みに揺れていた。佐奈はそっと近づき、直平の骨ばった手に小さい手をすべり込ませた。

「おう、ちび娘か」

冷え切った手のひらが握り返す。その腕に佐奈は頬をすり寄せた。やがて時が過ぎるにつれて、佐奈は思うようになった。

——亀之丞さまの行方知れずには、何ごとかが秘められている。

その「何か」を確かめる手立てがないままに過ぎた歳月が、どれほど長かったことか。

——夫婦の約束は来世までの契り。きっと、お帰りになる。井伊の家督を継ぐことを、お忘れになるはずはない。

佐奈は、いつしか口数の少ない、人の話にじっと耳を傾ける娘に育っていった。

昨日、佐奈は鬢削《びんそ》ぎの儀式を迎えた。十六歳の六月六日に行われる習わしで、男子なら元服にあたる。許婚や、その父兄が鬢の先を切り削ぎ、この日から女子も成人となる。長い垂れ髪の鬢のあたりを頬の下で切りそろえ、大人の女らしい華やかさがそなわるのであった。

「佐奈さま、お館さまの命によって、ご無礼をいたしまする」

そう言って遠慮がちに鬢に小刀を当てたのは、遠縁の井平介行《いだいらすけゆき》という見も知らぬ若者だった。

ずんぐりとした髭の濃い男だが、言葉つきや立ち居振る舞いには気品が感じられた。

——ほんとうなら亀之丞さまが削いでくださるはずの髪。なぜ亀之丞さまでなく、この方が…。

いつも髪をなでてくれた亀之丞の手が思い起こされ、つと近寄った介行から、一瞬、顔をそむけそうになった。

式を終えるやいなや、佐奈は手荒く髪に指を通して束ね、袴《はかま》を着け、襷《たすき》で袖をくくると、木太刀《きだち》を手に屋敷の裏にまわった。ここは佐奈の剣術や長刀《なぎなた》の稽古場だ。ちょうどいいことに、祝儀さえなければ毎日の稽古の刻限である。愛馬・汐風《しおかぜ》の薄墨色のたてがみを撫でると、いつも心が落ち着く。

「姫《ひい》さま、お祝いの席がととのっておりまする。こんなときに稽古など」

佐奈の小間使いアヤメが走り寄り、あわてて止めにかかる。

「いいから繁孝《しげたか》を呼んでくるように。戦続きの世じゃ、敵襲は待ったなし。祝いなどと浮かれておれば隙を突かれるだけであろうが」

日ごろ、穏やかな物言いの佐奈だったから、アヤメはおびえて立ちすくんでいる。歳は十五、郷《さと》の商人《あきんど》の娘でまめまめしく働く。叱られたと思ったのかアヤメの唇がゆがみ、今にも泣きだしそうに見えた。

「繁孝をこれへ」

佐奈は声をやわらげた。アヤメははじかれたように屋敷へ走る。

繁孝は井伊家の家老・中野越後守直由《なかのえちごのかみなおよし》の縁者だという二十代半ばの若侍だ。中野氏は井伊の別家でもあり、幼少から小姓として直盛のそばに出仕し、元服後も近習として仕える直盛お気に入りの家臣だ。

武家の娘はたいていが剣術や長刀、乗馬を仕込まれる。男たちの出陣後、留守城や屋敷に敵襲があれば防いで戦い、万一の辱しめから逃れるため、鍛錬を怠らない。直盛は腕の立つ繁孝に佐奈の稽古を任せた。

繁孝はほかの家臣のように佐奈に気づかいをしたり、へりくだることもなければ、遠慮することもない。まるで兄のような厳しさで接する。上背があり、目鼻立ちも整い、刀槍がめっぽう強い繁孝は、屋敷の女中たちの噂の的だが、無口で素っ気ない。その素っ気なさが佐奈には都合がよかった。あれやこれや考えず、ひたすら稽古に励み、ときには繁孝を供に従え、風を切って汐風を駆けさせる。汗を流したあとは気が晴れた。

素振りをする佐奈に繁孝は、

「手加減はしませんぞ」

言うなり木太刀をかまえた。

「ヤーッ、トー」

打ち込んだとたん佐奈の木太刀は叩き落とされた。こんな成り行きは、めったにないことだ。

「頼りないことじゃ、太刀を拾われよ」

繁孝は冷やかに命じる。佐奈は打って打って打ち込んだ。手のひらも腕もしびれ、こめかみから汗がしたたり落ちる。

「これまでっ」

繁孝の声が飛んだ。

「なぜじゃ、はや、まいったか」

息を切らせる佐奈に、

「佐奈どのの負けじゃ。心が乱れておりまする。戦場でこんな斬り込みをしてみよ。頸《くび》を掻かれておしまいであろう」

稽古のさなかから、実は佐奈にも分かっていた。これはまずいと。それでも弱みを突かれれば、

——ふふん、小癪な、

と意地も張りたくなる。がむしゃらに振ったところで、いっこうに喉元のつかえは消えなかった。


夜になって直盛は佐奈を仏間に呼んだ。

「成人した今、すべてを話すときがきた。納得してほしいこともある。そなたは井伊惣領家のひとり娘。男であれ、女であれ、跡取りは跡取り。井伊の家を守ること、引佐の広大な領地を栄えさせること、そこに生きる百姓や商人《あきんど》の生業《なりわい》を長く保たせること、これが佐奈の肩にかかることになる」

直盛は背筋を正し、妻の郁に向きなおった。

「郁、そなたにも亀之丞の消息は、言うておらなんだが…」

佐奈は息を詰めた。亀之丞のことが語られようとしている。

「実は…、亀之丞は、信濃国伊那郡の、さる有力な領主に守られ、領内の寺にかくまわれておる。立派な若者になったと伝え聞く」

「生きておられる…。ご無事なのですね…」

驚きと、胸が痛くなるほどのよろこびのあと、急に不安が込みあげた。あまりに長い歳月が過ぎている。亀之丞は変わってしまったかもしれない。顔かたちはもちろん、心持も、夫婦の約束も。そして震えが止まらなくなった。それを知ってしまったら、夢にさえ抱き続けた想いが壊れてしまいそうな気がした。

――もう十八歳になられた。どのような若武者であろうか。背丈は…、お顔立ちは…、昔みたいなやさしいお声で、佐奈と呼んでくださるのか…。

若者となった姿を思い描くことができない。急な別れの、その間際まで、ここ遠江国井伊谷の郷《さと》で無邪気に戯れて暮らしていた。瞼に浮かぶのは、その頃の面影ばかりだ。陽気で目鼻立ちの涼やかな少年だった。難しい書物を読みこなし、手練《てだれ》れの家臣を相手に持ち前の負けん気で木太刀を打ち込んでいた。佐奈だって、もう子どもではない。幼い切髪姿やぽっちゃりした体つきは消え、背丈はすらりと伸びた。

――佐奈のこの面差しを亀之丞さまがご覧になったら、何とおっしゃるだろう。

「大人になったな」と、幼い日のように頭をなでてくれるだろうか。

佐奈の想いは直盛の声に断ち切られた。

「生きておること、隠し通さねばならぬ重大な事情があった。呼び戻すことも、便りのやり取りもできなんだ。亀之丞の身を何としても守るためじゃった」

直盛は、言葉を選びながら、佐奈の大叔父にあたる直満と直義が今川義元に殺害され、亀之丞が行方知れずとなった九年前、天文十三年（一五四四）の年の瀬の出来事から語りはじめた。

「直満どの、直義どのを討ったうえ、義元は和泉に亀之丞の殺害を命じた」

和泉とは直満の家老小野和泉守政直《おのいずみのかみまさなお》のことだ。井伊家が今川家に臣従したとき、今川家から監視役の付家老《つけがろう》として遣わされた。

「亀之丞を斬ろうと…。なんと酷いことを」

郁は眉をひそめ低くつぶやく。

「殺させてなるものか。わしが跡取りと定めた、わずか九歳の少年じゃ。和泉の屋敷にも、わしの手の者を忍び込ませておる。刺客が送られると察したので、すぐさま伊平郷の奥、黒田の山中へ落ち延びさせることにした」

伊平郷は、井伊の別家である井平氏の所領だった。井平氏は直盛の母や祖母の実家でもある。

「危機は差し迫っておった。わずかな猶予もできぬほどに」

「では亀之丞は黒田郷に逃れ、そこに長くおったのですか。そんな目と鼻の先に」

郁が言うように、黒田郷なら井伊谷からほんの一里（約四キロメートル）と少しの距離でしかない。

「いや、そう簡単ではないのじゃ」

直盛は佐奈に向き直り、

「佐奈、今宵は何もかも話す。だが、すべてを知るということは、そのすべてをわが身に引き受けて、なすべき務めをまっとうするということじゃ」

成人したのだと胸の引き締まる思いで佐奈はこぶしを握りしめた。

「気丈で利発な娘にございます、お館さま」

郁が口添えをする。

「そもそも事件をたくらんだのは、和泉じゃ」

そのいきさつを知りたいと佐奈は望んだ。

「お館さま、お声が高い。和泉どのを名指しするなど物騒な」

あわてて郁がいさめる。

「今さら内緒話をしても始まらん。あやつだって、おのれの仕業を隠す気もないじゃろう。何しろ今川が後ろ盾だ。〝直満と直義、謀叛〟と義元に注進したのは、ほかならぬ和泉じゃ。義元と親しい谷宗牧《たにそうぼく》が、ちょうど井伊谷にやって来た。それだって怪しいではないか。宗牧と面《つら》を突きあわせ、さらにはかりごとをめぐらせた。〝義元さまにお伝えくだされ。謀叛はまちがいない。一刻も早いご処断を〟と耳打ちしたのだ」

宗牧とは、ちょうどそのころ井伊家にやって来た連歌師のことだ。

「そうであったとしても、和泉は井伊家の家老にございます」

おしとどめる郁をふりきるように直盛は続けた。

「たとえ立ち聞きしておっても、あの者は薄笑いを浮かべるだけじゃ」

――ならば、なぜ討たぬ。

佐奈は父母のやり取りに耳を傾けながら和泉守の肥えた体つきや、体格にそぐわない細くとがった顎を思い浮かべた。不思議なくらい佐奈には愛想がいい。

近郷に住んでいた小野氏が井伊家に召し抱えられたのは曽祖父・直平が頭領のときだった。義元は三岳城を井伊家に返還するにあたり条件を出した。直平の娘を人質に差し出すこと、小野兵庫助《ひょうごのすけ》を家老として召し抱えることの二つである。

城が井伊家に返されるという悲願がかなうなら、交換条件は呑むしかなかった。直平は娘の志万《しま》を人質として駿河に送り、兵庫助を直平の二男・直満の家老として迎え、井伊館のすぐそばに屋敷まで与えた。兵庫助が死ぬと和泉守政直が家老職を継ぎ、直満亡きあと、井伊宗家の家老となっている。その嫡子・但馬守道好《たじまのかみみちよし》が和泉守の跡を継ぐ構えだ。

「佐奈、よう覚えておけ。小野親子は今川のまわし者じゃからな」

日ごろ辛抱強い直盛が、めずらしくうっぷんを口にした。

「亀之丞を養子にすると決めるや、家臣らにくすぶっておった思惑の違いが一気に噴き出した。誰が、どう思うておるか腹の内が、よう読めた。だが、考えの異なる者であっても、排除はできぬ。三者が寄れば三様の思惑、この者たちとの均衡は、それぞれの背後にいる近隣諸国との均衡なのだ。いいか、佐奈。いずれかに傾けば、この引佐を、いや遠江を手中にしようという輩の餌食になる」

これが大大名や強大化する国人らに囲まれた引佐郷が抱える宿命であった。引佐郷ばかりではない。遠江の国人たちの、家の存亡を懸けた苦難といっていい。戦の世とは何とおぞましいものか、思いは佐奈の骨身に沁みる。

養子問題でざわつく年の瀬、直満・直義兄弟が駿河府中（静岡市葵区）の今川館に呼び出された。何ごとかと家中は震え上がった。よいことであろうはずはない。だが、府中行きを拒むことなどできようはずもなかった。

直盛は叔父たちの出立に際し、

「不穏な気配に感づいたら、武士の意地などかなぐり捨て、井伊の今後などに悩まず、どうか、なりふり構わず逃げてくだされ。今川の追手は井伊家がこぞってお引き受け申すゆえ」

と懇願した。

見送ったあと、不吉な胸騒ぎは日々募っていく。そのさなか、京を発ち近江、尾張、三河へと連歌興行を催してきた谷宗牧が井伊谷にやって来た。

「なんで、こんな落ち着かぬおりに、正直申せば迷惑なことと…」

歓待のため、郁はおなご衆に指図して、接待におおわらわだったという。京の公卿や諸国の大名らとも親しい宗牧は、賓客として扱わなくてはならない。直盛は三河との国境まで家臣を出迎えに行かせて酒をふるまい、井伊館に迎え入れたのは、十二月十二日夜のことだった。

七歳の子どもが顔を出す場ではなく佐奈は知るよしもないが、

「旅から旅で日焼けはしていましたが、さすがは宗匠、細身の体つきで卑しからぬ風情のお方でした。長羽織に編笠、笠の下は白髪交じりの茶筅髷《ちゃせんまげ》。でも、濯《すす》ぎのとき、ふと目に入った脹脛《ふくらはぎ》が、がっしりと筋張っていて、何やら嫌なものを見てしまったような…」

郁は慌ただしく接待の支度をしながらも、客に目を凝らしていた。諸国を渡り歩き秘密にかかわる者の本性を感じ取ったのかもしれない。

ところが宗牧はその夜のうちに、そそくさと城下の和泉守の屋敷に入った。

「国境まで迎えに出てもてなしたというに肩すかしじゃ。まあ、そんなことはどうでもよい。とにかく不審としか言いようがない。和泉は言葉たくみに宗牧をおだて上げ、おのれの屋敷に誘い込んだのじゃ」

翌日は井伊館に家臣や領内の豪商たち大勢が集い連歌の座が持たれ、その後は夜分に至るまで豪華な酒肴の宴で賑わった。

「宗牧は、この日も、わが家には泊まらず小野屋敷に向かった。結局、和泉のもとに二泊。何なのじゃこれはと、正直、思うた。駿河の今川家へと発つというので、わが家臣が途中まで付き添った」

井伊領の南側を流れる都田川《みやこだがわ》の渡し場で、たっぷりの土産物を従者に持たせ見送ったという。直盛を立てようともしない和泉守と宗牧の行動は、さぞ不愉快だったに違いない。わが一族を陥れ殺めようとたくらむ者が、わが屋敷内で大手を振っていたとは何と恐ろしいことだろう。

「宗牧は今川館に着くなり人を遠ざけて義元と密談した。空ごとを言うておるのではない。わが手の者が探って参ったのじゃ」

――父上の手の者とは、どのような者であろうか。

先ほどからしばしば口に上るので気になっていた。戦は戦わずして勝つのが最善であると、佐奈は学んでいる。勝ちを制するには、確かな情報を掴むに如《し》くものはない。つまり、どれほどすぐれた間者を手の内に握っているかにかかっている。

十二月十四日に井伊谷を発った宗牧は十七日に駿河府中着。翌日、人を遠ざけて義元と話し込んだとの報告が直盛のもとには届いていた。宗牧が義元と密談したのは直満たちが懸命に申し開きをしているさなかだった。そのあと、直満兄弟への糾問は厳しさを増し、数日後、義元の命で殺害されたのである。罪状は今川の指示がないのに戦の準備をし、謀叛を企てたというものだ。

井伊家中は衝撃に打ちのめされた。井伊に服従を強いるため、今川の威力を見せつけようと直満兄弟を血祭りに上げたのだ。

直満兄弟に謀叛のきざしがあったとされたが、思い当たることはない。当時、周囲に紛争はなく、戦支度など考えられなかった。武士の家は常に軍装を調えているものだ。現に今川は突然の出陣を命じて来るではないか。もしかしたら、どこかの領主の間者か野武士と小競りあい程度はあったかもしれない。そんなことは、この一帯では日常茶飯事だ。それを謀叛と受け取られてはたまらない。

――和泉守が直満さまたち兄弟を陥れようと、ありもしないことを義元に告げた…。

こう判断すれば、亀之丞の行方知れずについてくすぶっていた疑念が解けていく。

直満と和泉の不仲は誰もが知っていた。直満は父親の直平に似て豪気だった。直平は強いばかりでなく、あの手この手で事態に対応する柔軟さを兼ね備えていたが、直満は一本気というか頑固というか、意思の固い男だった。井伊家の軍事を統率し、今川の侵攻に抵抗の姿勢を崩さない。そんな直満を和泉守は毛嫌いした。家老でありながら直満を懐柔できないのかと、義元からは無能を責められもしただろう。

「直満どのや直義どの叔父御たちを、わしはどれほど信頼し、頼りにしていたことか。子の亀之丞を惣領家の跡取りにすれば、井伊家は盤石となるはずだった」

今川は井伊が強くなるのを怖れた。かつて守護職にあった三河を隅々まで支配し、領地を持っていた尾張へふたたび進出するために、井伊の兵力を利用はしても、西遠江に支配の根を張られては妨げになる。そこで無実の者に濡れ衣を着せて殺した。今川配下になったものの、独自に力を伸ばす井伊家への見せしめだった。

「和泉はな、のらりくらりを装っておるが鼻っ柱は強い。名門旧家の出を誇り、宗家の家老でなく頭領の弟の家老なのが気に入らん。そもそも井伊家の臣下であることが不満なんじゃ」

本音が見え透いていると直盛は言う。

「和泉は今川義元の力を借りて野望をかなえようと、のうのうと井伊家に巣食っておる。いにしえの帝の血筋を引くほまれ高い家柄じゃそうな。土臭い井伊谷で小さくまとまりとうはない。世が世なら今川館の歌会や連歌の座、蹴鞠、禅宗の大寺での詩文のやりとり、あれやこれやの華やぎも味わえたはずだと、取るに足らぬことを大仰に望みおって。それが無理なら井伊家を乗っ取り、井伊谷を支配したいとな」

――そうかもしれない。

佐奈にも感じるところがある。

和泉守は香を焚きしめた袖を振りながら、

「おお、ひいさま、お会いするたびに美しゅうなられる」

などと、まるで公卿気取りだ。

――お香でごまかしたって、酒臭い息が消えるわけじゃないのに。

思い出すと身震いが起きそうになる。

和泉守はさしあたって、息子を佐奈の婿に送り込みたいと念じている。そうして井伊家を牛耳り、今川と手を組めば、近隣に引けを取らない大名にもなれると、身のほどを超えた望みを膨らませているのだろう。

実際、井伊家は大名にも劣らない支配圏、財力、軍事力を持っていた。引佐郡は山地から木材、薪や炭を産し、山を下れば、漁業の盛んな都田川や神宮寺川、井伊谷川などが田畑を潤す穀倉地帯だ。所領の石高はおよそ二万五千石。古くから朝廷や伊勢神宮の直轄領である屯倉《みやけ》が置かれ、公卿の領地があり、井伊家はそれらの所領を管理するなど深い縁を持っていた。また、引佐細江の湖《あわうみ》、さらに広がる浜名の湖は、水上輸送と、陸揚げ地の市から上がる豊かな富を井伊家にもたらしていた。

亀之丞が井伊家を継げば、実父の直満が莫大な財力、兵力を手にすると和泉守は警戒したのだろう。亀之丞が宗家に入ることに、和泉守は我慢ならなかったのだ。

——わが家は今、和泉守の野望を承知で耐えるしかない…。血にまみれた戦を避けるため、引佐領に平穏をもたらすため、井伊宗家と別家が、この地で長く立ち行くため。

佐奈がこう理解を深めることを期待して、直盛は今宵、語ったのだ。

「これで明らかであろう。和泉は今川の間諜だ。とにかく直満を葬らねばならんと、挙兵などという嘘をでっち上げた。義元も直満どのの握っている軍事力を恐れた。その根を断とうと、亀之丞殺害を命じる使者を放った」

落城などの際、勝者は、敗れた城主を斬首、または自刃させ、男児を処刑するのは戦の世の習いだったが、これは勝敗を懸けた戦ではない。子まで殺そうとする義元の卑劣なやり方に佐奈は憤ったが、すぐに気づいた。

——いや、これも戦、井伊と今川の戦じゃ。

召喚されれば武装もせず行かざるを得なかった大叔父たちの無念さが胸に迫る。

いまや多くの大名の中で随一の勢力を持つ今川、かたや配下の井伊。大国駿河と引佐郷。その力関係から生じる理不尽さを乗り越えて、戦で血を流さぬ日が来るであろうか。いつか晴れ晴れと陽を仰ぐことができるのだろうか。曽祖父・直平、父・直盛が担ってきた重い荷は、今日から佐奈もともに背負うのだ。恐れは、もちろんあった。が、井伊の跡取りとしての誇りも頭をもたげてくる。

「今川の使者は小野屋敷に陣取って、亀之丞を殺せと和泉の尻を叩いた。やらねば自分が殺されるだろうから命懸けだ。急いで身を隠させねば亀之丞が危ない。聡明なあの子を死なせてはならん。井伊家の継嗣を守らねばならん。じっくり考えるゆとりなどなかった」

当時を振り返る直盛の表情から、今なお切迫感が伝わってくる。

「直満の腹心の家臣・今村藤七郎正実《とうしちろうまさざね》の行動は素早かった。わしにさえ知らせず、亀之丞を井伊館から逃れさせたのじゃ」

今村藤七郎は亀之丞の傅役《もりやく》であった。傅役とは、生涯かけての養育係、後見役である。

そのときすでに、井伊館の周りを討っ手が囲もうとしていた。

「機転を利かせてな、台所に叺《かます》を見つけるや亀之丞を押し込んで背負い、何食わぬ顔で討っ手のあいだをすり抜けたのよ」

叺は豆類や穀類を入れておく麻袋だ。

「さすが直満どのの重臣、無事すり抜けたのは強運であった。藤七郎は剛の者よなあ」

こうして井伊谷を脱出、領内の黒田郷の山中に身をひそめた。

しかしほどなく、藤七郎は隠れ家をうかがう不穏な気配に気づく。和泉守配下の者が気づいたようだ。藤七郎は思案し、亀之丞が風邪をこじらせて急死し、傅役は責任を取って追い腹を切ったと村中に噂を流し、夜陰にまぎれ、さらに一里ほど北、渋川郷の東光院に逃れた。暮れの二十九日だったという。

「佐奈は今村を覚えておるか」

「ひげもじゃの大男…」

子どもだった佐奈にも、わずかな記憶はあった。のっぽでいかつい肩、大きな鼻で黒々とした髭面だが、笑うと目尻がやさしげだった。

「年が明けた一日の夜更け、藤七郎が井伊谷に一人で舞い戻り、龍泰寺《りょうたいじ》（龍潭寺《りょうたんじ》の前身）の南渓《なんけい》和尚を訪ねた。東光院が刺客に嗅ぎつけられるのも、間もなくだろう、もはや安泰ではない。どこか逃れる場所はないかと和尚に相談した」

遠江も三河も今川の支配下にある。この地域一帯から脱出するしかなかった。

南渓瑞聞《ずいもん》はこのとき三十歳をいくつか過ぎた年齢で、直平の養子であったから、直満・直義の義兄弟にあたる。龍泰寺は臨済宗妙心寺派の法統にあり、諸国の寺院は緊密に連携し情報を交換していた。寺院は戦の砦の役割を担い、僧侶は経典ばかりか兵学もふくめ豊かな学識を積んでいたことから、領地支配、軍事政策の補佐役、つまり軍師であった。南渓和尚も井伊家において、その任を果たしていた。

寺は学問の府でもあったから、佐奈も井伊谷城の武家の子も、六、七歳になると、皆、龍泰寺に通い、南渓和尚に勉学を教わって育った。

和尚は支援を求めてきた今村藤七郎に、

「事情はよう分かった、急がねばならんな、だがしばし待て」

と告げるや信州伊那郡《いなごおり》の市田郷《いちだ》に馬を走らせ、法縁のある松源寺《しょうげんじ》に使いを送って受け入れを要請、快諾を得たことを藤七郎に伝えた。正月三日、藤七郎は亀之丞を馬に乗せて東光院から市田郷へと発つことになる。だが、伊那路には不案内、しかも少年を連れての冬の山越えである。不安を察した東光院の住職・能仲《のうちゅう》が道案内を申し出た。こうして亀之丞は市田郷牛牧寺山《うしまきてらやま》（長野県下伊那郡高森町）の禅寺・松源寺にかくまわれ、この地の松岡城主・松岡右衛門太夫貞利《うえもんたゆうさだとし》の庇護を受けることになった。

「もっとも、わしがこの経緯を知るのは、亀之丞が伊那に落ち着いてしばらく経ってからであった」

直盛も知らなかったのだ。和尚への相談を含め、藤七郎はすべてを一存で行った。敵味方の見分けがつかない中で、亀之丞の行方が漏れるのを、よほど警戒したのであろう。

その後、直盛は和尚を通じて数年ごとに、ひそかに亀之丞の扶育糧を松源寺に届けるのだが、危険が大きいため緊密に連絡を取り合うことは避けた。その使いをしたのが塩商人の甚《じん》助《すけ》だったことも、佐奈はあとになって知る。

南渓和尚と松源寺の法縁は直平の信心があってのことだった。

臨済宗妙心寺派の名だたる名僧・文叔瑞郁《ぶんしゅくずいいく》が布教のため引佐の三ヶ日にある湊苔庵《りょうたいあん》に滞在していると聞いた直平は、さっそく訪ねて帰依し、永正四年（一五〇七）、井伊谷の自浄院《じじょういん》（龍泰寺の前身）に招いて院主とした。このころ臨済宗妙心寺派が禅宗の主流となっていたので、自浄院には文叔に学ぼうとする修行僧が参集し、井伊谷はおおいに賑わった。文叔は当時の松岡城主・松岡右衛門太夫貞正《さだまさ》の実弟で、永正十年ごろ、貞正が松源寺を創建すると市田に帰り、松源寺の一世住持になった。やがて文叔は五十歳を前に京都妙心寺の二十四世となる。

直平は天文元年（一五三二）、自浄院で修行した文叔の弟子・黙宗瑞淵《もくしゅうずいえん》を招き、龍泰寺の開祖とした。黙宗も各地の名刹に招かれ出向していたため、黙宗の弟子で直平の養子・南渓和尚が龍泰寺を守護した。法を受け継ぐ者の、このつながりにより、井伊家の危機は救われたのだ。

「龍泰寺の創建は、三岳城を今川氏親に奪われ、直平さまが今川家に臣従を強いられた頃じゃった。今川配下とはなったが、引佐にはいにしえから井伊家が築いた人脈がある。直平さまは寺を開き、社《やしろ》を修築し、郷の人びとの信心のよりどころを築き、村の繁栄や人びとの暮らしに心を砕いた。ゆえに井伊家は今も、国人領主としての支配は損なわれていないのじゃよ」

龍泰寺の南に、もとは地蔵寺という寺があった。天平五年（七三三）、大和国《やまとのくに》の僧で広く諸国に布教した行基《ぎょうき》によって地蔵寺が建立されたと伝わる。寛弘七年（一〇一〇）、井伊家の祖・共保《ともやす》は、付近の水量豊かな井に誕生し、地蔵寺で養育されたという。寛治七年（一〇九三）、共保が没し、ここに葬られたとき、寺号を自浄院とした。そして直平が自浄院をあらため龍泰寺を建立したのである。虚空蔵菩薩《こくうぞうぼさつ》を本尊とする。

龍泰寺は井伊館から南西へ十丁（約一キロメートル）ほど、神宮寺川が付近を流れる。共保誕生の井からまっすぐ北へ、土塁に囲まれた参道が続く。幾重もの土塁の奥、深い木立を背に堂宇が築かれていた。

「こんなわけで井伊家と松源寺は深い縁《えにし》で結ばれていた。何の心配もなく亀之丞を委ねることができたというわけじゃ」

郁にさえ知らせず、直盛と南渓和尚だけが秘密を固く守り続けたのは、小野和泉守、ひいては今川の魔の手を警戒するあまりだったにちがいない。

——もし、われが行方を知らされていたら…。

少女だった佐奈は秘密を守れただろうか。直盛が妻にも佐奈にも教えなかったのは、逃亡先があらわになる危険を避けるばかりでなく、秘密を背負う重さを与えないためもあっただろう。だが亀之丞の生死を知らぬがゆえに、悲しみ、苦しみ、逢える日ばかりを待った嘆きの歳月は、佐奈の胸深く刻み込まれ消えはしない。

「佐奈、わしは成人を迎えたそなたに、井伊家の重大な過去、これからに係わることを伝えた。佐奈はまだ若い。しかし、それに甘えてはならん。慎重に処していかねばならんのだぞ」

うなずく佐奈に郁がたたみかけ、

「佐奈、お館さまは大切な話をなさいますから、よう聞くのですよ」

と、佐奈の手に、そっと手を添えた。

「そなたに婿を迎えることにした」

「え、何とおっしゃいました」

信じられない言葉が直盛の口からこぼれ出た。

「婿を迎える」

「婿を…。どうして、そのような…」

とても受け入れられることではない。

「わしの決めた縁組の約束を七歳の日から大切に守り、亀之丞を慕うてきた佐奈だ。おなごとしての真心はよう分かっておる」

「婚約は来世までの契りにございます。破ることはできませぬ」

「だが、彼は井伊谷に帰れない。呼び戻せば殺される。危険は去っていないのじゃ」

「よう分かっております。ですから佐奈はいつまでもお待ちいたします」

「和泉は嫡子の但馬を当家に婿入りさせようと狙《ねろ》うておる。だがな、それだけは断じて許さん。決して小野親子を井伊家に入れぬ。これは、わが一身を懸けた面目なのじゃ。しかし、万一、義元が命じてきたらどうする」

ありえない、とは言い切れなかった。下命を拒めば、井伊家の者が血を流しかねない。

それに、但馬のずるがしこそうな視線が嫌いだ。佐奈は動揺し、言葉を失った。

「亀之丞を、あきらめてくれ。そなたが不憫でならん。許婚などと決めたこと、済まなんだ。結ばれる日を待ち続け、どれほど悲しかったであろう。苦しかったな。佐奈の心の内は、十分に承知しておる。だが、跡取りは、どうしても決めねばならん。その者に家を任せ、やがて佐奈が子を産み、井伊家を存続させねばならん」

ふくらみ続けた慕情がこんな終わりを迎えるなどと、想像したこともなかった。涙がこぼれ落ちる。

「あのお方を、佐奈は裏切るのですね」

こう言えば直盛を責めることになる。それでも言わずにいられなかった。いっそ亡くなったのであれば…。それなら婿取りは仕方のないことかもしれない。だが亀之丞は生きているというではないか。父親を殺害され、母や許婚と引き裂かれ、どれほど寂しかっただろう。見知らぬ地で、見知らぬ人びとに囲まれ、故郷を思い、帰る日を待ち続けているにちがいない。

肩を震わせる佐奈を郁がそっと抱きしめる。

「井平介行を婿に迎えることにした」

当主としての、佐奈への命令であった。

――ああ、あのお方…。それで鬢削ぎをなさったのだ…。

ようやく思い当たった。井平家から井伊家へ嫁いできた祖母の縁者だという。

「おゆるしくださいませ」

涙ぐむ郁をふりほどき、佐奈は座を立った。

「納得してはくれまいか、佐奈」

絞り出すような直盛の声が佐奈の背を追う。


夜が更けていった。父母の部屋の灯もちらちらと揺れて、消えてはいない。すべてを知るということは重荷を背負うことだと直盛は言った。荷を負うとは、こんなに苦しいものなのか。


――消息など聞かねばよかった。帰ることもできないというのに、生きておられることなど知りたくなかった。

裏切りという声が耳の中に駆けめぐる。一瞬、亡くなってしまっていたのならと思ったが、そうであれば直盛の命も素直に受け入れられただろうか。

——いいえ、亡くなられたとしても、佐奈は婿など迎えられない。

婚約は二世《ふたよ》の契り、冥途の果てまでも抱いていくものであった。死別したのであれば、髪を落とし、生涯、弔いの日々を送るのが道だ。

心の乱れたまま、佐奈は手箱から亀之丞とそろいの笛・初音を取り出した。郁に教えられ、亀之丞と稽古した日々がよみがえる。

亀之丞はすぐに上手になり、

「ほれほれ、歌口には唇は柔らかくして、そっと当ててごらんなされ。そう、指孔はぴたりと押さえ…」

などと言いながら、手を添えて佐奈に稽古をつけたものだ。

「よいよい、ゆっくりと上達すればよい」

そんな励ましがほしくて、ちょっと音をはずしてみたこともあった。

城山の麓の大木に寄りかかり、亀之丞は美しい音を響かせていた。秋であった。笛の音に誘われて黄葉が小止みなく舞い散る。やがて茜色の夕焼けが、亀之丞の顔を染め上げた。

——あのお方は今、お一人で笛を奏でておいでだろうか。

信濃の山里で笛を吹く亀之丞の姿が目に浮かんで胸苦しく、佐奈は手にした初音を奏でることはできなかった。

この縁談を断れないと分かっている。父上の命令に叛くことはできない。まして今宵、父上は、佐奈が井伊家を末永く守らなくてはならないと、遠い先について言葉を尽くして語ってくれたではないか。武家である井伊家の苦悩を佐奈も心に受け止めた。当主に逆らい勝手を通せば、一族にほころびができる。そんな隙を敵は待っているのだ。

だが、果たさねばならないことがある。

——婚約を破ると、亀之丞さまにお許しいただきたい。

御仏への裏切りという恐ろしい行いを、せめて告げ、詫びなければならない。夏の短い夜が、もう明けようとしている。

——伊那の郷、松岡城、松源寺……。

ひっそりと会うことができればいい。束の間でもかまわない。父上に内緒で会うすべがあるだろうか。危険を招かずに、この願いを叶えられるだろうか。考えあぐね、思いあたった。

——塩商人の小弥太《こやた》が馬に塩を積んで伊那へ発つはず。小弥太なら塩を商いがてら、さりげなく突きとめてくれる。確かな居どころさえ分かったら、お訪ねしよう。伊那路も秋葉のお社に詣でる秋葉道も、山路だけれど人は通る。この佐奈に歩めぬことはない。

二十《はたち》になる小弥太は佐奈の幼なじみだった。その父・甚助、爺《じい》と三代、古くから家に出入りしている塩商人だ。伊那路を上り下りして、山国信濃へは遠江の塩を運び、信濃から井伊谷へ小豆や大豆、米などを積んで来る。遠江と信濃を結ぶ塩商いは、ずっとずっと昔、太古からの習わしだと聞いている。小弥太の爺はもう世を去ったが、甚助と女房のぬいは館《やかた》内の作人小屋に近い一棟に住み込んでいる。厩の軍馬と並び、小弥太の小さい馬も繋がれていた。甚助は近ごろ塩の運送は小弥太に任せ、商い品の手配に忙しいらしい。よく働く呑気者のぬいは、若い頃から佐奈の乳母かねの小間使いをしており、気さくな甚助は冗談で笑わせる。幼い佐奈は、まるで父母のように懐《なつ》いていた。

あたりを窺って井伊館の通用口を抜け出すと、馬繋ぎのある城山の麓を指して佐奈は土手道を走った。小弥太の出立に間に合うだろうか。佐奈は駆けた。だがこの時、つかず離れずあとを追う若者がいることに、佐奈は気づいていない。

第2章　裏切り

明《あけ》の空が白み始めた。見渡すかぎり田に人影はない。もう少しすれば百姓たちが田の水のあんばいを確かめに出てくるだろう。戦続きの郷にも、このところ穏やかな朝が訪れていた。城山の麓には大きな木々がのびのびと枝を差し伸べる。後ろの丘は井伊谷郷《いいのや》を防御する砦・井伊谷城だ。城の大手口は一丁（約百十米《メートル》）ほど先の土塁の向こうなので、城番からここは見通せない。手甲脚絆《てっこうきゃはん》に尻はしょりで旅支度をととのえた小弥太《こやた》が手綱を取り、今にも発とうとしていた。

「小弥太」

低く呼んだ。小弥太は驚いたように振り返る。

「ひいさま、こんなに朝早《はよ》う、しかも、おひとりで…。何用でございましょう」

「頼みたいことがある」

言いかけて佐奈《さな》はためらった。気持ちを決めて駆けてきたのに、どう切り出したものやら言葉が見つからない。

「小弥太めでお役に立つものやら…」

びっくりしたまま、小弥太はしどろもどろだ。

「伊那郡《いなごおり》の、さる寺のことを知りたい…」

内緒ごとを頼もうとしている。その緊張で佐奈の唇は張りつきそうに乾いていた。

「お寺さんですかい。それなら、わけはない。で、何という寺を探せばいいんじゃろか」

佐奈は寺ではなく、そこにかくまわれている若者の消息を知りたいのだ。だが、禁断の名を口にはできない。

「市田郷《いちだごう》の松源寺《しょうげんじ》…」

小弥太は目を剥《む》き、頬がぴくっと震えた。

「ひいさま」

かすれた声が返ってきた。

——小弥太は何か知っている。

悔いが込みあげた。

——もしや小野和泉守《いずみのかみ》に通じていたら…。

沈黙が流れた。

「いや、よい。戯《ざ》れごとであった」

佐奈の声に、

「ようごぜえやす」

と、小弥太の声がかぶさった。

また、二人とも黙り込む。それから小弥太が、

「ご心配なさらんでくだせえ。ひいさまは、それ以上言わんでええ、言わんでええ。承知しとるに。わしらは爺っちゃの代から井伊家に仕えておるでね。なあんも気をつかわんでええわ」

見慣れた笑顔を返してよこした。佐奈が何を知ろうとしているのか、すぐに察したのだ。察した上で、わざと事もなげに振る舞っている。小弥太は直盛《なおもり》が時おり口にする〝手の者〟なのだろうか。そのときだった。気さくに笑っていた小弥太が真顔になった。

「繁孝《しげたか》さまがおいでじゃ」

走ってきた繁孝は近づくなり、

「佐奈どの」

叱りつけるように声をかけ、

「いや、済まなんだ」

と、思いのほか穏やかに詫びる。佐奈を止めるためにやって来たのだ。

「どこへ行かれるおつもりかと、ついてまいりました。お館さまが気を揉んでおられる。佐

奈に目を配ってほしいと仰せられ…」

直盛には佐奈の行動がお見通しだったのだ。

「軽はずみなことをしてはなりませぬ。しかし、お館さまも佐奈どののお心を察しておられ」

止めろと命じながら、気の済むようにさせるしかあるまいと、ため息まじりだったらしい。

「小弥太なら、ご心配におよびませせぬ。小弥太も、この繁孝も、井伊家のおんために命を惜しまぬ覚悟にございますゆえ」

こんなに言葉数の多い繁孝は初めてだった。

直盛がもっとも信頼する重臣・中野越後守直由《なかのえちごのかみなおよし》と縁続きの若者であったと、今さらながら思い当たる。

小弥太への頼みごとは中途になった。

——それでいい。

こだわりが、ふっと剥《は》がれ落ちた気がした。

あまりに危険な試みだった。婚約を反故《ほご》にする許しを得ようと息せき切って駆けたのは、亀之丞《かめのじょう》への裏切りを佐奈自身がなだめるために必要な儀式だったのかもしれない。

——あなたさまに嫁ぐと決めたのに、佐奈は婿どのを迎えなくてはなりませぬ。

ただ、こう告げたいだけだったのだ。父の決めたことに逆らえるはずもないのに、あんなに思い詰めたのは夜の闇のせいだ。そして明け渡る朝の涼気が佐奈を醒めさせた。家の将来をないがしろにしかねなかった。よくよく考えをめぐらせば、帰郷がかなわぬ亀之丞との約束は、とうに壊れてしまっていたのだ。

薄青く澄む朝の空を見上げた。大空に柔らかな雲がたゆたう。信濃まで流れていくのだろうか。できるなら、運ばれていきたい。空を駆けるわが身を瞼に思い描きながら、思慕の情は胸の奥底に沈んでいく。ずっと想い続け、それでも添うことのできなかった悲しみは、生涯、消えることはない。

佐奈と繁孝に頭を下げると、小弥太はたっぷりと塩を積んだ馬を牽いて伊那路へ発っていった。

「よし、城山に登ってみましょうぞ」

気さくに誘う。まったく繁孝らしくなかった。佐奈を気晴らしさせようとしているのかもしれない。

「ご一緒などと、守備兵がとやかく申しましょう」

「いいや、宗家の姫さまが登城するのじゃ。なんの文句があろう。わしはいつも通り佐奈どのの供じゃ」

言われてみれば、それに違いはない。愛馬・汐風《しおかぜ》と駆けるときは、たいてい繁孝が佐奈を護衛している。

二の丸の家臣屋敷地を抜け、大手口をくぐり、小さい社を祀った井戸に参拝した。井伊家では井戸を神域とみなす。始祖は井戸から生を受けたと伝えられているからだ。三の丸御殿にさしかかると、右手向こうにそびえる三岳山の稜線から朝日が昇り始めた。

鮮烈な夏の光が深い森を照らす。

――強うなろう…。家を守るため。

射るような陽光を浴び、つぶやく。御仏の教えを裏切ろうとする身にも、陽は惜しみなく降りそそぐ。慈悲の光に報いたいと誓う。

さらに小道を登り詰めた。土塁に囲まれた山頂に本曲輪《ほんぐるわ》が開ける。さほど広い敷地ではないが、槍や刀、甲冑、食糧を納めた蔵が何棟か並ぶ。毎日決まりの武具点検をする番兵たちが、忙しそうに佐奈と繁孝のそばを行き来する。

城壁と城門をめぐらせた北側の小高い一角を、井伊家では「御所丸《ごしょのまる》」と呼ぶ。かつて鎌倉の幕府が倒れ、朝廷が南朝と北朝に分かれていた頃、井伊家は三岳城と井伊谷城を南朝の後《ご》醍醐《だいご》天皇の皇子・宗良《むねよし》親王に居城として差し出した。引佐郷《いなさごう》には後醍醐帝の皇統である大覚《だいかく》寺統《じとう》の所領が広がっていた。その縁で井伊家は南朝方の武将として宗良親王に味方し、北朝を指揮する遠江守護の今川氏と戦い、敗れた。これを初めとして、井伊と今川の宿敵ともいえる対立・抗争が続いてきたのである。親王は引佐を拠点に、越後、越中、信濃などを五十年近く転戦、井伊谷城で生涯を終えたという。

井伊家は以後、今川氏親、その子・義元に臣従するまで、多くの戦で反今川の立場をつらぬいた。

うっすらと汗ばむうなじに、吹く朝風が心地いい。

「いい朝だこと。〝はるばると朝満潮《みつしほ》の湊船こぎ出づるかたはなほかすみつつ〟でしたね」

佐奈は風に髪をなびかせながらつぶやく。

「宗良親王が、この城で詠まれた御歌ですな」

繁孝ならずとも、井伊谷で育つ武士の子は皆、この歌を学んで知っている。井伊谷城からの遠望を詠んだものだ。晴れた日は浜名湖の入江・引佐細江湖《いなさほそえこ》、その先に広がる浜名湖、ずっと彼方の遠州灘までも見渡すことができた。

「繁孝、見てみよ」

佐奈は前方を指さした。すくすくと伸びた稲をなびかせ、風が吹き抜けていく。その風の行きつく向こうに、引佐細江湖の水面《みなも》がきらきらと輝く。

「城山からの、この眺めが好きじゃ。実りを約束する田畑、鏡のような湖面に漕ぎ出す小舟、振り返れば里を守る砦の峰々…」

気持ちが塞ぐと城山に登りたくなる。引佐は風が強い。浜名湖の向こうの駿河灘から海風が吹きつけるのだろう。ごうごうと荒《すさ》ぶ風に幹がきしみ、枝葉がぶつかりあう。体の中にひそむ憂さが吹き飛ばされていくかに感じられた。

「今朝みたいに穏やかだと、風は小さなささやきを運んでくる。森の話し声であろうか。ほら、さらさらと聞こえるであろう」

「妙な話はおよしなされませ。佐奈どの。山の精に連れ去られますぞ」

「山の精…、事を成し遂げて浄土へ迎えられるなら、おりおり、この木の枝に舞い降りて、井伊谷を眺めたいのう」

「妖しいことを仰せになってはなりませぬ」

山の精とか、妖しいこと、などと、いつも冷静な繁孝らしくない。お伽草紙みたいだと、佐奈はつい笑ってしまった。

「ようやく、お笑いになられましたのう」

繁孝の横顔にも、かすかな笑みがあった。

「でも、一番好きなのは、晩秋の夕暮れどき。空が茜《あかね》に染まり、その彩りを細江湖が映す。あまりに美しく佐奈も夕焼けに溶けてしまいそうじゃ…」

この山裾に紅葉の舞っていた日、夕陽に亀之丞の笛の音が流れていた。

「それなら親王の御詠もありまする。〝夕暮れは湊《みなと》もそことしらずげの入海《いりうみ》かけてかすむ松原〟、皇子も同じ美しさに心打たれたのでありましょうな」

「長い戦の果て、親王はここで亡くなられたとか。城というものは、いずこも、無念を刻んでおるのでしょうね」

井伊館の片隅に、井伊家の娘と親王とのあいだに生まれた皇子・尹良《ゆきよし》さまの胞衣塚《えなづか》もある。

皇子や井伊の娘の消息は知れない。戦の雄叫び、干戈《かんか》の響きの陰に、命のせめぎあい、苦悩や涙が塗り込められているのだ。

「さて、下山いたしましょうぞ」

繁孝は佐奈の憂いに深入りをしないよう、おのれを戒めているようだ。

——それでこそ、いつもの繁孝…。

心の内などあれやこれや話してしまい、少しばかり面映《おもは》ゆかった。

庭先から秋の夜風がしのびこむ。月明かりに芒《すすき》の穂が白々ときらめく。井平介行《いだいらすけゆき》との婚姻を直盛が持ちださないまま、季《とき》は移っていた。

「この数日、そなたに伝えるべきか否か悩んだ。知らせずに済むものなら知らせとうなかったが…」

直盛の苦渋に満ちた表情に、佐奈はどきりとした。亀之丞のことだと、すぐに察しがつく。

「だが、いずれ、どこからか漏れ聞こえ、佐奈は知るにちがいない。それではあまりに辛かろう。ならば、わしの口から話さねばならんと…。気を強う持って聞いてほしい」

もしや亡くなられたのではないだろうか。

——刺客か…。

十分に考えられることだった。

「言うてくださいませ。佐奈は大丈夫にございます」

そう答えたが、鼓動が激しく打ち続けている。

「小弥太が噂を取り集め、わしに伝えてきた。そこで繁孝を市田郷にやって探らせ、確かめた」

小弥太に頼みごとなどしようとして恐ろしいことが起きてしまったのだろうか。

――早う言うてくだされ、
そう急き立てる思いと、

――聞きとうない、
と拒む思いが入り乱れる。

言いにくそうな直盛の様子が、言葉を待つ佐奈をいっそう胸苦しくさせる。

「佐奈、妻子が…、妻と子がおったのじゃ…」

「え、どなたのこと」

「亀之丞に…。相手…、相手の女は…」

直盛は二つ、三つ咳込んだ。

「土地の代官の娘じゃそうな。子は…、三、四歳の女の子《めこ》、それに産まれたばかりの男の子《おこ》…」

直盛は言い淀みながら、なおも咳込む。佐奈の胸が激しく泡立つ。返す言葉は見つからない。

「遠い信濃の地じゃ。使いをやることも、便りもままならぬ十年近い歳月が悔やまれる。危険を冒しても、誰かを行き来させるべきであった」

郁は憤りもあらわに、

「子までなしたとは。佐奈という許婚がおりながら何という裏切り。井伊宗家に対してはもちろん、佐奈への裏切りではありませぬか。いったい何を考えてのことか」

と激しく言い捨てる。男の子のない郁は亀之丞を実の子同様に可愛がっていた。それだけに怒りや失望が大きいのだろう。怒りの言葉は、よけいに佐奈を辛くさせる。

二世《ふたよ》の契りとかたく信じ、佐奈は逢える日を待ち続けてきた。亀之丞は故郷を懐かしまなかったのか。突然別れてしまった、あんなに仲の良かった許嫁を想わなかったのだろうか。帰郷をあきらめたのかもしれない。そして市田郷を生涯の地と覚悟したのか。こう訊ねたくても、問いかける相手は届かぬ遠い彼方だ。もどかしさがつのる。

「九年前、刺客があのお方の命をねらったとき、すべてが壊れてしまったのですね…」

心の乱れを父母に気づかれぬよう他人事《ひとごと》のように言ったが、震えが止まらない。苦しく、息さえ止まりそうだ。

「母上…」

呼びかけたが、あとの言葉を継ぐことができなかった。

「お泣きなさい佐奈。泣くがいい。無理に平静を装わずともよい。流れる涙は傷を癒すのですよ」

郁に肩を抱かれ、佐奈はその膝に突っ伏した。佐奈の背を、郁はいたわるように撫でる。声を立てて泣きたいのに、涙は一筋もこぼれない。涙があふれたら、この息苦しさがやわらぐのだろうか。

「亀之丞も十八か。気だてのよい少年であったが、はや、子をなす年ごろになっておったとは」

妻と寄り添い子らを抱く亀之丞の姿が目に浮かぶ。

「佐奈、すでに十年じゃ。亀之丞は元服をしたであろう。そうであれば妻を持つのもあたりまえ、事情を分かってやるしかあるまい」

男子は十二歳から十六歳ごろに元服するのがふつうだった。髪を束ねて髻《もとどり》を結い、冠を戴く。そして妻をめとるのだ。

「分かってやれなどと、酷《むご》いことを。佐奈は泣くだけ泣き、怒るだけ怒ればよろしいのです」

郁は気持ちが収まらないようだ。

――夏の城山で、空行く雲に心を解き放ったではないか。昇り来る陽に、お家のため強うなろうと誓ったではないか。

それなのに悲しみはつのるばかりだ。歳月は残酷に過ぎる。人を引き離し、人の心をも引き裂き、大切なものを奪っていく。

――ずっと時が過ぎ、暮らしが変わり、やがて心しずまる日が来るのだろうか…。

自らに問うてみても、答えはみつからない。

郁に支えられ佐奈は顔を上げた。

「父上、小弥太に寺を探してほしいなどと頼んだのは佐奈です。余計なことをせねばようございました。そうすれば妻子のことなど知らずに済んだものを」

「伊那郡にかくまわれておると佐奈に告げたのはわしじゃ。知れば探したいのは、佐奈にすれば当然であった。だが、小弥太でよかった。佐奈もそろそろ知ったほうがいい。やつは井伊家に忍びとして仕える者…」

「忍び…、小弥太が」

直盛が話題を変えたのは、佐奈の悲しみをやわらげるためかもしれない。

「うむ、小弥太の亡くなった爺、それに父親の甚助《じんすけ》、なくてはならぬ者たちだ。いずれ佐奈にも分かる。彼らの働きなしでは戦の世は乗り切れぬ」

繁孝も直盛の密命を受けて働いているような気がした。だが、亀之丞の妻子について聞かされた今、忍びの話など、どうでもよかった。

「妻子のことを、わしはまったく知らなんだ。動静をつかむべきではあったが、たとえ忍びであれ、ひんぱんに往来すれば和泉守に知れる。それを怖れるあまり遠ざかった。命さえあればいい、扶育糧に不自由がなければいいと、それしか考えなかった」

松源寺に預けたが、出家はさせないことにしたと直盛は言う。南渓《なんけい》和尚と相談し、先を見すえての判断だった。ただ生き永らえるためだけに身を隠したのではない。井伊家を継ぐ者として温存を図ったのだ。

「家とはのう、佐奈。膨大な時を費やし、英知をこらし、苦闘を重ね、永続させなければならんのじゃ。市田郷には松岡さまがおられ、ご厚意に甘えることもできた」

亀之丞を親身になって世話をしたのは市田郷の国人領主で松岡城主の松岡貞利《さだとし》だった。貞利の三代前の城主・松岡貞正《さだまさ》は松源寺を創建、実兄の文叔瑞郁《ぶんしゅくずいいく》和尚を開山とした。文叔瑞郁の弟子が龍泰寺の創建にあたった黙宗瑞淵《もくしゅうずいえん》、黙宗の弟子が南渓和尚である。

貞利は亀之丞より十三、四ほど年上らしく、まるで兄のように亀之丞を庇護し続けたという。妻を持ったのも貞利の配慮だったにちがいない。

「文叔禅師、黙宗禅師、そして、わが義理の叔父君の南渓和尚。この法嗣の縁が亀之丞を守った。御仏のご加護よのう」

法嗣の縁は井伊谷と市田郷ばかりではない。臨済宗妙心寺派の寺院のつながりは諸国に網状に張り巡らされ、たがいに連携し親密な関係にある。

こうした法灯に守られた亀之丞は山間部に広がる牛牧原《うしまきばら》の松源寺でのびやかに成長した。日課のように松源寺の山を下り、松岡城に出かけては武術の鍛錬に励んだらしい。だが、妻を持ったからには、寺を出て家を構えているはずだ。

「松源寺におれば身を隠しおおせただろうが、こうおおっぴらに家族を持てば、いずれ和泉の知るところとなる。亀之丞と男の赤子の身が案じられる」

小野和泉守がいるかぎり、いまだ危機は去っていないのだ。

「出家させるしかないであろうか…」

俗世を離れ仏の道に入れば、刺客の手はいくらか届きにくくなるかもしれない。だが親子四人は、ばらばらに分かれることになる。

「僧籍に入れるか…、それは、あまりに惜しい」

つぶやく直盛の心中に、まだ亀之丞を継嗣にとの思いが残っていることに佐奈は気づく。井伊家の将来を案じるのは当然ながら、市田郷で妻子を持った亀之丞に、今さら何を望むのだろう。井平介行を婿に迎え入れ、佐奈とともに井伊家を担うようにと直盛は言ったはずだ。

領民たちが主と仰ぐのは、古くから引佐を治めてきた井伊家だった。血筋の正統が失われれば、領主としての信頼を損なう。国人領主として自立をこころざすなら、家を継ぐ者は誰でもいいというわけにはいかない。直盛は確かな跡取りを願い続けている。

時雨《しぐれ》が上ったかとみるや、また降り、やがて井伊谷の山々に木の葉の舞い散る時期がやってきていた。冷え冷えとした山野は、佐奈の愁いそのままの風景だった。子どもだったがゆえに揺らがなかった亀之丞への情、会うことも話すこともなかったがゆえに変わらなかった思慕。それが壊れていく。振り払っても振り払っても、瞼に浮かぶのは、妻と語らい、子らとたわむれる笑顔ばかりだ。

——このままの気持ちでいてはならぬ。

心は薄暗闇を行きつ戻りつしていたが、佐奈には山ほどの家務があった。秋口に根元から刈り取った青苧《あおそ》（麻）は、皮を剥いで繊維を取り、洗い、干して保存してある。女中たちに糸撚りを始めさせなければならない。

去年仕上げた麻糸を機《はた》にかけて織るのも、衣類や小間物を仕立てるのも、冬のあいだの仕事だ。郁は仕立てる枚数を決め、佐奈は女たちの裁縫の針目を見てまわる。

米や大豆など、領内で収穫したもの、商人から買い入れたもの、すべてを量って記帳し、備蓄分と食糧とに分け、蔵に納めるよう命じる仕事は郁が担っていたが、量が多く、郁の手に余るので、佐奈も駆り出される。

男たちが戦場に駆り出される武家にあって、こうした家内の差配は妻や娘に委ねられる大切な役割だった。

働けば憂さは忘れる。

——感傷にひたっているほど、われは暇ではないはず。それほど柔《やわ》でもない。たとえ苦しかろうと、ひと足、ひと足歩まなくてどうするというのか。

わが身に言い聞かせ、身を粉にした。

佐奈が台所の土間に降りると、男衆が干魚を焼き、アヤメが頬を真っ赤にして、しゃもじで雑炊を混ぜていた。

「いい匂いじゃ。そろそろ炊けるころか」

佐奈が鍋をのぞき込むと、アヤメは炭で煤けた手で額をこすり、

「芋がらの煮付けと焼き干魚、じきに夕餉でございますよ」

と勢い込んで返事をする。佐奈のやすらぐいつもの日々があった。

家族や奉公人たちを飢えさせない、衣類に不足をさせない、そのための毎日の仕事が佐奈を元気にさせていく。

直盛の跡継ぎの悩みに応える手立ては、ただ一つしかないと、佐奈はよく分かっていた。心を決めた佐奈は、夜になって直盛を書室に訪ねた。

「介行さまを婿に迎えてくださいませ」

いきなり切り出したので驚いたのか、直盛はしばらく佐奈を見つめていた。

「夫婦の約束は二世の契りと御仏は説かれました。けれど婚約はもう、反故《ほご》でございます。井伊谷の将来に備え、いつ起こるか知れぬ戦に備え、ひと足、歩もうと」

「いいのじゃな、佐奈。納得できるのじゃな」

直盛の眼差しに、精いっぱいの思いやりが感じられた。

「十年にもおよぶ別離は、たがいの姿を変えたのです。裏切りと、人を責めませぬ。わが身もさげすんだりはいたしませぬ」

「うむ、決めるかのう」

直盛は、ふっと息を吐いた。安堵の表情があった。

数日後、直盛は井平家に使いを送り、来年の春、良き日を選んで佐奈と介行の祝言を執り行うと伝えた。


明けて天文二十三年（一五五四）になると、遠江、三河に不穏な気配が高まった。

今川義元は三河の支配をめぐって、那古野《なごや》城主・織田信秀《のぶひで》と抗争を重ねていたが、天文二十年（一五五一）、信秀は急死。跡を継いだ嫡子・信長と義元の対立がますます激しくなろうとしている。

数年来、三河領では守護・斯波氏の支配が及ばず、力を増した国人領主の争乱が絶えなかった。義元は織田信秀の妨害を受けながらも、動乱の隙を突いて着実に三河の国人勢を膝下に従えていた。

すでに七年前の天文十六年（一五四七）には、尾張に近い西三河の岡崎城主・松平広忠《まつだいらひろただ》と、今川義元、織田信秀のあいだに紛争が生じていた。松平広忠は織田の攻勢に抗するため義元に恭順、証として嫡男の竹千代《たけちよ》を人質として駿河に送ることになった。

「佐奈、実に手際のいい裏切りがあったのじゃよ」

直盛は痛快そうだ。

「その竹千代じゃがな、駿河への護送役を命じられた田原城の国人領主・戸田康光《やすみつ》が義元に反旗をひるがえし、竹千代を織田方に渡してしまったんじゃ」

「竹千代どの……、お名から察しますと、まだ元服前かと」

「そう、六、七歳だったかのう」

「そんなに幼くして人質とは……」

戸田康光の豹変ぶりを直盛はおもしろがるが、それは、この場だけの話だ。表だって反今川の武将を好もしく語るのは危ない。

田原城はかつて義元に攻められて落城、戸田康光は義元に服従した。直盛の父・直宗《なおむね》が戦死した、あの戦だ。

「戸田も今川に従いはしたが、やはり自立をこころざしたであろうし、恨みもあったにちがいない。義元を裏切ったのは、どの勢力と手を組むか、考えに考えてのことだったはずだ」

強大な勢力にあらがう戸田氏の立場は、井伊家の置かれた状況と変わらない。

義元は怒りのあまり戸田康光を徹底的に攻撃して滅ぼし、重臣を田原城に入れた。織田信秀が三河に侵攻すると、義元はこれとも戦い圧勝した。

「竹千代どのという若者が駿河の今川館におられると、新野《にいの》さまから伺ったことがございます」

「若者となな、もう十三、四になるかのう。そうか、左馬助《さまのすけ》どのと、そんな話をしたのか」

直盛はちょっと心外そうなそぶりをみせた。左馬助に対しては複雑な思いがあるのだろう。

新野左馬助親矩《ちかのり》は今川氏の親戚筋で重臣として重用されている。その親矩が井伊谷に入ったのは、井伊家の本城・三岳城が今川氏親に奪われたときのことだった。氏親は左馬助を井伊家家老として送り込み、井伊館のすぐそばに住まわせ監視させた。小野和泉守政直と同じ立場だが、左馬助は井伊家と敵対せず、次第に親しみ、支援するようになり、妹の郁を井伊直盛に嫁がせた。婚姻関係は同盟にひとしい重さを持つ。佐奈の母・郁は親矩の妹なのだ。

郁と左馬助は兄妹なのに、風貌はちっとも似ていない。小柄でまろやかな顔立ちの郁と違い、面長で、つやつやとした頬から顎に茶色いくせ毛の髭をたくわえ、やはり茶色っぽい瞳をしている。佐奈は小さいころから、陽気でこだわりのない、あけっぴろげな性質の左馬助が大好きだ。

「まあ、兄上が佐奈にそんなことを話したとはねえ」

兄と夫が仲良くすることを願う郁は、頬をほころばせる。

「竹千代はかれこれ二年ほど織田家に留め置かれたが、義元は巧みな戦術で竹千代を奪い返したのじゃよ」

「巧みな戦術とは、どのような」

佐奈は詳しく聞きたくなった。

「竹千代がまだ、織田家に拉致されておるさなか、父親の松平広忠が死んだ。家臣に殺されたとも一揆に襲われたともいうが、われら、よそ者にはよう分からん」

義元は領主がいなくなった岡崎城に軍を送って所領を奪い、松平配下の国人たちを支配下に取り込んだ。ついで織田方の三河安祥城《あんじょうじょう》を攻め取り、織田勢力を三河から放逐。安祥城主で信秀の長子の信広《のぶひろ》を捕え、竹千代と人質交換した。

さらに義元は、織田の居城である尾張の那古野城を奪おうと機会をうかがっている。そもそも那古野城は義元の父・氏親が築城し、義元の弟の氏豊《うじとよ》を城主にしたが、城は織田信秀に奪われてしまった。氏豊は流浪の果て、今は義元に庇護されているらしい。

「義元というお人は戦上手、ほんに恐ろしい……」

「それはそうだ。なにしろ『海道一の弓取り』と人の口の端にのぼる戦巧者じゃからの」

今川に臣従を強いられ苛酷な処遇を受けながら、なおも自立をこころざす井伊家にとって、今川がいかに強大な相手か今さらながら思い知らされる。

「佐奈、忘れてならんことがある。北三河に、わが同朋《どうぼう》がおる。吉田城主の鈴木重時《しげとき》どのじゃ。井伊と馬首を並べ、ともに戦におもむく仲じゃ。存じておるか、亀之丞の母は重時の娘、松平とも婚姻関係がある」

婚姻関係は同盟の証である。

「今でこそ松平はさびれておるが、いつか、われらと手を組む日が来るやもしれぬ。井伊、鈴木、松平、三者は姻戚であると念頭に刻んでおくがいい」

そんな縁をひとしきり解き明かしてから直盛は、

「さて、尾張に話を戻すかの」

ひと口、白湯をすすって続けた。

今川に叩かれ、尾張の守護・斯波《しば》氏は弱体化していくのだが、織田信秀は守護代としてよく仕えた。だが、跡を継いだ信長は違った。斯波氏を庇護するという口実で織田宗家を滅ぼし、宗家の居城である清洲城《きよすじょう》に入城した。名実ともに織田家の棟梁の座を手に入れたのだ。それまでの居城だった那古野城には叔父・信光を入れ城主にする。しかし今川義元にすれば父親の築いた城を奪われたままで収まろうはずはない。こののちも那古野城奪還の野望を抱き続けることになる。

「それにしても駿河は大国、立派な領国を持っているのに、どうして三河、尾張へと戦をしかけるのでしょう」

「那古野城と同じく、義元が父祖から引き継いだ今川家としての悲願なのじゃよ」

もともと今川氏は鎌倉に幕府があったころ、三河国幡豆郡《はずごおり》の今川荘《いまがわのしょう》に発した、足利一族の中でも別格の名門である。幕府が倒れ朝廷が南朝・北朝に分かれたときは足利尊氏に従って北朝方に属し、遠江・駿河の守護に任じられた。やがて遠江守護職を斯波氏に奪われ、駿河に土着する。

今川氏親は、母方の叔父・北条早雲の支援で駿河の国主となり遠江を奪還。領国を治める法令「今川仮名目録《いまがわかなもくろく》」を定めるなど駿河国の基礎を固め、さらに尾張守護であった斯波氏を破り、尾張に那古野城を築いた。そして旧領三河の全面支配をめざし侵攻するが、氏親はその途上で無念の戦死を遂げてしまった。

氏親が没したのは大永六年（一五二六）、嫡子の氏輝が家督を継ぐが、那古野城は尾張守護代の織田信秀によって落城。氏輝がわずか十八歳で急逝すると弟の義元が家督争いを経て、天文五年（一五三六）国主の座に就き、母・寿桂尼《じゅけいに》や僧・太原雪斎《たいげんせっさい》の強力な助言に支えられ、忠実な家臣を登用して支配を整えていく。やがて「海道一の弓取り」と称される最大勢力の大名にのし上がっていった。

「遠江、三河、尾張は今川の父祖が領した地。何としても奪い返したい、その一念があるから侵攻せずにはおれない、今川の血が、そう騒ぐのじゃ」

井伊家はその道筋の北遠江に位置する。今川配下の国人として従属するか、戦って自立するかのどちらかで、それは宿命というほかはない。

「信長は近ごろ、種子島《たねがしま》を五百丁も買い入れたらしい。もっぱらの噂だ」

「種子島、鉄砲という飛び道具でございますね。攻め込まれたら、ひとたまりもない武器だと…」

佐奈は南渓和尚から兵学を学び、種子島と称されるその鉄砲で、これからは戦のありようが大きく変わっていくだろうと教わっていた。弓矢や槍刀では戦に勝てなくなるかもしれない。

「もしも信長が鉄砲で今川に応戦したら…」

「ありうることじゃよ、佐奈」

危機の迫る状況をとらえた直盛は、井伊谷の北、奥三河との国境に近い渋川郷に阿弥陀堂を建立するなど、着々と領内の足固めを進めていた。

この年の三月、今川義元は武田信玄、北条氏康と盟約を結んだ。駿河、甲斐、相模の三国が婚姻を結び合い、互いの領土を侵さず、軍事で協力し合うという三国同盟だった。

信濃をほぼ手中に収めた信玄は、残る北信濃の川中島へと侵攻を本格化し、国境を接する越後の上杉謙信と激戦を繰り広げていた。その信玄に、義元は援軍を送っている。井伊家にも、いつ出陣命令が下るか分からなかった。

田植えの繁忙期を終えると、十七歳の佐奈は二十三歳の井平介行を婿に迎えた。祝宴はささやかなもので、農作業の息抜きを兼ね、わずかな家臣だけが集った。

「仲よう睦みあい、一日も早う、すこやかな跡継ぎをもうけてほしい」

直盛からのはなむけの言葉は、悲願のひと言であり、それは佐奈の願いでもあった。

婿を迎えた佐奈の暮らしは、少しずつ変わろうとしていた。郁はこれまで采配していた家事を佐奈に任せるようになった。武家では、家務を取り仕切り、奉公人たちに指図するのは妻や娘の仕事だ。

田植えのあとは溜まっていた家務が押し寄せた。食糧の備蓄や保存の指図を怠ってはならない。戦や飢饉に備えて、米や麦、粟《あわ》、稗《ひえ》、芋類、豆類などを蔵に運び込む。穀類など日常に必要な量を見積もって籾《もみ》すりをさせる。

温暖な井伊谷では、近ごろは秋に青苧や麦を蒔き、初夏には刈り取りが始まる。とりわけ布づくりは労力を要した。

青苧を刈ったあとの作業は大わらわだ。背丈ほどの青苧の皮を剥ぎ、貝などで削って糸の原材料を取り分け、さらに爪先で裂いて糸にして湯に通す。糸先を一本ずつねじって長くつなぎ、ようやく糸車に掛けて糸を撚ることができるのだ。

機で布を織ったり、裁ち縫う作業は、田畑が一段落した冬場に持ち越す。女たちは夜なべで衣類や小物をこしらえる。

郁は奉公人たちにてきぱきと命じ、佐奈には、

「いずれは、すべて、そなたが担うのですよ。年若い侍や下男たちが無駄なく働けるよう、手順を整えてやらねば」

と、まごつく暇を与えない。

そんな当たり前の家内の仕事に汗を流しながら、佐奈の毎日は淡々と過ぎていた。

もともと介行は温厚な性質なのであろう。佐奈への遠慮もあるようだが、世話を焼かせるでもなく、きつい物言いもしない。婿入り前のように「佐奈どの」と呼ぶ。

「梅雨前に、できるだけ領内をめぐっておかねばなあ」

などと、宗家の務めに早くなじもうと懸命だった。天候や農事を話題にして朝食を済ませると、

「さて、今日は義父上《ちちうえ》と三岳城に登ることになっておる」

と、そそくさと厩に向かう。戦がないあいだに井伊家の所領の地勢を知っておきたいし、領民たちとも親しみたいのだという。

「介行は槍を持たせたら、家中随一かもしれん。しかも実直、いい男だ」

弓馬の鍛錬に励む姿は、直盛を安堵させた。

今朝も直盛と介行は轡《くつわ》を並べ、出かけて行った。佐奈は屋敷裏手の明神さまに詣で、アヤメを供に野良に出た。

「薬草刈りによい時期じゃ。念入りに摘んでこようなあ」

背負子越しに佐奈が振り返るが、薬草摘みがあまり好きでないアヤメは生返事だ。商家に生まれ、野良に親しんでこなかったようだ。ことのほか、蕺《どくだみ》は「臭い」と言って触れたがらない。

「これを干して茶にすれば、熱さましになる。食あたりを防ぐ。腫れ物にも効く。ほら、花も白くて愛らしいだろうが」

佐奈が気をそそるが、

「アヤメは苗代茱萸《なわしろぐみ》の実にいたしまする。これも干せば腹下しに効きますのでしょう」

と気ままだ。佐奈に言いつけられなくても家内仕事はまめまめしく働くが、草摘みだけは意地をはる。

ときに青大将《あおだいしょう》などが横切ったりすれば、

「ほら、巳《み》いさまじゃ」

とアヤメを脅かしたりする。悲鳴を上げて飛びのくアヤメに、佐奈は大笑いだ。

「ほーうい、ひいさま」

向こうから呼ぶ声がした。吉じいだ。

「ほーい、吉じい」

佐奈も呼び返した。子どもの頃、あぜ道を駆けまわって遊んでいたためか、百姓衆とは仲がいい。農作業に忙しい百姓たちだが、佐奈を見かけると腰を伸ばし、声をかけてくる。

「おやおや、薬刈りか。薬草は大事だでね。戦場《いくさば》の兵らは病んだら戦えんでね。ほう、蕺がたんと取れとる。あっちの土手に野蒜《のびる》がうんと生えておるのは、アヤメも知っとるら」

「ええ、知っとりますに。喉痛、毒虫刺されにいいだら」

「そうだに、おなごの月のものの遅れにも効くだら」

爺《じい》とは呼ぶが達者で、年寄りっぽく枯れているわけではない。そんな吉じいにからかわれたので、アヤメは頬を真っ赤にして、

「吉じいったら」

と睨みつける。吉じいは何食わぬ素振りだ。

「そろそろ昼飯どきだで。ほれ、菜飯と漬物があるに。食うていきなされ」

草原にどっかりと腰を下ろし、包みを広げる。

佐奈が草地に寝かされている赤子をあやしているうちに、百姓たちが寄り合い始めた。菜飯を頬ばりながら、稲や瓜の育ちぐあい、干魚の値上がりなど、勢い込んで言い立てたあと、中年の男が佐奈を覗きこみ、

「ひいさま、聞いたかえ、浜名の侍屋敷に俵がたくさん運び込まれたようだに」

と、さも秘密めかして内緒ごとのように耳打ちする。百姓たちは佐奈の前でも遠慮がない。数百年、井伊家の者と百姓たちは、こうして一体となって生きてきたのだ。

「いやいや、浜名ばっかじゃねぇ。すぐそこの気賀《きが》村じゃあ水争いが起きとるって話だに」

「そうじゃ、二俣《ふたまた》の川の渡し場に、何やら侍がぎょうさん集まっとるらしいで」

などと噂話に唾を飛ばす。

村にも町場にも行商人はしょっちゅうやってくる。商う品は鎌や包丁、木椀、針など自家

でこしらえられないもの。食べ物ではそうめん、餅、ところてん、干魚などがある。神社の勧進、人形芝居、軽業師も村々を回ってくるので、どれが嘘やらまことやらとはいえ、諸国で見聞きした話はすぐに広まる。そんな世間話に佐奈は耳をそばだてた。領内や近隣の作物の出来具合、戦支度にかかわる国人らの動きがけっこう伝わってくる。それらをつかむのは、武家の女たちの務めだ。郁も甚助の女房ぬいを供に連れ、毎日のように野良に出ていた。

「さあて、田の草取りを、もうひと頑張りといくか。ひいさま、赤子を見ててくださらんかえ」

若い女房が頬被りを結わき直す。

「いいや、それほど暇でもない。赤子は吉じいに頼むがいい」

佐奈も腰をあげた。


野良から帰り、佐奈は館の北側の搦手門をくぐろうとした。めずらしく番兵の姿がない。

「不用心な。油を売っておるのか」

小用でもあるまいがと、アヤメを探しにやった。門脇の番小屋で話し声がする。

「なんだ、ここか」

開き戸に掛けた手を止めた。兵の粗野な喋り口ではない。

――誰だろう。

耳をそばだてた。

「焼き味噌をくれてやったから、番兵はしばらく戻らん」

和泉守のしわがれ声だ。

「武田信玄が、ついに伊那路を南進してくる。駿河と同盟を結んでおるが、油断はできぬ」

「父上、今川、武田がますます強大な勢力となり、国人衆を呑みこんでおる現状にござりまする」

「いいか、但馬、国人領主が小さい領地にしがみつく世は、もう、長くは続かん。室町の幕府から下された守護職なども、いまや支配の実態がない」

――そうか、和泉と但馬の親子じゃな。

佐奈は連子窓《れんじまど》の下に身を寄せた。

「父上の仰せのとおりにございます。美濃の土岐氏、信濃の小笠原氏、尾張の斯波氏、皆、有名無実」

「大名が幕府の干渉を受けずに領国を支配する。駿河はそのさきがけじゃによって、わしは義元どのに賭けておるのじゃ。京の文人やお公家衆が戦乱を避けて駿河に下向《げこう》され、駿河はいまや都の賑わいじゃ」

「父上は井伊のような国人領主が小国を支配する世を終わらせたいと…」

「この遠江にだって駿河のような繁栄があってもよかろう。さいわい豊かな郷じゃ。国人らの争いを抑え込み、栄華をもたらしたいと思わんか」

「十分に大名になれる国力があると。そのおりには、わが小野家が井伊谷に、いや、引佐郡に采配をふるうのでございますな」

「信玄が侵攻して来るのは、そう遠くあるまい。必ずや今川膝下の国人衆から武田に寝返る輩が現われる。それを阻止せねばならん。但馬も手の者を働かせ、情報を集めさせよ」

――そういうことか…。

いつの間にか繁孝がかたわらに来ていて、

「しーっ」

と、唇に指を立てて見せる。

小野親子は、あたりを窺いながら、さりげなく別々の方向へ去って行った。

「アヤメが搦手門に番兵がおらぬと言うので来てみたが、やつらの密談であったか」

繁孝は小野親子を目で追う。

「但馬は但馬で、先行きを思うておるようじゃった」

「彼らには彼らなりの正義がありましょう。その正義のために、井伊家の方々は血にまみれてしもうた。わしは井伊家の正義を守りとうござる。国を大きくしなくともよい。引佐郷がこじんまりと平穏であれば、それで十分。別家の衆が馴染み合い…」

「領主が百姓らと馴染み合い…」

「そう、その正義を。佐奈どのも、今は、お苦しかろう。じゃが、わしは井伊家を、佐奈どのを、きっとお守りいたしまする。井伊家の目指す引佐郷の泰平を、わしも願っておりまするによって」

佐奈と繁孝も、ここにいたことを誰にも気づかれないよう、さりげなく別れた。

風音の激しい夜のことだった。介行はいつものように文机《ふづくえ》に向かい、ずんぐりとした背中を向け、ごつごつと骨ばった大きな手に筆を握って書き物に余念がない。その日に見たり聞いたりしたことを記しておくのだと、いつも遅くまで明かりを灯している。

「お疲れになりませぬか」

佐奈は白湯と干しナツメを盆にのせて膝元に運んだ。

「かたじけないのう」

介行はゆっくりと白湯をすすり、佐奈に向き直った。

「佐奈どの、縁あって婿入りしたわしの立場を気づかい、義父上《ちちうえ》もそなたも、やさしゅう接してくれた。わしは男ばかりの無骨な所帯に育ったゆえ、なにやら気恥ずかしくさえあったが」

介行は母親を早く亡くしたと聞いていた。

「佐奈どのと手を取り合い、井伊の家を強うしてまいらねばな」

佐奈に許婚があったこと、それにまつわる出来事などを介行は口にしなかった。そのやさしさが佐奈をくつろがせる。吹きこむ風に文机の紙片がばらばらと散る。拾い集めようとする佐奈の肩を、介行が思いがけない強さで抱いた。驚いて身を固くする佐奈の手を、介行がそっと握る。大きくあたたかい手だった。

「われらは夫婦じゃ」

熱い息が佐奈の耳に触れる。目を閉じると介行の鼓動が伝わってきた。戸を鳴らす風が明かりを吹き消しながら、「ひとときの幻…」とささやいて過ぎていったような気がした。

婚儀から十二、三日が過ぎたころだった。

「出陣じゃ」

介行が緊張の面持ちで佐奈に伝えた。

「ご出陣、いずこへまいられるので…」

「信濃じゃそうな。よし、みごとな働きを見せてくれようぞ」

今川義元から井伊軍を率いる大将に任じられ、介行は意気ごんで頬を輝かせる。

駿河、甲斐、相模の三国同盟により、義元は武田信玄の信濃侵攻に援軍を出すのだという。

出馬命令は五騎、一騎につき四、五人の兵が付くので、都合二十数名だ。井伊家にとって少ない兵ではない。伊那路を北に進むと聞き、佐奈は不安になった。

——宿所はどこであろう。もしも市田郷あたりに宿したら、兵らが亀之丞の存在に気づくのではないか。

進軍の際の兵糧は行く先々で調達する。井伊の軍と聞いて村の人びとが何か告げたりはしないだろうか。

介行は佐奈の心配に気づくはずもなく、

「すぐに戻る。嘆くまいぞ。井伊軍を率いるのは誉じゃ」

と笑って見せる。別家の介行は、これまで父・直盛の配下で従軍していたが、将として宗家の軍を率いるのは初めてのことだ。

「腕が鳴るぞ。しかしな、舅さまに孝行するいとまもなかったのう」

目を細め空を仰ぐ。

「何を仰せです。お帰りになって、これから先、ずっと孝行してくださいませ」

意気込みのあまり突進しなければいいがと祈りながら、佐奈は介行に太刀を手渡した。いよいよ出立だ。大手門の前で見送る。馬上で晴れがましく胸を張る介行は、佐奈に小さくうなずいて笑顔を見せた。

小野和泉守政直が死んだ。介行を信濃へ送り出してすぐのことだ。

「喉に突き刺さっていた大きな棘が、ようよう抜けた」

小躍りしてもいいような和泉守の死だが、直盛はぽつりと口にしたきりだった。

井伊の動きをひとつ残らず今川に通報し、嘘をでっち上げて直盛の叔父、直満・直義を死に追いやった張本人だ。亀之丞の殺害まで企て、佐奈の婚約を踏みにじった今川の間諜だ。

「しかしな、和泉からの情報が入るから、義元は井伊を叩かずに泳がせておくこともできた。そうした意味では、わしの役に立っておったのじゃろう」

皮肉まじりだったが、これには郁が猛然と逆らった。

「何を仰せになります。こともあろうに叔父君たち殺害の下手人にも等しい男ではありませぬか。役に立っておったなどと、お館さまは、お人がよろし過ぎます。あのような欲一点張りの者を、まさかお許しになどなりませんでしょうね」

郁が憤るにはわけがあった。郁は新野左馬助親矩の妹だ。左馬助は豪気で太っ腹、情のこまやかな男だった。

「今川の臣とはいえ、兄・左馬助を、ようご存じでありましょう。井伊を監視したり潰そうなどと、これっぽっちも考えておりませぬ。今川と井伊が、ともども栄えればいいというのが兄の信念。いざとなれば井伊家の味方さえもいたしましょう。お役に立つとは、そういうことではございませぬか」

たしかに、左馬助は井伊家のよき理解者だ。

「分かった分かった。わしだとて今川の臣であることに変わりはない」

直盛は郁の剣幕に鼻白んだらしい。

「そんな自嘲はいやにござりまする」

郁は言いつのる。

左馬助は佐奈にとって母方の伯父にあたる。子どものころ、城下で顔をあわせれば、

「これ、洟《はな》たれ娘、ちょっとは女らしゅうなったか」

などとふざけた。

「いやな伯父さまだこと」

と睨みつけたが、左馬助を嫌いではない。


「佐奈どの…」

呼ばれた気がして庭先に目をやった。日中の暑さを含んだ夜風が池の水面《みなも》をわたり座敷に流れ込む。

「風音であったか…」

いや、もしや介行が呼んだのか。介行に引き寄せられた夜、「…幻」とささやいた風音がよみがえる。

「介行どのの身に何か…」

不吉な思いにかられ、佐奈は身震いした。

「佐奈どの、驚かせて済まぬ」

縁側にひざまずいていたのは繁孝だった。

「急ぎ、お知らせいたす。お気を確かにお聞きくだされ」

このひと言で予測はついた。訃報にちがいない。

「まさか…」

「そのまさかでござる。お気を落ち着けて…。介行どのが討死された」

「討死…」

「武田軍に合力し、諏訪を出陣して峠を越え、伊那にさしかかったあたりでございました」

「見とどけてくれたのか」

信玄は信濃をほぼ支配下に収めたが、下伊那と木曽谷が残っていた。上伊那はすでに制圧、遠江、三河ひいては尾張侵攻のため、下伊那はぜひとも手に入れなければならなかった。

「戦闘は、すでに支配下にある上伊那で起こりました。信玄に滅ぼされた国人の残党が襲いかかったのでございます」

「介行さまは…」

「反乱鎮圧の先鋒を命じられ…」

家臣が止めるのも聞かず、介行は先頭を駆けた。太刀を高らかにかざし、

「者ども、ひるむなー、追え、追え、ひとり残らず討ち取れー」

介行の勇ましい叫び声に井伊兵の士気は高まった。

「井伊の名を上げよ、敵首を奪えー」

介行は谷筋に駆け入った。そこへ山腹から横矢を射掛けられたのだ。

「果敢に奮戦されましたが」

深追いして本隊と離れたようだ。そこを衝かれ、無念の討死を遂げたのであった。

「先鋒を…」

祖父・直宗の戦死と同じではないか。大名らは直属の軍を温存し、いつも国人衆が先陣を切らされる。

「亡骸《なきがら》は明日にも従者に守られてご帰還になられる」

兵らの無惨な亡骸を、佐奈は幾たび目にしてきたかしれない。

――とうとう介行さままでも。

物言わぬ骸《むくろ》となった介行は、あくる日の昼下がり、佐奈のもとに帰った。井伊谷川の河原を赤く染めた荼毘《だび》の火が、宵闇に燃え尽きていく。誉ある井伊軍を率いるのだと、誇らしげだった介行。馬に鞭をくれ、佐奈に小さくうなずいて出陣していった。

たった十数日の夫婦だった。けれど介行のやさしさに、佐奈の心は解きほぐされようとしていた。大きくあたたかい手が佐奈に触れた。胸に頬を寄せれば、鼓動が力強く打っていた。

それがもう、すべて夜の闇に消えていってしまった。涙は頬に溢れ落ちる。

——もっともっと、ご一緒できれば…。穏やかに睦み合う日々を送れたことでしょうに…。

おずおずと佐奈の鬢を削いだ指先までもがよみがえる。


「佐奈がどれほど望んでも、それは無理だ」

「たって、お願いいたしまする。どうかもう、これ以上佐奈を苦しめず、お許しをくださいませ」

佐奈は何日、直盛とこの押し問答を繰り返してきたことだろう。

「夫を亡くせば仏門に入るのが妻の常にございましょう。介行さまとは、ほんのわずかな日々の夫婦ではありました。でも、妻が夫の後生《ごしょう》を祈らずして、誰が冥福を祈るというのでしょう」

「出家というのは俗世を捨てることじゃ。世を捨てれば領内を差配することもできぬ。ふたたび婿を迎えることもできぬ。井伊家のたった一人の嫡女である佐奈が出家したら、家はどうなる。わしに万が一のことがあったら、いったい誰に先行きを託すのじゃ」

「ふたたび婿を…。父上は、またも佐奈に婿を迎えようと思われるのですか。そんなこと、ご勘弁くださいませ」

「井伊家が立ち行かなくなってしまうではないか。そなたに守ってほしい」

あるときは怒り、あるときは哀願し、直盛は佐奈の出家を止めようとしていた。だが佐奈の気持ちは動かなかった。

「思いとどまってはくれまいか。佐奈を失いとうないのです」

郁はすがって泣く。

「髪は落としても佐奈は、おそばにおりまする。ともに御仏に祈りましょうぞ、母上。たくさんの身内、たくさんの兵らの後の世を、お祈りいたそうではありませぬか」

直盛に許しをもらえず、佐奈は止むにやまれぬ思いを抱え、龍泰寺に駆け込んだ。

「和尚さま、お援けくださいませ。佐奈の願いを、お聞き届けくださいませ」

こうなれば南渓和尚にすがるしかない。

寺は家臣の子息らの学びの場だった。願い出る者があれば、女児にも学ばせた。佐奈もそのひとりだ。書庫には仏法ばかりでなく、遠い唐土《もろこし》から海を渡ってきたものなど、多くの書物が納まっている。佐奈も幼い日から南渓和尚に文字や和歌や算を習い、書を読み、やがて兵法を教わるまでになっている。

「さもあろう。辛いことであったのう。御仏に祈る、それは尊い行いじゃ。しかし、いっときの情に流されてはならぬ。佐奈は井伊家の跡取りであろう」

南渓和尚は穏やかに佐奈をさとす。

「それを、もう忘れとうございます。世俗のしがらみから放たれとうございます」

和尚は膝に手を置き、目を閉ざした。柔和な人柄の和尚だった。ふくよかな頬、大柄でゆったりとした体つきに会うと、ほっとなごむ。だが、子どもらの学問には厳しい。

「この次までに、今習うたところを諳《そら》んじてまいれ」

などと、いつも題目を課す。それを忘れようものなら、

「縁先に座しておれ」

と叱咤が飛ぶ。

頬に墨をつけた男児が、しびれをきらした足をもぞもぞして半泣きになるのもしばしばだった。

――どうか佐奈を叱らず、願いをかなえてくださいませ。

だが、この日、和尚から快い返答はもらえないまま寺をあとにするしかなかった。翌日、和尚は直盛と郁を龍泰寺に招き、佐奈もまじえ話し合うことになった。

第3章　青葉の笛

「佐奈、どれほど望んでも、それは無理だ」

断固として拒む直盛《なおもり》に、

「夫を亡くせば仏門に入るのが妻の常にございます。たってのお願いでございます」

佐奈も引かなかった。南渓《なんけい》和尚は手を膝に置き、じっと目を閉じている。

「こうと思うたら、すぐにも実行する佐奈だということ、父はよう知っておる。これまで、どれほどはらはらしたことか。だがな、出家だけは認めぬ。俗世を捨てることじゃぞ。悔いても、もう戻れぬ」

和尚は静かに耳を傾けるばかりだ。

「いやはや困りもうした。いかがいたしたものか、南渓どの」

直盛は頭をかかえ、郁は涙ぐんで声にならない。

和尚はおもむろに切り出した。

「直盛どの、佐奈の悲嘆を汲んでやってほしい。仏道をこころざす切なる願いは、拙僧もよう分かった。年若いおなごの身で、引佐《いなさ》郷の苦難をずっしりと背負うたようなものじゃ。亀《かめ》之丞《のじょう》への思慕を断ち、介行《すけゆき》を婿に迎えたのも、井伊家を思えばこそ。よう忍んだと思われませぬか」

和尚こそが亀之丞を信濃へ逃がし、その行方を秘した張本人であることを、佐奈は恨めしく思った。

「直盛どのが嫡女である佐奈の出家を受け入れがたいのも納得できる。井伊家は形の上で今川に臣従してはおるが、拙僧も井伊家が自立した領主に復帰できるよう願ってやまない。拙僧の義兄弟の直宗《なおむね》どの、直満《なおみつ》どの、直義《なおよし》どの、それに婿の介行、皆が皆、今川がらみで命を落としていった。亀之丞を信濃に隠したのも今川の魔手から逃れるためじゃった。今や井伊家に残るのは直盛どのに、年老いたわが義父・直平《なおひら》さま。このありさまを思えば、佐奈を御仏の道に歩ませたくはないであろう」

直盛は深くうなずく。南渓は佐奈に向き直った。

「佐奈、ひとたび尼僧となれば俗世には戻れぬ。あやふやな発心《ほっしん》は許されぬ。生涯、御仏にお仕えすることになるのだぞ」

「よう承知しておりまする、和尚さま」

「僧侶であれば還俗《げんぞく》もありうる。幼くして僧籍に入った今川義元も、当主だった兄が没し、家督を継ぐために還俗した。だが尼僧に還俗はない。それも覚悟しておるのか、佐奈」

「戦のため、わが軍に従った多くの者たちが亡くなっていきました。病でもなく、老いでもなく、働き盛りで亡くなったのです。兵たちは妻子や老いた親を残し、どれほど無念だったでしょう。佐奈はわが生のかぎり、この方々の成仏を祈りとうございます」

「尊いこころざしじゃ。身近な者が亡者の後生を祈らねば、魂魄《こんぱく》は現世に迷い、成仏がかなわぬ。菩提をとむらい、御仏の御手にお渡しするのは生者の務め」

「その務めを佐奈は果たしとう存じます」

「そうか。そこでじゃな、直盛どの。拙僧は思案に思案を重ねた。こんな手立てを取るのはいかがであろう」

「手立てとは」

直盛はひと膝乗り出した。

「佐奈を出家させてやろうではないか。ただし、尼僧ではなく僧侶として」

郁はきょとんとして、

「おなごにございます、佐奈は」

「それは存じておるぞよ」

和尚は重苦しい表情をしていた。

「佐奈は男《おのこ》になる。号を直虎《なおとら》とする」

誰もが言葉に詰まった。

和尚が、

「法名は…」

と口にするのを直盛がさえぎった。

「法名は得度《とくど》を済ませ、仏弟子になったときに与えられるものではないか」

直盛は戸惑いを隠せない。

「拙僧としては、佐奈のたっての願いをかなえてやりたい。だが、井伊家の事情を考えれば、ただあたりまえの出家をさせるわけにはいかぬ。拙僧も直平さまの養子、当主の直盛どのが納得せねば得度はさせられぬ。尼僧にはできぬのじゃ。そこで、佐奈の不退転の決意を認めたによって、法名を直盛どのに提案しておきたい」

長い前置きのあと、和尚はこう告げた。

「法名を次郎法師《じろうほうし》と授けようと存ずる。跡取りのままの出家、いかがじゃな、直盛どの」

「ふーむ、次郎法師…、直虎…」

直盛はつぶやき黙り込んだ。郁も「直虎」と口にしたきり黙り込んだ。佐奈も、まさか男名などとは予想さえしていなかった。

「いかがであろうの」

また問いかけられ、しばらくすると直盛は急に相好《そうごう》をくずした。

「妙案にござりまする。次郎は、わが井伊宗家を継ぐ男子の通り名でござる。諱《いみな》は直虎ですな。直もまた父祖以来の通字。そうか、お虎か。気丈な佐奈にふさわしい。妙案じゃ、妙案じゃ」

さも愉快そうに笑い声をあげた。それから、

「不満足か、佐奈は」

和尚は自身の苦慮の結果を拒ませまいと、押しの強い眼差しを向ける。

「拙僧の苦心の方策じゃぞ、佐奈。おなごではあっても男名の次郎法師直虎。仏の道に入りはしても尼ではない。直盛どのの願い、佐奈の望みをかなえる苦肉の策なのだ。跡継ぎの名と僧の名をかねておるゆえ、万一の場合には還俗がかなう。佐奈はそれを覚悟せねばならぬ立場にある。直盛どの、これでよろしいな、井伊家に危機が訪れた際への配慮を尽くしたつもりじゃ」

和尚も、どうあっても納得させたいようだ。

しかし、還俗もありうるという、どっちつかずの出家を佐奈は納得できなかった。墨染の衣をまとう意味が異なってしまう。後戻りなどしない潔《いさぎよ》さをこそ、望んでいたからだ。

佐奈の迷いを察した和尚は、

「退路を断つことを潔しと思うか、佐奈。それはむしろ、心の弱さじゃ。退路がないということを、おのれのよりどころにするのではなく、御仏の法《のり》に照らし、そのとき、そのときに

信心の決意を新たにしていくことが、仏道へのまことの発心《ほっしん》。覚悟とは、こういうことを言う」

厳しい口調だった。

「はじめから還俗もありうるとは、仏道をあざけることと思うやもしれぬ。しかし、佐奈には、実の世を見つめる目を曇らせてほしゅうない。拙僧のもとで学んだことを、戦のない世のために役立ててほしい。佐奈、拙僧もな、僧堂に籠ってはおらぬぞ。これまでも、これからも、引佐の地によかれ、井伊家によかれと力を尽くす。佐奈にも、そうあってほしいのじゃ」

決して世捨て人になってはならないと言いさとす。

「今川義元の側近、雪斎和尚は義元の治世を先導するばかりか、軍を率いて戦うお方じゃ。だが、先年、京・妙心寺の住持となられた。座して考えておるばかりが僧の役目ではないと、身を以《もっ》て示しておられる」

南渓和尚もまた、臨済宗妙心寺派の法統を受け継いでいる。しみじみと説かれ、佐奈は、おのれの立場をあらためて悟った。

「次郎法師直虎の名、ありがたくお受けいたしまする、和尚さま」

「得度までは、本来なら仏典を学び、座禅の修行を積み、不退転の覚悟を培わねばならぬ。だが佐奈は幼時から拙僧のもとで学び、拙僧とともに心経《しんぎょう》を唱え、参禅もして参った。波乱含みの昨今ゆえ、あまり日を置かぬほうがよいだろう。十日ののちとしよう。剃髪し、佐奈は生まれ変わる。それまで日々参禅、写経し、経を唱えよ」

郁は佐奈の髪を、そっとなでた。

「こんなに豊かな髪を…。惜しげもなく下ろしてしまうのか」

声はすすり泣きにまぎれた。残って参禅したいという佐奈を置いて帰り際、直盛は、

「そうよのう、龍泰寺のご門前に、小さい庵などを設けねばならんなあ」

などとつぶやき、寺をあとにした。

得度の日となった。佐奈は白衣《はくえ》に白帯をまとい、衣から出ている手や顔などに清めの香を塗り、浄水を身に振りかけて御堂に座した。厨子に祀られた知恵と慈悲をつかさどる虚空蔵《こくうぞう》菩薩《ぼさつ》像に手を合わせると、学僧らの誦経《ずきょう》が堂内に響きわたった。経文にまじり、かすかに篠笛が聞こえてくる。

――おや、どなたが…。あ、あれは、あれは青葉の笛…。

亀之丞の奏でる笛の音《ね》だ。

――そんなはずはない。では、風…。

和尚の扇がぴしりと佐奈の肩を打った。

「妄想、執着を払うべし。調身《ちょうしん》、調息《ちょうそく》、調心《ちょうしん》。丹田《たんでん》に気を込め、出入りの息を整えよ」

和尚の叱咤が飛ぶ。

「般若波羅蜜多《はんにゃはらみった》…、般若波羅蜜多…」

姿勢をただし唱えた。

次の間に移り、いよいよ剃髪となる。合掌する佐奈の髪を、南渓和尚は肩のあたりでていねいに切り揃え、長手盆に落としていく。出家へと歩まなければならなかった十七歳までの歳月が瞼の奥をかけめぐり、涙が一筋頬を伝った。やがて清々しさが佐奈の身に満ちてあふれる。御堂から届く誦経の高まりに包まれ、心のゆらぎは次第に鎮まっていく。

和尚の手が止まった。

「ここまでじゃ」

小さい音をたてて剃刀が盆に置かれた。

——涙を、お怒りになったのだろうか。

佐奈はどきりとした。出家の覚悟のなさを見透かされたのか。

「尼削《あまそぎ》とする」

和尚は短く告げる。在俗のまま仏門に入る者の髪型であった。

「どうして…」

目を上げ問いただそうとする佐奈を、和尚は止めた。

「得度式のさなかである。ただ誦経せよ」

行く先を考慮する和尚のはからいであった。剃髪を避けたのである。儀式が済み、念珠《ねんじゅ》と墨染《すみぞめ》の法衣《ほうえ》、髪を覆う尼頭巾《あまずきん》が与えられた。

「仏弟子として生まれ変わったそなたの名は次郎法師直虎。僧侶であるぞ」

こう言ってから和尚は、

「出家したからには仏弟子として修行に勤めるのは当然じゃが、それだけではない。御仏の加護を願う者たちに対し、俗世と浄土との橋渡しをするのも務め。それが佐奈の宿命《さだめ》じゃ。何がどうあろうとも、佐奈は、井伊宗家の佐奈なのでなぁ」

ふっと息を吐く和尚の眼差しに、心なしか安堵の色が窺われた。

——直虎となっても、佐奈は、佐奈…。

そのひと言が、佐奈を気負いから解き放つ。穏やかな心境で僧堂に明け暮れる日々を予感できた。直盛や郁は、おずおずと、お虎とか次郎法師などと呼ぼうとしたがしっくりしないらしく、南渓和尚の言うように、

「佐奈は、佐奈じゃ」

と、今までどおりの呼び名に落ち着いた。ときに家臣や乳母などが、尼さま、尼御前《あまごぜ》などと言うこともあるが、これもしっくりしないのか、やはり、

「ひいさま、佐奈どの」

が据わりがいいらしい。佐奈も、それでよかった。

佐奈は龍泰寺門前の、かつて曽祖母が住まっていた古い庵に入った。仏間と居間、土間のついた台所だけの庵の軒先に、蝉しぐれが降りそそいでいた。

アヤメが庵に住み込んで、かいがいしく暮らしの世話にあたるのだが、乳母のかねと甚助《じんすけ》の女房ぬいが、朝に晩に顔をのぞかせる。龍泰寺は井伊館から南へ十丁（約一キロメートル）ほど、ほんのひと走りなので、

「慣れぬお暮らしで、さぞかしご不自由でしょう」

などと言っては狭い庵の掃除をしたり、いい茄子が採れたからとか、粟餅をこしらえたからなどと言って抱えて来たりする。庭先の畑作り、杉戸《すぎと》のきしみ、柴垣の補修などの力仕事は、甚助や繁孝《しげたか》が引き受けてくれた。繁孝がやって来ると、アヤメは気持ちを弾ませる。

「白湯はいかがです。ひと休みなさいませ」

などとつきまとうので、

「やかましいぞ」

と繁孝から叱られたりしていた。邪険にされても、声をかけられてアヤメはうれしそうだ。無駄口ひとつきかず、めったに笑顔も見せない繁孝なのに、その端正な顔立ちのせいか、井伊家に仕える女たちの噂の的になっている。

——アヤメも、そのひとりか。

佐奈は苦笑するばかりだ。

佐奈は龍泰寺の修行僧とおなじように修行の日々を送った。寺から響いてくる暁の鐘で起き、まず朝のお勤めから始まる。庵の厨子に納められた菩薩像に焼香、礼拝、誦経し、身も心も引き締まる。

アヤメの炊いた粥をいただいたあとは参禅。日中は堂内や庭の掃除をする作務《さむ》にいそしんだ。麦飯と一汁一菜の昼食、作務、そしてまた鐘を合図に座禅、夕餉が済み黄昏が迫るころ、暮れの鐘が大気を震わせる。山門は閉ざされ、夜の参禅へと移っていく。定められた消灯の刻限のあとも夜坐《やざ》という参禅が行われた。

そんな日課にも、次第に慣れていった。

「アヤメ、館から小菊を抜いてきて、垣根にでも植えましょうか」

裏庭で干し物をしているアヤメに声をかけた。アヤメの瞳がぱっと輝く。

「ええ、ええ。お館に行って、菊などを少し取って参りましょうよ」

陽気で活発なアヤメにとって、庵での明け暮れは退屈だったのかもしれない。佐奈も剃髪してから外へ出るのは初めてだった。刈った稲を忙しく稲架《はざ》に掛ける百姓や女たちが墨染の佐奈を見つけると、手を止め、合掌する。そのなかに吉《きち》じいの姿があった。

「吉じい」

佐奈は畦から呼んだ。

「ほーうい、これはまあ」

吉じいは、口をぽかんと開けて見つめていたが、すぐに欠けた歯を見せて笑った。

「稲の実入りは、どうじゃなー」

佐奈は声が届くよう口もとに手を当て叫ぶ。

「おうおう、尼さまが田んぼのことなんぞ、もったいない」

吉じいは手拭いで首筋を拭きながら畦にあがって来た。

「なんじゃ、いつものひいさまと同じでねえか。衣装はちがうけどもよ」

「そう、佐奈は佐奈じゃ」

吉じいは、どっこいしょと佐奈に並んで地べたに座り、

「今年は暑い日が多いもんで、稲は、よう実が入っとるに。豊作になりそうだに」

満足そうに刈田に目をやる。

「ならば、正月には米の餅も搗《つ》けるな」

「いや、それはなんね。米はお宝だでね。だーいじにしまっておかねばならんのだに」

真顔になって佐奈に説教する。

「そうであったの、吉じいの言うとおりじゃ」

いざ戦となれば村の男たちは兵として駆り出される。残る家族の食い扶持は、贅沢をして食いつぶしてはならなかった。そればかりではない。軍の兵糧として差し出すことも始終だ。額に汗し身を粉にして働いても、年貢を納めたあとは備蓄もそこそこの民たちだった。それ

でも、こうして敬愛の情を示してくれるのは、領主が外敵から守ってくれる、田畑や水利を保護してくれる、市《いち》でなにがしかの品を買い求める銭が得られるという信頼があるからなのだ。南渓和尚が俗世を離れてはならぬと説いたことの真意はここにあるのだと、佐奈は身に沁みる。

アヤメに促され、佐奈は腰を上げた。

館の座敷では、郁が繁孝に蔵に収納した穀物の種類や量を書かせているところだった。

「まあまあ、次郎法師どのは、のどかに花摘みかえ」

と、久しぶりに会ったにしては皮肉な郁の挨拶だ。収穫時で、よほど忙しいのだろう。

「法師どの、母はまた仕事が増えて、腰が痛うなりそうじゃ」

言ったきり、帳簿に目を落とし、知らんぷりだ。この春、佐奈は婿を迎えたのを機に、郁を助けて家務を担うようになっていたのに、それを放り出してしまったわけだ。

――読経三昧は身勝手なのかもしれない。

どのような姿であれ佐奈は佐奈、と和尚が言ったのは、こんなことをも指していたのか。家財の蓄え、備蓄穀物の管理など、家臣任せにできない務めを郁と佐奈が担っていた。

――寺での作務は減らし、家務にあてねばならぬ。

背中に疲れを滲ませる郁を思いやった。

アヤメが庵に持ち帰る小菊を抜いているあいだ、佐奈は仏間の厨子に経をあげ、隅々まで清めていた。足音がした。

「さ、早うこちへ参れ」

直盛が誰かを居間に招き入れる低い声がする。奥の仏間に佐奈がいることに気づいていない。ここは両親と佐奈しか立ち入らない場所だ。

「市田の松岡貞利《さだとし》さまからの伝言にございます」

「書面ではないのか」

「書きつけは奪い取られる危険がございます。伊那谷一帯に、さまざまな勢力が放った忍びがはびこっておりまする。ゆえに正式な文書は二、三日のうちに、松源寺さまから龍泰寺さま宛て、僧侶がたずさえて参る手はず」

報せているのは塩商人の小弥太《こやた》だ。

「して、伝言とは」

「ほどなく武田信玄が大軍を率いて伊那谷を南へ侵攻して参りまする。松岡さまがおっしゃるには、戦うにしろ、恭順するにしろ、亀之丞さまの身が危ないと」

「やはり、予測どおりの事態になったか」

昨、天文二十二年（一五五三）、北信濃を掌中に収めようとする信玄は千曲川沿いに布陣、九月から十月にかけて川中島（長野県千曲市八幡）で越後の長尾景虎《ながおかげとら》（上杉謙信《うえすぎけんしん》）と激しい戦いを繰り広げた。

川中島一帯には名刹・善光寺や飯綱など修験の聖地があり、有力な経済圏を形づくっていた。小河川の多い穀倉地帯で、米の収穫高は越後一国を上回る。河川交通の要地であり、漁業も盛んだった。

海のない甲斐国の信玄は、川中島から北信濃を制して越後の海への進出を求めたし、景虎は信玄に侵略された北信濃の国人衆の救済を表向きの理由に出陣したが、自国の生産高を超える穀倉地帯はぜひとも手に入れたい。

この戦闘の結果、近辺の国人衆や土豪たちはことごとく信玄になびき、一方、景虎も北信濃を掌中に収め、ある程度の成果を得て、それぞれが甲斐と越後へ引き揚げていった。

信玄は長尾景虎との合戦が休止になると、信濃の佐久、下伊那、木曽の制圧を目指す。いよいよ武田軍が上伊那から下伊那に向かって進軍して来る気配が高まった。

年が明けて、今年七月、信玄みずからが総大将となり、猛将飯富三郎兵衛《おぶさぶろびょうえ》（山県昌景《やまがたまさかげ》）や知将山本勘助《やまもとかんすけ》らを率いて下伊那に侵攻した。市田郷の松岡城に近い古くからの豪族知久《ちく》氏の居城神之峯城《かんのみねじょう》、信濃守護小笠原氏の居城鈴岡城が激しく抵抗したが、鉄砲も加えた猛攻に城兵は持ちこたえられず陥落。多くの国人衆は押し寄せる大軍にいたずらに抵抗するよりも、和睦して領地を守る道を選び降伏し、城を明け渡した。

武田軍は下伊那を接収すると上伊那方向へ転進、伊那部郷《いなべごう》の西にそびえる峻険な山岳地帯を北寄りの権兵衛峠《ごんべえとうげ》で越え、木曽谷に入った。木曽氏など国人や土豪らはひとたまりもなく降伏。これによって信玄は、川中島地帯とその北部を除いて信濃全域を手中に収めたのである。

「そうか、松岡どのは、今川と武田の同盟があるからには、信玄軍の遠江侵攻はない、安全地帯に亀之丞を逃がそうと判断されたのだな。みずからが危急存亡のときのご配慮、かたじけないことじゃ」

義元の正室は信玄の姉であり、その間に生まれた娘を信玄は嫡男義信の正室に迎え、同盟を強めている。そのため今川領の井伊谷《いいのや》が信玄に攻撃されることはないと見とおして、亀之丞の帰郷を促したのであった。

「お館さまの感謝のお言葉、この小弥太、松岡さまにしかとお伝えいたしまする」

「松岡貞利どのも飯富三郎兵衛の配下となった。思えば五百年来、天竜川の西側に広く威勢を誇った松岡氏が、あえなく武田の軍門に降ってしまった。戦に負けるとは、すべてを失うこととは承知しておるが、まこと、はかないものじゃのう」

直盛も小弥太も、隣室の佐奈には、まだ気づいていない。

「よし、亀之丞を井伊谷に連れ戻す。幸いなことに小野和泉守も、すでに没した。ついに、このときが来た。中野繁孝を市田郷まで迎えに出す。小弥太も繁孝とともに行け。大人数で目立ってはいかん。ほかに三人、屈強の手練《てだ》れをつける。今村藤七郎が亀之丞に従って戻って来るだろう。信濃と遠江の国境《くにざかい》までは松岡どのの家臣がお送りくださるはずだ」

控えめな調子ながら、直盛の声に活気があった。亀之丞の帰還がうれしいのだろう。

「松岡さまに促され、すでに亀之丞さまは出立の支度を始めておられます」

「そうか、火急のことであるな。国境まで井伊から迎えをやり、松岡どのの家臣と引き継ぎをする。万が一にも危険にさらすな」

――亀之丞さまがお帰りになる。

佐奈は手にしていた仏具を取り落とした。

「何者」

直盛が咎めると同時に、

「佐奈にござりまする」

震えながら答えた。

「おったのか、そこに。聞いたのだな」

直盛はうろたえている。

「いずれ知ることにございます」

――落ち着かねば…。佐奈は出家の身ではないか。

心の乱れたまま、直盛と話したくはなかった。厨子に向き直って合掌し、すがるように心経を唱える。

「観自在菩薩《かんじざいぼさつ》　行深般若波羅蜜多時《ぎょうじんはんにゃはらみったじ》　照見五蘊皆空《しょうけんごうんかいくう》……」

天文二十四年（一五五五）年が明けると、佐奈は庵で暮らすことをあきらめ、井伊館に戻った。亀之丞の帰国は極秘にされていたが、家中はざわつき、郁の疲れが日立ったからだ。それでも龍泰寺には欠かさずに通った。南渓和尚も佐奈の勉学指導に厳しさを増し、

「いずれ家を継ぐ者として、生半《なまなか》な知識では立ち行かぬ」

と経文はもとより、漢籍の講読や筆写に昼下がりいっぱいを費やさせ、それが済むと寺の私兵に武術の鍛錬にあたらせた。このころ、大きな寺は要塞の役目を果たし、僧兵をかかえているのが普通だった。

二月に入り、寒風の吹く夕刻、館に戻ろうと山門をくぐったとき、小弥太が佐奈の前に現れひざまずいた。

「ここなら耳をそばだてる者もおりませんでしょう」

ひと膝寄って、小声で告げた。

「亀之丞さまは、無事、信濃と遠江の境を越えられました」

——ああ、その時が来てしまった。

会えないがゆえに思慕はつのり、許婚《いいなずけ》はあの世までの契りと、その約束だけが佐奈の支えだった。そして知った。妻をめとり、女児と男児の二人の子さえあることを。遠い地から伝わってくる報せによって、抱き続けた夢はなすすべもなく散り、待ち望んだ再会も、今は苦痛だった。

「亀之丞さまは幼い姫とご一緒です」

「姫…。ほかに連れは」

「いえ、姫さまおひとりだけを」

　妻や男児はどうしたのであろう。それを小弥太に訊ねることはやめた。妻子のことを気にしていると知られたくなかった。

「ほどなく井伊谷に戻って来られるのか」

「いえ、まずは渋川の東光院に落ち着かれました」

「ああ、東光院ですか。聞いた覚えがある…」

　渋川郷は山間部ながら広域にわたっており、すぐ北は信濃、西に山を越えれば東三河の名刹・鳳来寺を擁する鳳来寺郷に至る。引佐郡にとって重要な村落だ。十年前、刺客の手を逃れて井伊館を脱出したとき、今川の手がおよんでいない渋川の東光院に立ち寄ったと佐奈は聞いていた。ご住職の道案内で真冬の伊那路をたどったという。

　遠江の領内に入ったこと、姫を連れていることを小弥太に告げさせたのは、佐奈の動揺を少なくしようという直盛の配慮だったのだろう。こうして少しずつ知らせるのは、いつものやり方だ。

　――出家の身のわれに、気づかいはいらない。

　直盛にとっては、いつまでも子どもなのだろうと、苦笑さえこぼれる。詳しい話を直盛から聞かされたのは、数日経ってからだった。

「すんでのところで亀之丞は武田信玄の軍に踏みにじられるところじゃった。ともかくも、事無く市田を去ることができた。伊那一帯の領主らは、まるで風になびき伏す葦のごとく、戦わずして武田の軍門に降った。多くの大名らが恐れる武田軍であれば、降伏もいたしかたなかったのであろう」

下伊那から南へ山地を越せば、一跨《ひとまた》ぎで引佐郷だった。信玄は遠江、三河へ出る重要な地点を確保したことになる。信玄は駿河や相模との三国同盟を維持するだろうか。遠からず遠江へ侵攻するかもしれないと、佐奈にも察しがついた。

「備えを万全にせねばならん。さて、そこでじゃが、実は先日、今村藤七郎が訪ねて参った。亀之丞の父・直満どのの家老であった藤七郎を覚えておるか」

「顔かたちや名に覚えはございますが…」

刺客に狙われた亀之丞を叺《かます》に詰めて、ともに井伊谷を脱出したという剛の者だ。

「亀之丞の命を奪おうとした小野和泉守政直が没したことは、藤七郎に伝えた。しかし、わが家臣らにはまだ、帰還のことを話しておらん。和泉が死んでも、息子の但馬がおる。井伊谷に入るには、手順を踏まねばならんだろう。東光院で、いましばらく待つよう命じた」

直盛の頬は上気していた。眼差しに力がある。亀之丞が帰国すれば備えの頼りになると期待がふくらんでいるにちがいない。佐奈は、ずっと聞かされてきた直盛の若き日の奮闘を思い起こした。引佐郷が不本意にも今川配下となって以来、支配権を維持しようと、亀之丞の父・直満、その弟・直義に支えられて宗家を守ってきた。その直満、直義を殺されて十一年になる。ようやく亀之丞を連れ戻し、右腕を得たと活気づいているのだ。やはり、家を支える若い男子が必要なのだ。

「そなたのことも、今村に伝えた」

「われのこととは」

「婿を迎えたこと、婿が戦死したこと、得度したことをじゃ」

それぞれが伴侶を得て別の道を歩んだことを知れば、たがいに肩の荷を下ろすことができる。

「亀之丞のことだが、女児を連れて参った。妻と男児を向こうに置いてきたそうじゃ」

「それは聞きました。けれど、何ゆえ女児だけを」

真冬の山旅だった。妻や赤子を連れて来られなかったのだろうか。佐奈は心の隅で安堵を覚えていた。家族ともども帰ってくる姿は受け入れがたいかもしれない。

「井伊家を継ぐ立場にあることを忘れてはおらなんだゆえのこと。妻といっても身の回りの世話に仕えていた者、婚儀を挙げてはおらぬという。亀之丞が井伊宗家に入るなら、井伊とゆかりのない女が産んだ男児を連れて来られないのは当然であろう」

佐奈の胸中にたくさんの疑問が湧いた。井伊家を継ぐとは、正式に直盛の養子になることを意味する。赤子は、その跡継ぎとなるにはふさわしくないと直盛は言うのだ。では、井伊家の血筋の誰をめとり、継嗣をもうけるというのか。十年以上も経って井伊谷に戻らねばならないことを、亀之丞は素直に納得できたのだろうか。残して来る妻や、幼子に未練はないのだろうか。

――きっと、涙にくれる妻を説き伏せたのだろう。生まれて間もない赤子との別離は、どれほど切なかったことか。

女児の年ごろからすれば、元服を迎えてすぐに妻を迎えたはずだ。連れ添って五年ほどにはなる。次々と子に恵まれる睦まじい仲を割かれ、辛かったにちがいない。そのまま市田郷で生涯を送ることはできなかったのだろうか。

――そう、それはできなかった。武田信玄が破竹の勢いで下伊那に進軍を開始したゆえ。亀之丞は松岡のお館さまからすれば預かりもの。ともに滅びるわけにはいかないと、松岡さまは帰郷をお勧めになった。親子は戦に追われ離れ離れに…。

その悲哀は十分に察せられる。

「父上、妻というおなごは、どのような方か、ご存じなのですか」

「ああ、聞いた。知るのは、いやではないのか」

「知らねば、どうしようもございませんでしょう」

「市田郷から二里（約八キロメートル）ほど南、島田という郷《さと》に住む塩沢氏の娘じゃそうな。名は千代。

塩沢氏は代官を務める名主だという。島田郷といえば信濃守護小笠原氏の重要拠点・松尾城の城下だから、小笠原氏の代官であろう。まあ、松岡のお館さまの世話じゃろうから、それなりの家柄といえような」

市田郷に身を隠したのは亀之丞の意思ではなかった。それでも、いつかは井伊谷に帰る、井伊宗家を継ぐと固いこころざしを抱いていたのであれば、妻となった千代もあわれだ。別れは定まっていて添うたことになる。幼い子らを抱えながら、いつかやって来る別れに怯えて暮らしていただろう。井伊谷に帰るのもまた、亀之丞の決めたことではない。辛いのは佐奈ばかりだったのではない。戦は、亀之丞にも、千代というおなごにも悲しみを強いたのだ。

春にことよせ、直盛は家臣を集め酒宴を催した。一同がほろ酔いになったころだった。

直盛が前置きなく告げた。

「亀之丞が井伊谷に帰って来る」

「おー」という驚きの喚声が広間に響きわたった。

「亡くなられたのではなかったか」

「いやいや、刺客に追われ、命からがら逃走したと聞いたぞ」

「そうではない。出家したと、もっぱらの噂だった」

「十年以上だぞ。生きておられるなんて思えんかった」

家臣たちは口々に事情通をひけらかし、ざわめいた。直盛は評定《ひょうじょう》の席ではなく、あえて、くだけた場を選んで口を切ったのだ。さまざまな詮索を避けるためであろう。

酒を交わしながら、直盛はざっと事情を話し、

「井伊の家督を守るため、苦肉の策であった。亀之丞は二十歳を迎えた。よい若者になったぞ」

またもや酒席にさんざめきが広がる。

「そうじゃ、りりしい少年じゃったものなあ」

「剣の腕はたしかだったぞ」

「それればかりじゃない、龍泰寺の和尚を驚かすほどの学才と聞いた」

「わが娘は亀之丞さまと聞いただけで、頬を真っ赤にしておったわ」

「その娘は、どうした。亀之丞さまのお側にでも上げるか」

「めっそうもない。娘ったって、今じゃ、いい歳になった。嫁に行って、もう子持ちじゃよ」

直盛はそんな賑わいをうれしそうに眺め、盃を空けている。郁は佐奈に、

「酒席じゃ。もう、そなたは、この座におらずともよい」

とうながし、そろって広間をあとにした。

「亀之丞どのが数日のうちに、ここへ参る。父上に挨拶が済んだころを見計らい、そなたも挨拶を受けよ」

郁はそっと告げた。いつまでも顔を合わせないで済むはずはなかった。それならば、郁の言うように、来訪次第、会っておいたほうがいい。

「井伊谷にお住まいになるのですね」

「ああ、お館さまは、そのおつもりじゃ」

「大叔父・直満さまのお屋敷は、あのおりに壊されて、もうございませんけれど…」

直満と直義が謀叛の濡れ衣で殺害されるとすぐ、井伊館の一隅にあった屋敷は破壊された。義元の井伊家へのさらなる追及を恐れたからだ。亀之丞も姿を消し、佐奈はその名残を求めて館跡を探し回った。

「館跡には円通寺が建立されておりますのに」

「そうよな、亀之丞どのの住まいをなんとかせねばならぬな」

「まさか、この屋敷に」

それは、あまりに辛すぎる。

「いくらお館さまでも、そんなことはなさるまい。佐奈は心配せんでいい」

郁の穏やかな眼差しが佐奈を安堵させた。

それから十日後、小弥太が佐奈の座敷の外で低く呼んだ。

「まもなく繁孝さまが亀之丞さまをお連れになります。幼い姫も伴われ、今村藤七郎さまとご一緒に」

早口で言うなり姿を消した。入れ替わるように郁がやって来て、さりげない口調でぽつりぽつりと話し出した。

「佐奈、何と言えばいいかのう。折しも木々の芽ぐむ春三月、井伊家の新たな始まり、とでも言おうか。十一年という歳月かけて、わが井伊家は今川の圧力に抗し、亀之丞を取り戻した。皆が辛い歳月を忍んで、この日を迎えたのじゃ」

井伊家にとってめでたいこと、だから佐奈も心を鎮め、家の大事ととらえよというのだろうか。

「お館さまは佐奈のその後を、すでに亀之丞どのに伝えた。そなたは何も語らずともよい」

迷いを振り払い、郁とともに表座敷に向かった佐奈は、直盛の脇に座り、亀之丞と向き合った。

「佐奈……」

墨染をまとった佐奈を見つめ、亀之丞は声を呑んだ。

「尼さまになられたと、ちらと伺ったが…」

まっすぐな視線も、佐奈という呼び方も、あのころのままだ。だが背丈は家臣の誰にも負けないほどに伸び、色白だった頬も手も、たくましく日に焼けていた。

「長い長い無沙汰であった。許されよ、佐奈。だが、井伊谷のことを忘れた日はない。いつか戻る日が来ると、信じて疑わなかった」

真剣な眼差しに偽りは見えない。それならば、なぜ、千代というおなごと交わったというのだろう。だが、そんなことを問い詰めるつもりはなかった。

「おかえりなさいませ」

声が佐奈の胸からあふれ出た。

「ようやく帰って参った」

佐奈は目を閉じた。このふた言のやりとりを、どれほど待ったことだろう。だがふたりの立場は変わってしまった。

「まあ、よいよい。くつろぐがいい、亀之丞」

直盛は穏やかに声をかける。初老の男が縁側に姿をあらわし、ひざまずいた。

「今村藤七郎にござりまする」

郁と佐奈に深く礼をした。

「藤七郎どの、すっかり髪が白くなって。そなたも家族を捨て、行方も知らせず、見知らぬ人びとのあいだで亀之丞を守った。苦労をしたのであろうなあ」

郁のいたわりに藤七郎は、

「何の。苦労などござりませぬ。野を駆け、山を駆け、楽しゅうございました」

「そう言うてくれれば気も休まる。ありがたいことじゃ、藤七郎どの」

佐奈の見覚えている、体格のいい、ひげもじゃの藤七郎とは印象がちがった。頬はこけ、胸板も薄くなったようだ。が、大きな声だけは変わらない。

乳母のかねが茶菓を運んで来た。そのあとを追うように、女の子が駆け込んでくる。

「これ、小春、行儀よくしなさい」

亀之丞にたしなめられ、女の子は、

「はい、父上」

と愛らしく答えて亀之丞の隣に、ちょこんと座った。

「娘の小春にござります る」

亀之丞は低く頭を垂れた。小春と呼ばれた子は亀之丞をちらっと見ると、真似をして床に頭をつける。

「小春というのか。いくつになった」

郁はやさしく訊ねた。

「五つになりました」

はきはきと答える。色白なのは父親似なのだろう。二重瞼で切れ長の目もと、小さい鼻と桜の実のような唇、茶色がかった切り髪が柔らかな印象を与える。佐奈にとっては、年の離れた又従姉妹にあたる。

「そうか、五つか。よい子じゃのう。涼やかな眼元が父さまの子どものころに、よう似ておる。さ、ばばのところへおいでなされ」

郁は小春の愛らしさに取り込まれ、すっかり祖母になりきっているようだ。小春は物怖じしない性質《たち》らしく、

「はい」

と答え、きちんとした所作で進み出た。厳しく行儀作法を躾けられているようだ。

「尼御前《あまごぜ》さま、小春にございます」

佐奈への言葉づかいにも品の良さが窺われる。そんな娘を亀之丞は目を細めて見ていた。

「めずらしい菓子じゃ、ひとつ進ぜようなあ」

郁は懐紙を取り出し、この日のために特別にこしらえたのであろう饅頭を載せ、小春の手に取らせた。

「ありがとう存じます。父上、頂きました」

と亀之丞に渡す。どこまでも行儀がいい。

「そうか、父が預かっておこう。あとで食すがいい」

すっかり父親の亀之丞だ。佐奈は何ひとつ口を差し挟むこともできないでいた。そのとき、小春が、

「あ、父上、あそこに」

と、部屋の奥の棚を指さした。

「父上、青葉の笛があります、ほら」

棚に飾ってあったのは、佐奈の初音だった。包みは亀之丞の青葉と同じ錦の布《きれ》だ。

「父上、青葉の笛ですよ。母上が大好きな。父上、ここに置いたの」

瞳を輝かせ、亀之丞を見上げる。気まずい気配が漂った。青葉の笛…。婚約の証に直盛は、亀之丞に青葉を、佐奈に初音を与えたのだ。

一瞬、佐奈の脳裏に思い出がかけめぐる。二人はよく笛の稽古をした。佐奈よりも亀之丞の上達がずっと早かった。秋の風が心地よい日、佐奈に笛を奏でてくれたことがある。澄み切った空に吸い込まれていく笛の音は、今も耳もとを離れない。亀之丞はしばしば、初音を佐奈の手に取らせ、唇の当て方や、指の押さえ方を教えてくれた。その指先のぬくもりも、昨日のことのようだ。行方知れずになった亀之丞が、井伊谷を、佐奈を思い出しながら、どこかで奏でていると、佐奈は思いを馳せたものだ。

小春の無邪気な声に、誰もが言葉に詰まっていた。

「そうか小春、そなたの母上が大好きな笛を見つけたのだね」

さすが郁だった。うまく場をとりつくろったが、佐奈の胸には小さな傷が残った。

亀之丞親子はとりあえず円通寺の庫裏に住み、甚助の女房ぬいが小春の面倒をみた。人懐こく素直な小春は、すぐに井伊館の人びとに馴染み、誰にも可愛がられた。宗家の屋敷にも父親に内緒でやってくる。亀之丞に行ってはいけないと禁じられているらしいが、寺では退屈するのだろう。

「尼御前さま、ほら見て」

佐奈を手招きし、乾いた庭土に枯れ枝で絵を描く。よほど好きだとみえて、飽きずに描いている。

「これは父上、これは尼御前さま、真ん中は小春」

三人並んだ絵に、佐奈は何やら落ち着かない。こんなふうにして市田郷の原で父母と遊んでいたのだろう。どのように言い聞かされているのか、母親や赤ん坊の弟の絵は描かない。母親が恋しい年ごろだろうに、そんな心根が不憫に思えた。佐奈はいつの間にか、このあどけない幼女を好もしく感じ、そのおかげだろうか、亀之丞がいる暮らしに慣れていった。

「佐奈、相談がある」

直盛はぎょろりとした眼を向けたが、それにそぐわない、おずおずとした声音《こわね》で切り出した。

「墨染の衣を脱いではくれまいか」

還俗を求めているのだ。

「何ということをおっしゃいます。父上がようやく出家をお認めになって、まだ半年ほど、そのようなこと、どうしてできましょうか」

「単刀直入に言おう。亀之丞を養子に迎える。亡き直満どのとの約束じゃ。井伊家を盤石にする。佐奈を彼の正室といたしたい。直平さまとも先行きについて話を重ねてのことじゃ」

亀之丞を迎えてからの直盛の様子に、こんなことを言い出すのではないかと怖れていた。

「できませぬ。佐奈は出家の身。そんな、さげすむべき行いなど。あのお方には、すでに妻子がありまする。正室などと言葉を飾ってみても、あまりにあさましい」

佐奈は腹立ちにみまわれた。

――これが一年前のことであったら…。

ふと迷いに誘われる。

――婿を迎える前であれば…。墨染をまとっていなければ…。

佐奈は亀之丞への思慕を遂げることができただろうか。だが、こんな思いは、かりそめの、よまいごとにすぎない。

「妻と男児を捨てた。井伊の家督を継ぐ。あまりに身勝手ではありませぬか」

勝手な言い分は直盛も直平も同じだ。

「佐奈、それは誤解だ。亀之丞はおめおめと跡取りになろうとしてはおらぬ。わしと会《お》うて、まず言うた。さまざまな事情により帰国はいたしましたが、養子の約束はなかったことにしてほしいと。井伊家の武将の端に加えていただければ、ご恩にむくいることができる、と申して一歩も引かぬ」

「それで父上はどうおっしゃったのでしょう」

「うむ…」

直盛は返答をためらっている。

「亀之丞を呼び戻したのは、ほかならぬわしじゃ。帰国させたからには、彼の今後に責任を持ってやらねばならぬ。二十歳の日までの空しい歳月を埋めてやりたい」

「それが佐奈なのでしょうか」

「怒らんでくれ。そなたら二人、ともに曲折があった。それもこれも井伊家を守り抜くため、考えに考えてのなりゆきじゃった。宗家の血をつないではくれまいか」

直盛の願いは佐奈にもよく分かった。それだけに心は揺れる。思慕は今も、埋《うず》み火のように熱い。だが、佐奈はたどってきた歳月に怯えた。抱き続けた想いは、もう妻として添うことを望んでいない。佐奈は婚姻後の暮らしがどういうものか知っている。ともに暮らせば慕情は日々に浸食され、形を変え、壊れてしまうかもしれない。

――このまま佐奈の胸に抱いていていたい。

佐奈は直盛の申し出をきっぱりと拒み、龍泰寺門前の曽祖母の残した庵に移った。

井伊谷の野や山に若葉の香る時節が訪れていた。陽に暖められて土が匂い立ち、農作業へと心がはやる。

亀之丞は正式に父・井伊直盛の養子となって名を井伊肥後守直親《ひごのかみなおちか》と改めた。直盛は小野但馬守を中心とした一部の家臣の反発を恐れながらも、宿願がかない、領内経営に自信を深めたのだろう。近郷の薬師堂を再建、龍泰寺の末寺に大日堂を造立するなど、領内に影響力を拡げていった。今川の戦にも駆り出されず、まずは平穏な毎日が過ぎていく。

直親は奥山因幡守朝利《いなばのかみともとし》の長女ひよを正室に迎えた。奥山氏は井伊家の最も古い別家のひとつで、宗家に並ぶ勢力を持ち、宗家と一致協力して難局を乗り切ってきた。奥山郷は井伊谷から神宮寺川をさかのぼって西へ二里（約八キロメートル）と少し、のびやかに田畑が広がる谷あいに集落が栄える。奥山郷の西は、もう奥三河だ。

小高い山地に城が築かれ、郷《さと》には臨済宗方広寺《ほうこうじ》派の総本山・方広寺がある。二百年ほど前、奥山氏の祖が建立し、南朝の後醍醐天皇の皇子で、元《げん》に渡って修行した僧・無文元選《むもんげんせん》を招き開基とした。方広寺が開山すると、無文元選の名を慕って諸国から数百の学問僧が参集したという。その中から、京都相国寺や妙心寺の住持となる、世を代表する高僧がはぐくまれていった。

ひよは佐奈と同じく十八歳、丸い頬に丸い目、ふっくらした口もとがやさしげだ。体つきもふくよかで、濃いめの肌色がすこやかそうに見えた。きっと人柄も、体つきに似て温和なのだろう。それに、さすが奥山氏の娘、信心深く聡明に見受けられた。

――ならば、直親さまとお似合いの夫婦。

ひよの姿かたちに、佐奈はどこかほっとしていた。

直親の屋敷は都田川添いの祝田《ほうだ》村に設けられた。井伊館から東に半里ほど離れている。直盛は佐奈に気を遣ったのだろう。佐奈は龍泰寺門前の庵から井伊館に戻った。

直親は井伊館に毎日のように通って来る。佐奈に対し、くったくなかった。佐奈も同じように接する。二人には、この地で果たすべき務めがある。わだかまりを越えなくてはならない。

九歳から信濃で暮らした直親は、井伊家の由来、数多い別家筋の所領や顔ぶれなどには疎い。引佐郡の田畑や産物、商い、水運のことを直盛に教わり、龍泰寺の南渓和尚に学び、懸命に身につけているようだ。

直盛の書室から、二人の声が漏れてくる。

「何よりも、今川との関わりをつぶさに知らねばならぬ」

「義父上《ちちうえ》、詳しゅうお話しいただきとう存じます」

「教えるまでもないじゃろう。松源寺でずいぶん学んだと聞いておるぞ」

隣の仏間で掃除をしながら、佐奈は耳をかたむけていた。

「わが父の直満、叔父・直義が謀叛の濡れ衣で斬殺されたこと、この直親、胸中深く刻んでおりまする」

家老の今村藤七郎が側についていたからには、よく承知していることだろう。また、松岡城主貞利も、諸国のありさまをつぶさに掴んでおり、すべて、直親に教示してきた。松源寺の住職も事情には詳しい。当時、寺は戦の砦であると同時に、学問の拠点、情報収集の中枢を担っていた。

「直親。今川について、ことさらわしが語ることは何もないようじゃの。今川の悲願は旧領であった遠江、三河、さらに尾張へと領域を広げること。しかし、そこには実際に土地を支配する国人領主や土豪らがおる。義元が、かつて守護だった地を奪い返したいと死にもの狂いになっても、昔の通りにはいかん。いずこも新たな勢力が起こり、守護だ、守護代だなどという旧主から支配権を奪っておるのが今現在なのじゃ」

「隣国三河は旧来守護の交代が続き、支配力が弱いゆえ、国人領主が盛んに活躍し、目が離せませせぬ」

直親の受け答えに直盛は満足そうだ。

「井伊の若者を市田郷に託した南渓和尚の先見の明には感服するばかりだ。直親、そなたの学びの深さにも兜を脱ぐ」

願いどおり井伊家の支え手に成長している様子は、直盛にとって心強いにちがいない。

直親は繁孝とともに書室にこもり、米、麦、豆類や薪、炭の備蓄状況、弓矢、刀槍、鎧兜など武具の保有数について、書付をくわしく調べる仕事に入った。まったく暇なしの毎日だった。

　そんなある日、小春をこれからどうするかについて、直盛夫妻と直親の話し合いが持たれた。

「直親、そなたが、せめて小春だけは手もとに置きたいと連れて参った親心は、よう分かる。しかし、ひよに育てさせるのは無理があるまいか。他人の子ならまだしも、いわば側室の子じゃによって」

　縁側を通りかかった佐奈の耳に、直盛の声が聞こえてくる。

　小春はまだ、祝田の直親屋敷には入っていない。宗家の屋敷に暮らし、ぬいが世話をしていた。素直で駄々をこねることもない。母を恋しがって泣くでもない。聞き分けのいい子だが、どこか我慢しているのではないかと佐奈は心配だった。

　ときおり、そっと仏間を覗き、佐奈が手招きすると笑顔で駆けてくる。

「尼御前さま、小春もお参りしますね」

　まずは御仏に小さい手を合わせる。その小さい背中がいじらしい。

　のびやかな性質なのは、きっと、父母に可愛がられてきたからだろう。家族でなごやかに暮らしていたにちがいない。

　小春のことについて、郁が直盛に言い返している。

「武家の正室は、側室の子であっても、わが子として育てるのは当たり前。どの子も、お家の子なのですから」

「しかしな、それでは奥山の朝利どのに申し訳が立たぬ。嫁入り前から側室に子があるとあってはなあ」

ひよは大切に育てられた一の姫だ。しかも、佐奈が還俗を拒んだことを知って、朝利は婚姻を承知した。井伊家を支えるための決断だった。

「で、お館さまは、どうなさりたくて、直親をここにお呼びになったのでしょう」

何か気に入らないとき、郁は直盛に遠慮なく立ち向かう。直盛は勢いに気圧されながらも、

「女の子を望んでいる別家がある。養女に出してはいかがじゃろう」

男の子ばかりの家で女の子を欲しがる場合は多い。国人領主のあいだで嫁のやり取りをし婚姻関係を結ぶのは、同盟するにあたり大事なことだった。直親の声は聞こえない。小春を連れてきた引け目があるのだろうか。

——別家の養女…、それはいい考えかもしれない。

佐奈もふと思った。もし、有力な国人領主に嫁がせる日があれば、井伊宗家の養女分として送り出してもいい。

——小春は素直な娘…。別家に行っても、すぐに慣れるであろう。

庭土に小枝で絵を描いている小春に目をやり、はっとした。横顔が幼いころの直親と、瓜二つだった。陽を浴びて、柔らかそうな産毛が光っている。突然、強い思いが込みあげた。

——この子を手放すことはできない。

佐奈は直盛に申し入れた。

「小春を佐奈にくださいませ。養女にいたしとう存じます」

誰も黙ったまま、佐奈を見つめる。

「佐奈は一度は嫁いだ身。子を儲けることなく介行さまは戦死なさったけれど、母となることがあってもよかった。せめて、妻であった日々の形見に小春をわが子に」

佐奈自身も驚くほどに、言葉がなめらかに唇から流れ出る。

「そんな。子育ては容易ではありませんよ」

郁は止めにかかった。

「母上、信濃から小さい足で山越えをして、遠い井伊谷にたどり着いた小春を、不憫とは思いませぬか。見知らぬ人びとに囲まれ、母が恋しいとも言わず、よい子になって好かれようと張りつめているのが、お分かりでしょう。佐奈にも懐きました。どうか養女にしてくださいませ」

ずっと黙っていた直親が指先でそっと目頭をぬぐい、

「佐奈、そうしてもらえれば、どれほどうれしいかしれぬ。わたしも小春を近くで見守ることができる」

そう言って頭を下げる。男親にとって、女の子はとりわけ可愛いものだという。直親の、そんな情が感じられた。

「よいわ、大人ばっかりの屋敷に、小鳥のように愛らしい子が跳ねているのもいいではないか。佐奈だってもう、子の一人や二人あってもいい年ごろじゃ」

直盛は豪快に笑った。


小春は佐奈と一緒に暮らすようになった。尼御前ではなく、かかさまと呼ぶ。「母上」は、実の母の呼び名として、別にとっておくことにした。

アヤメも忙しくなった。佐奈ばかりか小春の世話もしなければならない。

直盛は小春の養育をあれやこれやと思案し、

「側室腹とはいえ、跡取り直親の娘。宗家の佐奈の養女じゃ。しかるべく、躾けをせねばならんでのう」

というわけで、繁孝を後見役にした。女の子は嫁に出せば、婚家と実家の仲立ちをして、双方が親しむための役割を担う。それに相応しく育てたいのだと、かなりの思い入れようだ。

「繁孝に妻がないのは不足じゃが、なあに、佐奈が母親なら心配はいらん」

佐奈はよく小春を野に連れだす。吉じいにも会わせた。

「ひいさまも、おっかさまになったか」

歯の抜けた口で笑う。女房たちは、

「小春さま、ほうれ、赤ン坊の守《も》りはできるかえ」

などと、さっそく仲間入りさせる。

そんなある日、薬草摘みの途中、祝田の屋敷に帰る直親と会い、小春は、

「父上」

と飛びついた。

「小春、かかさまと仲良しか」

直親がかがんで小春の肩を抱き訊ねると、小春は直親の手を振り切り、笑顔いっぱいで佐奈にしがみついた。

「じきに懐いたようじゃな」

「信濃を発ってから半年以上も、むくつけき侍ばかりに囲まれておって、母代わりがほしかったのでしょう」

「島田村からついてきた乳母も、遠江に入る前に松岡さまの家臣と一緒に帰してしまったことだしな」

「そうですか、お乳母が途中までは一緒でしたのね」

佐奈にはあまり聞きたくない話だった。市田郷での直親一家の暮らしが透けて見えるような気がする。直親は、新妻ひよに信濃の話はしないと聞いたことがある。だが、佐奈には、こうしてあっけらかんと話す。幼なじみの気安さは、さまざまな屈託を消し去れるのかもし

れない。

　直親が話を始めれば、

　――何でも気安く言うてほしい、心を波立たせずに聞こう。

　そんなふうに思う。

「小春のこと、済まぬな、佐奈。ありがたく存ずる」

「直親さまのために養女にしたのではありませぬ。礼を言われるのは筋ちがい」

　そっけなく返すが、直親の安堵は伝わってくる。

　春から夏へ、井伊谷の木立は葉の色の濃さを増し、すくすくと伸びる稲に風が渡っていく。

「かかさま、郭公《かっこう》、ほら、聞こえる。どこにいるのでしょう」

　小春はつぶらな瞳を森の向こうにめぐらせる。

「小春は郭公の声を知っているのですね」

「はい、教わりましたから」

　賢い子なのだ。誰に教わったのかは言わない。田の畔で花を摘めば、

「かかさまに、お土産」

　と手に握った花を差し出す。

「では、帰ったら御仏に備えるとしましょう」

　受け取れば佐奈も心がなごむ。

このところ、小春は飛蝗《ばった》探しに夢中になっている。生き生きと駆けまわる姿が、何とも愛らしい。直親が通りかかり、佐奈の隣に腰を下ろすと、やがて渋川郷での出来事を語り始めた。

「九歳の脱出行の時じゃった。東光院のご住職の道案内で秋葉道《あきばみち》の山地にさしかかったときのこと。突然、わしの鞍に矢が突き刺さった。とにかく必死で馬を駆った。ようやく逃げおおせたが、あとで聞いたところ、射たのは右近次郎《おこのじろう》という土地の者で、小野和泉守が手を回したらしい。去年、帰国するとき、右近次郎を探し出して討った。井伊家の者として、決して許すことはできぬやつであったからな」

「まこと危うい信濃行きだったのですね」

どこまでも命をねらう恐るべきたくらみは、まだ、井伊家の中にくすぶっている。

「和泉守は去年亡くなりましたが、息子の但馬守道好《たじまのかみみちよし》が大手を振っております。禍根は断たねばなりませぬ」

直親の帰国をよろこばない者がうごめき始めるおそれもある。

「右近次郎を討ち果たし、わが身の今後を痛感した。市田郷で松岡さまや松源寺さまに守られた歳月はのどかであった。その日々は終わった、武家の戦列に戻るのだと肝に銘じる一件であった」

そして直親は、伊那へ向かうときに無事を祈った渋川の寺野《てらの》八幡宮に、感謝とこれからの武運を祈り、青葉の笛を奉納したという。

「奉納は、市田郷へのいとまごいでもあった」

「いとまごい…」

「ああ、訣別であった。松源寺のある牛牧原《うしまきばら》で、笛を奏でては井伊谷を懐かしんだ若きおのれへの。小春の母親の千代は…」

口にしかけて、

「話してもいいか」

と遠慮がちに訊ねる。聞いてみたい気持ちも佐奈にはあった。

「笛に耳を傾ける千代は、年若かったわたしの慰めだった」

直親よりも年上だったという。言われればやはり、佐奈の胸は騒ぐ。

「それで小春は、初音を見て青葉の笛と言ったのですね…」

遠い山里で青葉を奏でる亀之丞の姿を、夢に描いた日々がよみがえる。だがそれは、もう胸中深くしまった過去のはずだ。

「武士の守護神である八幡宮に、あの笛をお納めになられた…」

娘と二人、武田軍の猛進から逃れ帰郷する直親が、たった一つ携えた青葉の笛。それを武神に備えた直親の、動乱に立ち向かおうとする渾身の覚悟が佐奈にはよく分かった。だがそれはまた、佐奈との婚約をなかったこととして出直すため、契りの証を手放したことでもある。亀之丞と佐奈のたどった十年の激動ゆえと受け入れはする。だが、生きて再会した亀之丞がここにいるのに、過去が消えていく空しさが佐奈を襲う。その思いを振り切り、ようやくのことに訊ねた。

「男の子は…」

直親は声を詰まらせながら、「吉直」と名づけ、刀一振りを与え、塩沢氏に託したと言葉少なに語る。伊那谷は武田信玄に服属したという。動乱の井伊谷に直親は舞い戻った。幼い吉直と、この父とは、きっと永久《とわ》の別れになるであろう。まだ襁褓《むつき》も取れぬか弱い赤子を置いてこなければならなかった直親の悲しみに、佐奈は寄り添いたいと思う。

——せめて小春を引き取ってよかった。

直親のためではなく、佐奈自身が伸びゆく健やかな命の輝きに励まされていた。

第4章　桶狭間の死闘

　直盛《なおもり》は内密の話があると、奥の小間に佐奈を呼んだ。佐奈の曽祖父の直平《なおひら》、それに直親《なおちか》がすでに座っており、ほどなく家老の中野越後守直由《なおよし》と今村藤七郎が顔をそろえた。直平も同席しているからには、きっと重大な評議があるのだ。

　弘治三年（一五五七）、直親は宗家の養子になって二年、二十二歳を迎え跡取りとして日々直盛を補佐している。縁側には中野繁孝《しげたか》が座り、あたりに目を配っていた。小間の外は爛漫の春だ。薄紅の山桜の花が縁先に淡い影を落とし、柴垣にからむ蔓草《つるくさ》が芽吹こうとしている。

「いやいや、佐奈は僧衣が板についたわ。見直したぞ」

　陽ざしを背にした直平は手を打ちながら笑い声を上げた。隠居座敷に暮らす直平と会うのは久しぶりだった。真顔に戻った直平は、おもむろに切り出した。

「井伊家に今後、重大な変化が起こるやも知れぬ。今川館に留め置かれている人質・松平元《もと》信《のぶ》が祝言を挙げた。その相手が、何と瀬名《せな》姫ということじゃ」

それから直盛が口を切った。

「瀬名姫と祝言を…」

直盛は驚いたようだ。

「瀬名のことは、あとから話す。まず元信じゃが、幼名は竹千代、この名を言えば、直親も佐奈も、よう知っておろう。三河国《みかわのくに》岡崎城の松平広忠《ひろただ》の嫡男じゃ」

佐奈もたびたび耳にしていた。広忠は尾張の織田信秀《のぶひで》に攻められたとき、今川義元に援軍を求めた。義元は応じ、見返りに人質を差し出すよう命じ、六歳の竹千代が今川館に送られることになった。

直平が、

「もっとも、今川館に入ったのは数年後のことであったがな」

と付け加える。人質として駿河に向かうはずが、護送役の三河国田原《たはら》城主・戸田康光によって、敵対する尾張の織田へ送られてしまったのだ。今川と織田の双方が三河進出をもくろむさなかの事件だった。

三河の国人領主戸田氏は義元との戦に敗れ臣従したにもかかわらず、義元は一族の者を惨殺。戸田氏は憤り、自身も義元に討たれるのではないかと恐れ、反逆の機会をねらっていたらしい。

「戸田は今川を裏切った。のちの噂では、竹千代を大金で織田に売ったともいうが、その真偽はよう分からん。結局、二年くらいだろうか、竹千代は織田家に留め置かれた」

戸田氏の立場は井伊家に似通っている。直平は当時、ずいぶん状況を探らせたようだ。

義元は竹千代を奪い返す機会をねらっていた。およそ二年のち、広忠が織田方に奪われた安祥城《あんじょうじょう》を、広忠自身に攻撃させて滅ぼし、信秀の側室に生まれた庶長子で安祥城主の信広《のぶひろ》を生け捕りにして、竹千代との交換に成功。これにより、織田氏の三河進出は挫折した。さすが義元、巧みな戦術である。

「さて、松平じゃが」

直平は身を乗り出す。

「八歳になるかならずの竹千代を、広忠はようやく約束どおり義元の人質に差し出した。しかし、次の年に広忠は死んだ。家臣の謀叛だというがな。主のいなくなった岡崎城には好機とばかり義元が家臣を入れ、城代に据えた」

謀叛は織田の差し金ともいうが、事実とすれば、城は織田のものにならず敵対する今川が乗っ取ったわけだ。

「戸田といい、松平といい、無残なものよ。渥美半島を掌握していた戸田は嫡子ともども討死、松平も当主は死に、跡継ぎもなく衰退してしまった。これは他人事《ひとごと》ではない。わが家《いえ》にも起こりかねぬことじゃ」

井伊家の中にも、今川氏が付家老《つけがろう》として送り込んだ亡き小野和泉守や息子の但馬守のような家臣がいるし、城下にも目付が屋敷を構えている。いつ謀叛を仕掛けられるか分からなかった。

「ただ、松平氏と違うのは、井伊家が引佐《いなさ》の地に上古の昔から根を張り、広い領内に多くの別家を持っているということだ。引佐の場合、宗家ひとつ滅ぼして済むものではない」

松平氏が岡崎に強大な勢力を張ってから、さほど長くはないのだという。

「だがしかし、井伊は古くからの豪族だ、別家の兵力がある、といって気を許せるはずもないが…」

直平は大きく息を吐く。これは、いずれの国人領主も抱えている悩みだ。統治権を維持していても、軍役は命令次第の待ったなし、収穫物や金銀・銭の上納も国主の要求次第という半独立状態だった。

「それを拒み戦に負ければ、屈辱を味わい、多くを失い、野にさまようことになる…」

三岳城が陥落し、今川に属するようになったのは、直平が当主だったときのこと。豪気な曽祖父だが、六十九歳という高齢になった今も、無念さは深い傷として残っているのだろう。

ようやく本城が返されるというとき、年若い娘を人質にしなければならなかった。

「先行きは、そう嘆いたものでもないと、わしは見ておる。竹千代は十四歳で元服、元信《もとのぶ》と名を改めたと聞いた。十六歳の今年、同い年の瀬名をめとり、官位を受けて蔵人佐元康《くろうどのすけもとやす》と名乗るようになったそうだ。瀬名とだけ言っても分からないだろうが、これが重要なのだ」

直平は瀬名姫について話し始めた。

「瀬名は関口親永《ちかなが》の娘だが、井伊の血を引く。瀬名の母親は、わしの娘・志万《しま》なのじゃよ」

志万は天文八年（一五三九）、三岳城返還の見返りに今川義元に人質として差し出された。井伊の所領は遠江国の西に位置する。山地を西に越せば奥三河だ。三河の支配権を握りたい義元は、強力な別家衆を持つ井伊家を手中にしようと城を返したのだ。

それを井伊家は承知していたが、奪われてから実に二十七、八年ぶりに本城が戻るのである。三岳城の落城により、上古から独立を保ってきた引佐郡領主の井伊家は今川の旗下に属し、その後、今川氏が起こす戦のたびに先鋒を命じられ、多大な犠牲を払ってきた。せめて本城を取り戻すという悲願が実現するのならと、人質の要求をのんだ。こうして志万は駿河に向かい、関口親永に嫁いで瀬名をもうけた。

「志万の方は駿河でお健やかにお暮しなのでしょうか」

問いかける直親は、人質ではなかったにせよ、十年も故郷に帰れなかっただけに、身につまされるものがあるのだろう。直親にとって志万の方は伯母、瀬名は従姉弟《いとこ》にあたる。

「それは、わしが話そう」

直盛が話の続きを引き取った。

志万は十四歳で義元の人質になった。当然のことに、女人の人質の常で義元の側室となり、その後、義元の養妹として関口親永の後室に下された。

「義元の実妹が関口どのの正室であったのだが他界した。そこで義元は志万の方を養妹として嫁がせたというわけだ。というのも、関口どのは、今川の別家である今川関口家の当主。有力家臣なのじゃ」

義元は妹婿の関口親永を今川家の支え手として重視し、実妹を正室として嫁がせた。実妹が亡くなると、親永と義兄弟の親密さを保つため、志万を妹分として後室にしたのだった。主君が手中の側室などを重臣の妻として下げ渡すのは、当節、よくある習わしであった。

「まさか瀬名は義元の種ではあるまいが…。わが娘ながら、志万は義元が養妹とするにふさわしい器量を備えていたのであろう」

直平は志万が手元にいた遠い日をたどるように、庭の木立に目をやっている。井伊家は男も女も見目麗しいと評判だが、器量とは容貌をあらわすばかりではない。武家の妻として一家を采配する力量のことをいう。

「波乱をたどったが、関口どのにとって頼りになる妻であってくれればと願うばかりじゃ」

手放さなくてはならなかった娘のしあわせを、直平はずっと祈っていたのだろう。桜の花弁がひとひら、直平の肩に舞い降りた。

「松平元康がこれからどうなるか、まだ何とも言えぬ。だが、直親は二十二歳、佐奈は二十歳、元康と瀬名が十六歳、次の世を担う者たちだ。戦ばかりの世が変わるやもしれぬ。そなたら若い者たちが、窮屈な世に風穴を開けてくれればと、望みを託しておるのじゃよ」

「次の世代などと…。父上だって、働き盛りの三十八ではないですか」

佐奈が言ったが直盛は、

「いやいや、そなたら若者が、これから先を見とおさねばならん。変わるのを待つのではなく、変えるべきことを変えていくのじゃ」

と真剣な眼差しで応じた。

瀬名が松平に嫁いだことが、井伊家にどんな影響を及ぼすか推し量ることができないので、家臣たちに祝言のことを報せるつもりはないと直盛は言う。

「わが家《いえ》が、この祝言に関心を抱いていることを、とりわけ小野但馬には気づかれぬように。井伊家を陥れるのが務めと励んでいる男だ。井伊家は親類面《しんるいづら》をして今川の人質に内通するつもりかと、どんな謀略をめぐらすかしれん」

と、そのときだった。繁孝が膝立ちになった。

「不審な気配」

唇の前に指を立て、話をやめるよう合図した。庭先から小弥太も顔を覗かせる。

「追え。確かめよ」

繁孝に命じれた小弥太が、素早く垣根を飛び越えた。

「いましばらく、そのままで」

繁孝は声をひそめ、しきりと辺りに目を配る。

　ここは館の奥座敷だ。通用口や垣根まわりには、常に番兵を置いている。この小間近くまで侵入できる者は、よほど技のある忍びか、番兵の顔見知りだ。

「父上、まさか」

　佐奈は直盛に目配せだけで問う。

　直盛も、

「うむ」

　と、ただうなずく。

　小野但馬に違いないと、すぐに察しがついた。座を連ねている一同は緊迫し、姿勢を固くしたままだ。

　小弥太が戻った。繁孝に何ごとかささやいている。繁孝が直盛に向き直った。

「間違いなく小野但馬守。あの下り肩、猫背、薄い髪、見間違えるはずはないと小弥太が申しております。捕えることもできたようですが、小弥太は敢えて逃したと」

「そうか」

　直盛は吐息をもらし、

「捕まえずによかった。捕縛したところで、見え透いた嘘を並べるだろう。罰することもできぬ。事を荒立てれば今川を逆上させるだけじゃ」

　悔しそうに、ちっ、と舌を鳴らした。

佐奈もきっと、あの猫背の後ろ姿を見分けられるだろう。尖った顎と、下がった目尻、分厚い唇までもが浮かんでくる。

今川家から派遣された付家老の小野和泉守が死んで、ようやく直親を井伊谷《いいのや》に帰還させたが、今もって安心はできない。息子の但馬守道好は、こうして宗家の動向を探り、父親に劣らぬ狡猾《こうかつ》さで立ち回る。彼なりに今川に忠誠を尽くしているのだろうが、井伊家にとっては獅子身中の虫だ。かといって今の井伊家は但馬を無視することも叩くこともできない。彼は主筋《しゅうすじ》・今川の遣わした家老なのだ。

「親子そろって、損得づくばかりのやつばらめ」

直平が吐き捨てる。

ともかく怪しい人影は去ったと肩をほぐしながら、佐奈は繁孝と小弥太のみごとな連携に感嘆した。

小間をあとにして、直親と佐奈はどちらからともなく誘い合い、屋敷の北隅、円通寺裏手に祀られる直親の父・直満と、その弟・直義の塚に詣でることにした。直満兄弟の姉である志万の方の娘が祝言を挙げたと伝えたかった。宗家の住まいの裏手にあった直満の屋敷跡には、龍泰寺の末寺の円通寺の小さな堂が建立されている。塚は、さらにその裏手だ。亡くなってはや十数年が経ち、こんもりと土が盛られた塚は、いつの間にか淡い色の芝草に覆われている。佐奈は手折って来た桜を墓標に捧げようとした。

「おや、あたらしい花が。どなたかお参りくださったのでしょうか」

近ごろ、佐奈や直親のほかは、ここに詣でる者はほとんどいない。

「さあて、どなたか。そう、ひよかもしれんな」

夫婦になって、すでに二年が過ぎ、子に恵まれないことをひよは気にしているという。

「龍泰寺の祖先の墓所や、わが父の葬られたこの塚に参っては子宝を授かるよう祈っておるらしい」

宗家の継嗣に嫁いだからには、跡取りの誕生を願うのは当然かもしれない。だが、まだ二年あまり、そう思い詰めなくてもいいのではと、佐奈はいたわってやりたかった。

「そのうち子も授かるであろうよ」

直親はのんびり構えている。だから、よけいに、ひよは焦るのだろう。佐奈もかつて、子を願った。まさか祝言から十数日で介行が討死するなどとは考えてもいなかったから、いつかは介行と心を交わし合い、跡取りをもうけたいと、とりとめなく思ったものだ。佐奈は宗家の娘という心のゆとりがあったのだろうが、嫁いで来たひよには切実なのかもしれない。

「それはさておいて、志万の方のことだが…」

直親は少しためらい、意を決したように言葉を継いだ。

「志万の方は、おなごとして、しあわせだろうか。姫の祝言はうれしいだろう。今川随一の重臣に嫁いだことも、羨ましがられるかもしれん。だがな」

直親の言いたいことは、佐奈にもすぐ分かった。人質としての月日はどのようであっただろうと気にしているのだ。人質には無残な結末が待っていることが多い。子飼いの武将に育て上げられる場合もあるが、実家が人質先を裏切れば斬殺される。命の終わりは、いつやって来るかしれなかった。

敗者の娘を次々と奪って手をつける武将もまれではない。女は戦利品にすぎず、不要となれば家臣や城下の富者に下げ渡される。志万は心ない扱いの犠牲になったのではないかと直親は気遣っているのだ。

「元康どのとて人質。故郷岡崎は今川に奪われ、元服だ、祝言だといったところで飼い殺し同然だ。所領もなく、戦には先陣を命じられ…」

佐奈は、はっと胸を衝かれた。直親も市田郷での歳月を飼い殺しだと感じていたのではないだろうか。松岡氏は手厚く庇護したと聞いている。男子の常どおり十四、五で元服、妻もあてがわれた。松岡氏ゆかりの大寺・松源寺では、十分すぎるほど豊かな学問を得られたという。だが、二十歳まで、能力を発揮する仕事も与えられず、ただ木太刀《きだち》を振り、弓をつがえ、ときに遠駆けするだけの養われの身だ。武家の男子なら元服すれば初陣を飾れるのに、松岡氏は預かり物の直親を大切にし、戦には出さなかった。

「佐奈、わしは義父上《ちちうえ》にならい、別家衆と親しみ、引佐郷を熟知し、領土を富ませていきたい。戦で命を奪われることなど、まっぴらだ。ともあれ、総領娘である佐奈の援けがなくては、そんな務めは果たせぬのだが」

　思いは佐奈も同じだ。幼い日から、どれほど身内や兵たちの死を見てきたことだろう。

「もうたくさんだ。下伊那に繁栄を誇った松岡さまでさえ、城も領土も、甲斐の武田に奪われ滅んでしまった。松岡城は武田の臣のものになったという。ともに戦わず、わしばかり故郷に逃げ帰り…。ご一族に、いつかご恩を返さねば」

　ひとかたならぬ庇護をあたえてくれた松岡氏を直親は思いやる。

「逃げ帰ったなどと…。御仏のおぼしめしでございますよ。直親さまには生まれながらの務めがある。強く、雄々しかったお父上直満さまの志をお継ぎにならねば。引佐を栄えさせなければ」

「強く、雄々しくか。無理難題じゃなあ」

　直親は佐奈の肩を軽く叩きながら苦笑いした。子どもの頃は、よく佐奈の髪をなでたものだ。たがいに成人し、佐奈は僧衣、さすがに遠慮がちだった。それでも、少し汗ばんだ直親の匂いが間近に伝わり、懐かしさが込みあげる。

　と、そのときだった。悲鳴のような女の声が聞こえた。驚いて振り返る。ひよだった。持ってきた墓参の手桶は地面にころがり、水が撒き散らされている。花を手向け、水を汲みに行っていたようだ。

「いかがいたした、ひよ」

直親が駆け寄る。ひよはその場にしゃがみ込み、

「いやでございます、いやでございます」

と顔に手をあてて泣きじゃくる。

「ひよ、何か怖いことでもあったのですか」

佐奈が背中を抱えようとすると、ひよは激しくその手を払った。

「あなたさまが直親さまと添えばよかったのです」

泣きぬれた目を上げ、きつい言葉を放った。

「ひよ、つまらんことを言うな。佐奈は御仏に仕える身ぞ。ただの幼なじみじゃ」

なぐさめは、かえって、ひよの気持ちを逆なでしたようだ。

「髪を下ろしたって、おなごはおなご。直親さまは、ずっと、このお方のことを」

「言うな」

直親は激しくさえぎる。

「このお方と添えば、小春と三人、水入らずで睦まじく暮らせたでしょうに」

「やめよと言うたであろうが。小春のこともなおさらじゃ」

「もう、いい。もういいのです」

ひよは眼もとを袖でおさえながら、小柄な背を向けて走り去った。

「済まぬ。心を乱しておるやもしれぬ。子を望むあまりであろうが」

詫びる直親の表情には戸惑いがあったが、妻の心情を十分に察してはいない。井伊家を担うべく忙殺される明け暮れにあって、それも無理はない。ひよは、のんびりとした穏やかな気立てと聞いていた。そんなひよの焦りを佐奈は不憫と思いながらも、直親たちの内々の事情にかき乱されたくはなかった。

その後、直親とひよがそろって龍泰寺に詣でる姿を見かけるようになった。直親は世継千《よつぎせん》手観音像《じゅかんのんぞう》を仏殿に奉納し、南渓和尚に頼んで嫡子誕生を祈願しているという。直親が寄り添うことで、ひよも安らぐかもしれない。

和尚は、ひよの雑言を直親から聞いたのであろう。

「そなたも出家の身。広い心で許してやれや。ひよは山里の大家《たいけ》で大事に育てられた世間知らずの娘じゃ。落ち着いた気立てのいい娘であったが、宗家に嫁ぎ、跡取りを望まれる重さに耐えきれぬのだろう」

と、やさしい心遣いで佐奈にとりなす。

「許すも許さぬも…。ただ、どうぞ落ち着かれませ、と願うばかり」

和尚の温厚な眼差しは佐奈を癒した。思いもかけないひよの言葉は、佐奈が胸の奥底にしまい込んだ想いを揺り動かす。佐奈はたしかに直親を慕いながら育った。それは消し去れない事実だが、長い時を隔て、それぞれの道を歩んだ今、幼なじみ以上の情があろうか。

――それ以外の想いなど、あるはずもない。

打ち消すほどに、ふとよぎった直親の体臭がよみがえる。雑念から解かれようと、佐奈はひたすら参禅し、心経を唱え続けた。


ほどなく、ひよは身ごもり、次の年、女児を授かった。ひよに似て、頬も、目も、鼻も丸い、愛らしい赤子は高瀬と名づけられた。

あどけないおしゃべりをするようになった高瀬は、ひよの止めるのも聞かず、直親が井伊館に登城するときは、乳母と一緒に祝田《ほうだ》の館から半里の道のりをやって来る。

郁は佐奈に、

「四十を越えて、ようやく二人の孫持ち。しあわせよのう。この子らの嫁入り先を思案せねばならぬ」

と、小春と高瀬の名を挙げて、うれしそうに頬をほころばせる。ふたりとも直親の子、血の繋がらぬ孫だった。佐奈の子を抱かせてあげたかったという思いがよぎる。

「まあ、嫁入りなんて、お気の早いこと」

「いや、早うはない。小春は十一、いい嫁ぎ先はないかのう。高瀬だって三つ、ころあいの許嫁がおるまいか」

郁は真顔で、ここがいいか、いや、あちらはどうかと、別家の名を数え上げる。

「小春に繁孝はいかがかのう」

「いや、それはないでしょう。いくら独り者でも父親より年がいっておるものを」

「そうかのう。おなごにとって年の離れた相手も悪くはない。子どものように可愛がってもらえるゆえな」

「無理でございますよ」

郁の気持ちを佐奈はさえぎる。


直親が井伊谷に帰って四年、遠江、三河、尾張、その向こうの美濃でも争乱は絶えなかった。が、少なくとも井伊家に限っては大きく兵を損なう戦に巻き込まれることがなく過ぎた。決して出陣がなかったわけではない。雑兵《ぞうひょう》として徴用され命を落とした村人もいる。そして東海一帯や甲斐は、大飢饉に襲われている。それなのに、これを「井伊谷の穏やかな歳月」とすることを、佐奈は悲しんだ。

――槍も刀も鎧も地に埋めてしまう日が来たら、それがまことの平穏というもの…。

仏前に経を上げ合掌する佐奈だが、郁が祖母役に満足すればするほど、家務は佐奈が負うことになる。僧形の身であれ、仏間に籠ってはいられなかった。米や穀類、芋類、薪炭などの備蓄や消費、家族や家臣の衣類の仕立てや仕着せの采配はもちろん、田畑に出て百姓たちと親しむのも以前どおりだった。そんなときは栃《とち》の実の殻《から》で染めた灰汁色《あくいろ》の小袖に括り袴《くくりばかま》、肩まである尼削《あまそぎ》の髪は上げ、巻きつけた布に押し込み、布端を額できりりと結んだ。野良で働く女たちと少しも変わらない。

「まあまあ勇ましい身なりじゃのう。そんなに励まんでもいいずら」

冗談交じりに佐奈を気遣ってくれるのは吉じいだ。近ごろ、とみに髪が薄くなって、うなじで結わえた白髪もちょっぴりしかない。

「励まんでどうする。井伊谷の田んぼが干上がってしまうではないか」

「なあに、干上がったりはせんで。わしら働き者の百姓がおるずら」

汗ばみながら軽口をやり取りし、気の晴れるひとときだ。

秋が深まり、芋がら干しに精を出していた佐奈に、吉じいが耳打ちした。

「駿河の大殿が兵を集めとるようだに。浜名の湖《うみ》あたりのお館さま方にも、お触れが回ったというで。ご存じかいの、佐奈さま。気のふさぐ話だら」

と佐奈に問いかける。戦支度の気配は民百姓を不安にしていた。

――とうとう、民たちにも出兵の動員をかけねばならぬのか。

吉じいの言うとおり、心がふさぐ。佐奈はもちろん直盛から出陣が迫っていることを聞いていた。

義元は昨年の永禄元年（一五五八）、嫡男の氏真《うじざね》に家督を譲って、本領の駿河、遠江の支配を任せ、みずからは領国の拡大に力を注いでいる。今川領となった三河の国人たちを鎮圧して領内経営が進み、今川家の旧領である尾張へと触手を伸ばしていた。

今川家は尾張、三河の国境地帯の支配をめぐって長年にわたり織田氏と抗争を繰り返してきた。尾張では織田信秀の死後、跡を継いだ信長が清洲城の織田宗家を排除し、一族の内紛を収めて当主となった。だが、尾張南部の国人領主が信長に抵抗していた。一方、尾張との国境、西三河では今川配下となった地域にも織田方の勢力が入り込んでいる。こうした不穏な気配に今川義元は目を付けた。大軍を発して一気に攻勢に出て、旧領那古野城を奪還しようとしている。尾張進出の足掛かりを確保するのに絶好の機会と睨んだのだ。

おそらく大規模な戦になるだろう。直盛は家中の重臣や引佐郷の村々を支配する別家衆と合議をかさねている。井伊家は今川配下の中でも屈指の軍勢を擁していた。


永禄三年（一五六〇）五月に入ると井伊の家中は吉報に湧いた。ひよが身ごもったという。朗報を聞いた直盛は、

「ようし、今度こそおのこじゃ」

と満面の笑みだ。

「世継観音さまのご加護あってのこと。そのようにおっしゃられても、男児か女児かはおぼしめしによるものにございます」

直親は家中の期待がひよの重荷にならないよう気遣っている。先に女児をもうけていたの

で、次は世継の男児をと家中の期待が高まるのはいたしかたない。

そんな様子に佐奈は、みずからの誕生のときも、どれほど男児が待たれたかに思いを馳せる。武家にとって当然の願いながら、佐奈ひとりしかもうけなかった郁は、重圧に耐えた日があったことだろう。近ごろ心を乱すことのあるひよが、どうか心やすらかに出産を迎えてほしいと願う。

この朗報からわずか数日後、田植えを終えた時期を見計らったように出陣命令が下った。五月十一日の出陣と決まる。「海道一の弓取り」ともてはやされる義元は、先日、念願かなって室町幕府から三河守に任じられ、三河の国主と認められた。意気高らかに、勝利を確信して信長との決戦に挑む。井伊軍は主力部隊として前線に配備されることになった。

直盛はもっとも信頼する家老・中野越後守直由《なおよし》を城代に据えた。井伊家の古くからの別家で、領内統治に精通している。年齢は四十前で、直盛よりも何歳か若い。直盛と似た穏やかな気性でともに相性がよく、まつりごとについて先を見抜く眼力を持ち、信頼し合う仲だ。

直盛は佐奈に命じた。

「わしの出陣後のことは直由どのに一任する。家務はそなたが、これまでどおり行うこと。迷うことは直由どのの指示に従え。直親は出陣させぬ。立派な跡取りに成長した今、万が一のことがあってはならんからな。わが父・直宗《なおむね》、そなたが添うた介行《すけゆき》の戦死の痛手は大きかった。それゆえ直親は井伊谷に残す。だが、重臣らと意思を通じ合うには、彼にはまだ不十分さもあろう」

意思を通じ合うとは何を指すか、佐奈には分かっていた。他界した小野和泉守政直《まさなお》は今川家から井伊家に下された付家老《つけがろう》だった。直親の父は和泉守の讒言《ざんげん》で無実の罪を問われ亡くなった。少年だった直親が伊那谷に十年も身を隠したのも、そのせいだ。今は和泉守の嫡子但《たじ》馬守道好《まのかみみちよし》が家老職を継いでいる。双方のわだかまりが消えたとは言えない。さらに気がかりなのは、井伊家をわがものにしようとした和泉の野心を、但馬も持ち続けていることだ。

「尼をさえ手籠めにしかねん。強引にわがものにしても罪など感じないやつだ。油断はならんぞ。用心のため、わが近習の繁孝を、そなたのそばに置く。繁孝は直由どのの遠縁だ。しかも腕が立つ」

身の毛もよだつような危惧だが、ありえないとは言いきれない。

「それから、忍びの者を駆使せよ。武田信玄は今のところ信越国境の川中島、上野《こうずけ》（群馬県）の計略に力を注いでおるが、引佐のすぐ北方の下伊那まで配下に収めた。恐るべきは他国の大名らばかりではない。日ごろ但馬をいさめに入る弟の玄蕃《げんば》も源吾も出陣する。くれぐれも但馬から目を離すな。今川領内の国人衆の動きもつかんでおけ。このたびは今川義元と嫡子氏真《うじざね》が、そろって尾張へ出陣する。その留守を突いて何が起こるかしれん。諸国のことは南渓和尚が、よう通じておる。和尚の援けを得て目を配れよ」

――もしや父上は命の危機を感じておられるのでは。

武将は誰も、残る者を気遣い、領土の安泰を計り、後顧の憂えを振り払って戦場《いくさば》を駆ける。いったん槍を構えれば、生き抜くことと恩賞しか念頭にない。それにしても、あまりにこまやかな出陣後への配慮だ。

「わしの出陣先でのことは小弥太が井伊館に伝える。繁孝と一緒に報告を受け、事後を相談せよ。城代の直由どのには、別に手の者を送るゆえ、気遣わんでいい。小弥太、それに、ふた親の甚助とぬいを信頼するがいい」

こまごまとした指示が続いた。

「それから…」

直盛は少しためらい、思い切ったように口にした。

「敵兵が引佐郡や井伊谷になだれ込む事態が起こるやもしれん」

——それは今川の負け戦のときだ。

佐奈は直感した。

「直由どのが承知しておるが、井伊谷を守る留守隊も、常に戦闘の態勢を取ること。家臣の家族をまとめること。おなごとて、槍、長刀《なぎなた》を取って戦わねばならぬ。日ごろ鍛えておるそなたの腕はたしかなものだ。が、もしもの場合、捕われてその身の恥とならぬよう、人質となって家の負い目にならぬよう、覚悟をせよ。その場合の作法は承知しておるな」

自害の覚悟を直盛は佐奈に確かめているのだ。

「ご心配にはおよびませぬ」

自決の仕方は、もの心つくころから躾けられていた。

「よし、安堵いたした」

すべて言い置いたとばかり直盛は、

「さてと」

と、大きく背を伸ばした。

「いいか、繰り返すが、佐奈は直親を立て、彼が働きやすいよう心を配れよ。直由どののもと、ともに力を合わせるのじゃ。任せるぞ」


翌日、出陣の朝を迎えた。数年ぶりの大戦《おおいくさ》だ。井伊家の誇りをかけて、華々しく陣容が調えられている。義元と氏真父子あげての出陣は、おそらく数万の規模になるだろう。井伊家も総力をあげて有力武将が出陣する。井伊の一族、別家の奥山氏、赤佐氏、渋川氏、上野氏などの諸将、それに小野但馬守の弟玄蕃などが侍大将として弓組、槍組、鉄砲組などを率い、大勢ぞろいしている。それぞれの組の大将が足軽たちを従え、総勢は五百をはるかに超える大軍になった。すでに駿河を発している今川の先発隊と合流し、今川本隊の前方に配備される先陣を務める。義元・氏真の本隊は、明日、出陣するという。

中野直由、直親ら留守隊の武将が見送りのため門前に並ぶ。少し離れて郁、佐奈など家族が控える。

総大将である直盛が井伊館の大手門を背にして床几に座し、いよいよ出陣式となった。「三献の儀」が行われる。直盛は打ち鮑《あわび》、勝栗、昆布をつまみ、三度に分けて盃の酒を飲みほした。肴は「討ち、勝ち、よろこぶ」に通じる。

それから騎馬し軍扇を右手にかざし、「者ども準備はいいか」と発声、ついで「えいっ、えいっ、えいっ」の鬨《とき》をあげた。軍勢一同が武器を掲げ「おおー」と声を合わせ、三度の勝鬨は次第に高まり、井伊谷の青々とした田に響き渡る。旗大将が井伊家の旗を高々とあげる。えんじ色の地に金色《こんじき》の「井の字紋」だ。

上背があり堂々とした体格の直盛が鎧兜に身を固めた姿は雄々しかった。朝陽が兜の前立てを輝かせる。

出立の時が来た。兵たちが挿す色とりどりの背旗が風にはためく。

副将の吹くほら貝を合図に、軍馬が地響きをたてて疾駆する。湧きかえる兵らが怒涛の勢いで駆ける。軍団は、またたく間に砂埃の向こうに小さくなっていった。佐奈が初めて目にする井伊軍の出陣であった。

後続の今川本隊は義元みずからが大軍を率い、駿河から東海道を掛川、曳馬（浜松）と進軍、三河を西へ吉田、岡崎と横切って尾張領に入るという。

井伊の軍団が発ったあとの空虚感は、やがて不安に変わっていく。恐れをかき消そうと、佐奈は直盛に命じられた家務をこなすため身を粉にして働いた。田んぼの水の見回りがおろそかになっては稲の育ちが遅れる。百姓らも働き盛りの男たちが兵として戦場に行ってしまったので、吉じいをはじめ古老を頼り、残る者たちに田畑の仕事を指示してもらわねばならない。

直親は南渓和尚を井伊館に招き、城代家老中野直由とともに戦をめぐる情勢の分析や、近隣諸国の動きを検討、留守城の武具や鎧兜の確認、城兵の配備計画、金銀・銭、食糧、薪炭の手配に寝る暇《いとま》さえ惜しんでいた。

郁は使用人たちに戦費を保つための倹約を命じ、家臣の女房たちを集め、戦場に補給する衣類の調達に苦心している。

「新しい衣類を用意するのは贅沢。着古したものでよい。洗い張りをして仕立てなおすように」

戦場から補給の要請があれば、すぐ応えるため、万端の支度を整えておかねばならなかった。その多忙さにもかかわらず、留守を守る者の不安は増すばかり、だれもが苛立ちを隠せない。佐奈はどうしたものかと思案し、妙案を思いついた。

「母上、家に残る女こどもを集めて、粟餅《あわもち》をこさえ、皆でいただこうではありませんか」

郁も、

「それはいい、少しは癒しがないと、家の守りもおろそかになろう」

と、よろこんで賛同した。

「粟は備蓄がありますゆえ、皆で一緒に蒸して搗《つ》きましょう。贅沢かとも悩みますが、これも戦のうち。何かのまちがいで敵兵が侵入した場合、女も子らも、それぞれに働いてもらわねばならぬゆえ」

「そう、佐奈の言うとおりじゃ。皆が心をひとつにして親しめば、覚悟も固まりましょう。で、いつがいいかのう」

明日の夕刻ということで触れを回すことになった。

次の日、井伊館の広間では家臣の妻子のにぎやかな話し声が弾んだ。子どもたちが退屈しないように、小春が折り紙を教える。その一生懸命な表情は、父親の直親によく似ていた。少年だった直親の姿を、佐奈は目の当たりにしているかと錯覚する。

なごやかなひと時は、このひと夜だけだった。

数日後の昼下がり、小弥太が泥まみれで井伊館に戻った。

「お館さま、お討死にございまする」

悲報は落雷のような衝撃で屋敷を襲った。

「今川義元も首を刎ねられました」

屋敷内は静まり返る。ただ茫然と立ち尽くすしかなかった。井伊宗家の主が戦死するとは。東海三国の太守が討ち取られるとは。義元が挑んだ自信満々の大戦は、思いもかけぬ敗北に終わった。今川軍二万五千余、信長軍わずか三千足らず。詳しい戦況は繁孝によって佐奈に伝えられた。

決戦は五月十九日、尾張の桶狭間と呼ばれる一帯でのこと。桶狭間は那古野城の南四里、知多半島の付け根にあり、知多の丘の幾筋もの尾根が伊勢湾に張り出す場所だという。

前夜の軍議で尾根の先端、伊勢湾沿いの織田方の砦の攻撃が決まり、早朝から作戦行動を開始。勝ち戦を収め、義元は上機嫌だった。

「未明からみごとな働きじゃった。ここいらで英気を養うこととする」

昼ごろ、桶狭間山の義元本隊の陣も、本陣前に陣取る井伊直盛、ほか諸将も、それぞれ半丁（約五十米《メートル》）四方の広さに陣幕を張り休息に入った。

「お、雨か」

直盛は空を見上げた。厚い黒雲がまたたく間に空を覆い、大粒の雨が叩きつける。

「撤収、撤収」

直盛が井伊軍に命じるや、目の前が見えなくなるほどの豪雨になった。

「甲冑や武具を濡らすな。一同、樹下や岩陰に身を寄せよ」

そういう直盛が、すでにずぶ濡れだ。半刻《はんとき》（小一時間）ほどで雨脚が弱まり、視界が開けるや、敵兵の軍馬の群れが義元本陣の背後に姿を現し突進して来た。

「奇襲、奇襲、甲冑を整えよ。槍を取れ」

指示の声は、馬のいななき、蹄《ひづめ》の轟にかき消される。戦闘態勢を整えて、まっしぐらに攻め寄せる織田軍。あわてて兜の緒を締め直す今川軍。もう、この時点で勝敗は決したようなものだ。

「斬れー、斬れー。敵首を掻き切れー」

直盛は死にもの狂いで太刀を振り下ろす。取り囲む井伊兵も、大将を警護する態勢がとれないまま、激戦に呑み込まれた。跳ね上がる泥水が頭上から降りかかり、武具を握る手が滑る。濡れた鎧兜は重さを増し、大将同士が徒歩立ちになって刀槍をぶつけ合う乱戦だ。

「討ち取れー、大将を見つけたぞー」

間近で織田軍の怒声があがり、七、八人が直盛を取り囲んだ。豪壮な鎧兜は身分をさらすようなものだ。井伊兵は混戦に巻き込まれ、直盛の周囲を守る兵は、わずか三人。

「退却ー、退却ー」

今川方の叫びと合図の法螺貝《ほらがい》が遠く鳴り響いた。一瞬気を取られたのが油断だった。

「大将を取り逃がすな。首を取れー」

敵兵が一気に打ちかかり、深手を負った直盛は自裁した。

義元は三百騎ほどを従え、織田軍の囲みを突破した。だが、かえって総大将の居所の目印になったのであろう。敵兵が雲霞《うんか》のごとく追い、激戦のあげく義元は組み伏せられ、あえなく討ち取られた。

「まことの出来事か…。十九日といえば、もう四日前。そのようにあっけなく…」

鼓動が激しく鳴り、問う唇も、膝に置いた手も、小刻みに震える。

「総大将が討ち取られ、今川方は戦う意欲を失い、てんでんに退却、氏真だけはどうにか脱出。これらの戦況を掴むことができたのは夜分になってからのことでございました」

「氏真は逃げおおせたと…」

そうであれば今川氏は、まだ健在ということだ。義元はすでに家督を氏真に譲っている。義元を討ち取ったあと、織田軍は翌月にかけて近辺の今川方の諸城を一挙に落とし、今川勢力を一掃し兵を引いた。


桶狭間の戦いからほぼ一ヵ月が過ぎた六月の半ば、繁孝は集めた情報をもとに決戦の成り行きを、さらに詳しく佐奈に伝えた。

大軍を率い駿河を発った今川義元は三河中央部の岡崎、知立《ちりゅう》と西に進み、五月十八日、尾張の今川方の城のうち、もっとも三河に近い沓掛城《くつかけじょう》（愛知県豊明市）に入った。信長は沓掛城の北西六里（約二十四キロメートル）ほどの清洲城《きよすじょう》に籠ったまま動いていない。

義元は諸将を集めて決戦に向けての戦評定を開き、主だった武将の配置を再確認。松平元康に沓掛城の西二里半（約十キロメートル）ほどの大高城《おおだかじょう》へ兵糧を届けさせた。大高城は今川と織田が攻防の末、今川配下となっており、米野木川《こめのきがわ》（天白川）が伊勢湾に注ぐ河口に近い。

翌十九日未明、丑《うし》の下刻《げこく》（午前三時）、今川の将・松平元康と朝比奈泰朝《あさひなやすとも》が、織田軍の伊勢湾沿いの要塞・丸根砦《まるねとりで》と鷲津砦《わしづとりで》を攻撃し陥落させた。これを知った信長は数人の小姓だけを連れ、即刻、清洲城を出立、辰の刻（午前八時）には熱田神宮に到着、戦勝祈願し、軍勢を召集した。

「好機を待ちかねていたのでありましょう。とにかく素早い。信長の軍勢は三千あるかないかだったが、少ないだけに進軍は機敏であった。大軍を動かすと、どうしても進軍は緩慢になりまする」

繁孝の言うとおり、指揮の伝達にも手間取り、一度布陣したら容易に矛先を変えられない。どうしても不利が重なる。

「義元どのの本隊が沓掛城を出たのは巳の刻（午前十時）、伊勢湾岸の大高城方向を指して西へ進軍を開始した。この頃、信長は、沓掛城の西一里足らずに位置する善照寺砦《ぜんしょうじとりで》にすでに入っており、さらに南進、南東の桶狭間方向に向け進軍。双方はごく接近しておったことになりまする。今川の進軍は察知されてしまった」

これが決戦直前の両軍の動きだった。尾張の地勢に不案内な佐奈も、距離と刻限を言い添えての説明を受け、よく分かった。

「信長軍は二手に分かれた。一手が今川の本陣を包囲、もう一手は大高城方面に分散して進軍、要衝に陣取る今川の有力武将を狙ったのです」

「分散と申しますと…」

「井伊のお館さまは丸根砦あたり、その背後に瀬名氏俊《せなうじとし》、朝比奈泰朝は鷲津砦あたり、松平元康は大高城あたりに布陣、東西に長い防御線を張っておりました。清洲、熱田宮から南下する織田軍をくい止め、一気に叩く作戦でありました」

「今川の作戦に誤りがあったと…」

「そうとばかりは言いきれませぬ。だが、主だった武将の陣は、義元どのの本陣からも、互いの陣からも一里、半里と離れており、知多の丘陵から西部に伸びる尾根筋がそれぞれの陣営をさえぎり、尾根と尾根のあいだは川や湿地、移動に不自由を生じたことは確かでございまする。豪雨が上がるとみるや、信長軍は猛攻を開始、今川本隊も有力武将軍も総崩れと相成りもうした」

「大軍を擁していながら、総崩れとは」

「総大将が討たれ浮足立った…。諸将は雨で泥沼になった戦場で、一歩も引かぬ善戦でしたが、総大将が討死、指揮は乱れ、こうなれば生き残った者の逃走も、いたしかたなかったことと存じまする」

いつの間にか、郁が佐奈の後ろで繁孝の報告を聞いていた。

「これから先、井伊谷城はどのようにいたしましたら」

佐奈の背にすがり号泣する。

「母上、ご城代の直由さま、直親さまがおられます。お気をしっかりと持たれませ。悲嘆は井伊家ばかりではござりませぬ。聞けば奥山どの、上野どの、それに小野但馬の弟たちも戦死、従軍した民らの死者は数え切れぬほど。その弔いが済むまで、井伊家の者は涙してはなりませぬ」

佐奈は郁を抱き寄せた。

井伊軍は直盛をはじめ大将十六名すべてが最期を遂げた。それぞれが率いる兵卒を合わせれば、戦死者は二百を超える。

「まさかの恐ろしいことが起こってしまいました…」

それればかりが佐奈の頭をめぐる。

「お館さまは自裁のとき、奥山家の孫市郎どのに介錯をお命じになられた。その際のご遺言がござりまする」

井伊家が頼みとする武将らが討ち取られ、その配下の者、兵として駆り出された領内の民百姓の多くを失い、この痛手をどのように受け止めればいいというのだろう。

ふと、気の遠くなりかけた佐奈の耳もとで、

「ご遺言をお伝えしますぞ、佐奈どの」

繁孝が叱咤する。

「お館さまは、こう言い遺された」

亡骸《なきがら》は国許へ持ち帰り、南渓和尚に焼香を賜わりたい。出陣にあたり小野但馬守道好の動きを危ぶみ、中野越後守直由に城代を頼みおいたが、直親と但馬の関係に以後も不安があるので、井伊谷城は中野直由に預けるというものだった。

直盛の遺言どおり、葬儀は南渓和尚によって営まれ、龍泰寺に葬られた。法号を「龍潭寺《りょうたんじ》殿天運道鑑大居士《でんてんうんどうかんだいこじ》」と授かる。これにより龍泰寺は寺号を龍潭寺と改めた。郁は亡き直盛の菩提を弔うため出家、「松岳院殿壽窓祐椿《しょうがくいんでんじゅそうゆうちん》」の法号を与えられ、龍潭寺の山門の下に松岳院《しょうがくいん》と名づけた庵を結び、祐椿と名乗って誦経の日々を送るようになった。

当主と重臣の討死という現実はあまりに重いが、嘆いてはいられない。佐奈は隠居屋敷に直平を訪ねた。

「七十二にもなった年寄りじゃが、わしも働こう。別家との付き合いには役に立つこともあろう。家臣らへの指示、領内の采配は城代の中野に任せて何ら心配ない。軍事や諸国との往来は直親が十分に担うことができる」

「ようございました。直平さまさえ、おいでくだされば」

「いや、佐奈。わしのほか宗家の血を受け継いでおるのは、そなたひとり。高齢のわしに何かあってからでは遅い。尼僧とはいえ半俗の『次郎法師直虎』、評議には座を連ねよ」

悲しみよりも、家を担う重大さが脳裏を駆け巡る。世捨て人でいることは、井伊家のため許されなくなるときが来たのだ。

涙にくれる祐椿の慰めは小春だった。

「ばばさまのお側が、小春は気が休まるのです」

と言っては朝早くから松岳院に向かう。まるで寺の小僧のように庵を掃き清め、庭の草をむしり、一緒に経を読み、粥をいただく。それからは絵筆を手に過ごすようだ。反故《ほご》の裏に描く絵は年齢とともに上達した。ときにはお地蔵さまや観音さまなどを温かい筆致で描き、祐椿が画賛の詩句を添えたりした。とりわけ目を引くのは、野に遊ぶ子らを描いた絵だ。

「さ、ばばさま、野歩きに出かけましょう」

などと沈みがちな祐椿を連れ出してくれる。木陰に並んで座ると、小春はしばらく子どもたちを眺めているらしい。

「それからね、おもむろに硯《すずり》の蓋を開け、さっと描くのですよ」

こんな話のとき、祐椿に以前のような笑顔がよみがえる。

伸びやかな絵だった。わらべ唄を大きな口をあけて歌う子ら。歌いながら踊る子の手足のしなやかさ。鬼ごっこで鬼になり泣いている子。木の実にかぶりつく子。生き生きとくったくのない子らの動きに、見る者の頬がほころぶ。

「小春も寂しいのですよ。父親が新しい妻を迎え、高瀬が生まれた。あの子の居場所は井伊館しかないのですからねえ」

祐椿は小春の身の上を思いやる。

「佐奈が養子にしたのですもの。きっと、しあわせにいたしますよ」

「そう、小春を手放すのは嫁ぐときだけですよ。寂しがらせてはならぬ。大事にしてやらねば」

涙もろくなった祐椿は袖口を眼もとにあてる。

多くの家臣や領民が悲しみに沈む引佐郡の差配は、越後守から信濃守に名を改称した中野直由によって静かに、だが着々とどこおりなく行われていく。働き手を失った百姓らも、たがいに助け合いながら収穫を終えた。

「稲が実り、豆や芋が採れ、冬場の機織の算段が整いました。無我夢中で働けば、しばしの間、悲しみを忘れていられるのかもしれませんね」

備蓄米の帳簿を確かめながら、佐奈は独り言みたいに繁孝に話し掛ける。

「佐奈どのは強くなられた」

「繁孝どのは近ごろ、よく、そうおっしゃいますが」

佐奈は少しも自覚していない。

「眼差しに意思の強さがある。頬も口もともひきしまり、動作も機敏になられた」

「まあ、それでは今まで気がきかなかったような」

わずかな軽口に、たがいに笑みがこぼれる。

誰もがみな、われとわが身を励ましながら、一歩ずつ痛手を乗り越えようとしているさなか、またもや衝撃が井伊家を襲った。

十月末、井伊の別家の中でもっとも大きな勢力を持つ奥山家の当主・朝利《ともとし》が暗殺された。直親の妻・ひよの父である。手を下したのは小野但馬守道好の息のかかった者だと調べがついた。

「近ごろ但馬の動きがどうも怪しかった。井伊領内のすべてが困難なときにもかかわらず、病がちだと言って老職の評議に出てこない。それなのに連歌師などを招いたりしておる。但馬の屋敷と奥山を、しきりと行き来する者らに気づき、忍びに探らせておった矢先であった。まさか暗殺とは」

直親は、あと一歩のところで曲者を取り逃がしてしまい、証拠がないと悔しがる。但馬は「知らぬ存ぜぬ」を押し通した。但馬は父親・和泉に似て、いかにも小心そうな性質《たち》に見えた。おどおどと辺りに配る視線が、佐奈は苦手だった。但馬はかつて、佐奈の婿となることを望んでいたが、佐奈が井平介行《いだいらすけゆき》を婿に迎え、介行の死後は出家してしまい当てが外れると、あからさまに不機嫌さを丸出しにするようになった。

但馬は直親が力をつけていくのが気に入らない。井伊家随一の武人であった直親の父・直満のように勢力を持ちかねないと反発している。かつて和泉の讒言で、直満と弟が、ありもしない謀叛を問われ、義元の命で殺害された。それぞれが子の代となって、また確執を繰り返そうというのか。

　但馬の意図は父親の和泉守とまったく同じだ。細かく分布する国人領主や土豪の自領支配を止めさせ、今川家が政令や検地を遠江すべてに及ぼす。この今川家の大望を実現するために働いている。

　直親が当主になれば、井伊家を乗っ取って支配しようという父親以来の大望が崩れる。井伊宗家を孤立させるため、まず実力者の奥山家当主を成敗してしまおうと朝利を抹殺したのだ。

　世に威勢を誇った義元があっけなく首級を奪われ、今川家は動揺していた。跡を継いだ氏真はまだ二十三歳、誰もが国人衆の反乱を危ぶんでいる。但馬は有力国人・井伊家の台頭を恐れ、実権を奪い取ることに面子をかけている。

　直親の妻・ひよは朝利の長女、次女は井伊谷城代・中野直由の妻、四女は直親の母の実家である三河の鈴木氏に嫁いでいる。しかも、当主・直盛が自刃の際、遺言を託したのは奥山孫市郎、さらに朝利の妹は、祐椿の兄で今川家臣の新野左馬助親矩《にいのさまのすけちかのり》の妻になっている。これら井伊家と奥山家を結ぶ二重、三重の縁《えにし》を断ち切ろうという企てだ。だが、朝利の三女は、桶狭間で戦死した但馬の弟・玄蕃の妻だ。兄弟のつながりにさえ楔《くさび》を打ち込む非情な画策は、何ともおぞましいものだった。

　――またしても小野か。

佐奈は恐怖を抱きながらも、これ以上、残虐な計略を許すまいと意を新たにする。

「今川は、これほどまでに井伊が目障りなのか。井伊を潰そうと、豪気な武人の直満さま兄弟を殺し、それでも不足で有力別家に刃を振り下ろす。どこまでやれば気が済むのか」

祐椿は井伊谷に住む今川の臣・新野左馬助親矩の妹ながら、今川の息のかかった小野和泉・但馬父子について、昔から誰はばからず非難した。左馬助が井伊家に篤く心を寄せているので、祐椿は意を強くしているのだ。


父を殺害され、身ごもっているひよの嘆きは深かった。もしも男児に恵まれれば、宗家の跡継ぎを産んだと実父に自慢したかっただろう。よろこぶ顔をみたかったにちがいない。夫が戦死し嘆きのただ中の祐椿はひよを気遣った。

「嫁の実家の不幸を見舞わずに済むものではない」

ひよを慰めるため、祝田《ほうだ》の直親の屋敷に出向きたいという。ためらわれたが、佐奈は祐椿の頼みに押し切られて付き添った。ひよはまぶたを赤く泣き腫らし、憔悴しきっている。

「ほどなく朝利どのの葬儀となるが、ひよは龍潭寺に出向くことができるかえ」

祐椿が思いやると、消え入りそうな声で、

「父に最後の別れをしとうございます」

と目もとをぬぐう。

「そうか、そうよなあ。わたしもお館さまを亡くして間もない。ひよの嘆きもよう分かる」

祐椿のなぐさめに、ひよはまたも涙ぐむ。

奥山朝利の死は、はかりしれない痛手だった。井伊谷の西の山地が奥山郷で、さらに西に山を越えれば奥三河になる。三河の古刹・鳳来寺《ほうらいじ》に抜ける遠江鳳来寺道に沿うなだらかな丘に奥山館《やかた》を構え、郷村は、街道を利用した商いや馬借《ばしゃく》（運送業者）、宿場や市、鳳来寺の参詣者などで賑わう。山の手に奥山城が築かれ、南北朝の世には宗良《むねよし》親王に居城として差し出した。親王の弟の高僧・無文元選《むもんげんせん》和尚を奥山郷に招き、豊かな財をもとに壮大な寺・方広寺《ほうこうじ》を建立、以来、臨済宗方広寺派の本山として、多くの名僧を輩出し、いまだ、たくさんの修行僧がここに学ぶ。

その奥山家では朝利に先立って、嫡子でひよの兄の朝宗《ともむね》が桶狭間で戦死した。跡取りは、朝宗の幼い子・朝忠《ともただ》しかいない。それを狙った但馬の意図どおり、奥山家はしばらく停滞を余儀なくされるだろう。

「ところで直親どのは。このところ、井伊館にも来たり来なかったりじゃが、奥山郷にお出かけか」

ひよがちらっと佐奈に視線を送った。

「いいえ、屋敷にも帰らぬことが…。てっきり井伊谷にお泊りかと。桶狭間の戦のあと、馬を駆って遠出をなさってばかり」

佐奈はひよの邪推に接するたび、正直なところ疲れ切ってしまう。

直親の極秘の行く先を、佐奈は直親から聞いている。繁孝と小弥太を連れて三河へ駆けているのだ。井伊宗家も奥山家も、三河山吉田《やまよしだ》の白倉城《しらくらじょう》主、鈴木氏と親しい間柄にあった。井伊谷から西へ鳳来寺道をたどれば、白倉城は国境《くにざかい》を越えてすぐだ。直親の実母は、その鈴木氏の出だ。ひよの妹も鈴木氏に嫁いでいる。直親は母方の伯父や祖父の縁を頼って三河を訪れては時勢を探り、直盛没後の井伊家の活路を見出そうとしていた。

ひよを気遣っていないわけではない。

「わしも父を殺された。小野親子は、われら夫婦の敵だ。おなごのひよのこと、悲しみはいっそうじゃろう。辛さは痛いほど分かる。しかし、互いがなぐさめ合《お》うていても何も生まれぬ。子のため、悪の輪廻を断ち切らねばならん」

怒りに唇を震わせ、

「不憫だが、ひよはお乳母たちに任せた。あらたな世を創りたい。三河の伯父に会うてくる」

そう告げて馬に鞭をあて、駆けて行ったのだ。

やがて直親は、松平元康の詳しい動きを入手した。

「佐奈、朗報だ。元康どのが旧領岡崎城に入城したぞ」

頬を紅潮させて知らせてきた。

直盛が討死し、祐椿が出家した今、井伊家の家財の管理をする者は佐奈しかいない。城代の中野直由が直親と合議して領内、家臣の任務について指図をし、直親と佐奈も相談にあずかる。直親は佐奈を頼りにしたので、時勢の動きは、まず佐奈と話し合うことが多い。

桶狭間の戦ののち、直親は元康の動きを注視していた。

「桶狭間で義元が討ち取られると、元康どのは守備をしていた伊勢湾寄りの大高城から撤退、これぞ好機とまっすぐ故郷の岡崎へ向かった」

直親の報告は興味深かった。人質として今川家の束縛下にあった元康が、ついに独断でその拘束から脱出したのだ。

「何という即決でありましょう。それで元康どのはいかがいたしたのでしょう」

「岡崎城は今川配下の城になっていたので城下の大樹寺《だいじゅうじ》に逃げ込んだ。松平家の菩提所じゃそうな。ところがすぐに追手が寺を包囲した」

敵方に包囲された元康は、もはやこれまでと祖先の墓前で自害しようとしたという。

「ご住職が押しとどめたそうだ。厭離穢土《おんりえど》、欣求浄土《ごんぐじょうど》。阿弥陀経の文言じゃそうな。つまり我欲で戦ばかりの穢《けが》れきった国土を厭《いと》い離れ、永遠に平和な浄土を欣《ねが》い求め、それを成すようにと。つまり、泰平の世を築くために生きよと諭したという」

「そうですか、まこと、戦はもういやにございます」

「大樹寺は多くの僧兵を抱えていると、かねて聞いていたが、そのときは五百ほどの僧兵が敵兵を蹴散らしたと、岡崎城下ではもっぱらの噂だ」

元康は今川軍が放棄した岡崎城に入った。そして独立を果たそうとしている。

「今川氏真は二十二、三で、まだ若い。三河支配は、きっと崩れる。やがて遠江にも、そんな時が来る。支配網の立て直しに強引な手段を取るだろう。ここはよく先行きを考えなくてはならぬぞ」

信長は美濃へ攻勢をかけ、北近江の浅井長政と同盟するなど着々と勢力を伸ばしているのに、父・義元を討たれた氏真はまるで傍観だ。重臣がいくら煽っても、弔い合戦に立とうともしない。

「元康どののように機をつかめればいいのですが。さいわい直平さまがお元気でいらっしゃる。大樹寺の和尚さまが仰せの泰平を望みたいものにございます」

佐奈の望みは、あまりに遠い夢だろうか。

「佐奈はだんだん強うなるのう。わが遠江は駿河国主から独立するということじゃな」

「ところで、元康どののお方さま、瀬名姫は…」

「今川館に近い松平邸で、元康どのの出陣を見送ったようだ」

「では、まだ府中に。元康どのが離反して今川の敵になったのですから、母子とも辛いお立ち場でしょうに」

元康と瀬名は仲睦まじいらしく、嫁いですぐに嫡男・竹千代を、つい先ごろ長女・亀姫を

もうけたと、佐奈は聞き知っている。直平は、

「おうおう、子を二人もな。瀬名はわしの孫、その子らは曽孫じゃ。一度会うてみたいのう」

と目を細めていた。

直親は耳をそばだてるものがいないか気を遣いながら、声をひそめて佐奈に言う。

「佐奈、わしは元康どのに接触してみようと思う。今少し様子を見てからのことになるが。瀬名姫はわしの従姉弟、元康どのとわしは義理の従兄弟同士。会うても不思議はあるまい」

「会うても不思議ないなどと、安直に過ぎまする。親子兄弟もない、主従もない乱世にございます」

「わしのこころざしを察してくれ。義元亡きあと、世は大きく動く。元康どのは、どうやら敵だった織田信長と意を通じ始めているらしい。但馬みたいなみみっちい男に翻弄されず、わが井伊家もしっかりと地に足を踏まえ、諸将とどのように連携するか、または離れるか、道をつけたいのじゃ」

「お気をつけなされませ。元康どのは今川軍を勝手に離脱した、いわば裏切り者。その元康どのと親しめば小野但馬が黙っておりますまい。直親さまに目をつけれれば、お命を奪いかねませぬ」

「ああ、承知しておる」

直親は聞き流すように答えた。佐奈は危ぶんだ。

「直親さま」

いさめたくて、佐奈は声を大きくした。

「相《あい》わかった」

直親は佐奈を振り向き、うなずいて見せた。


翌、永禄四年（一五六一）二月、井伊館は歓喜に沸いた。直親の祝田屋敷で待ちかねた男児が誕生したのである。直親のよろこびようは、ひとかたならぬものがあった。生まれたばかりの嬰児を抱きしめ、涙さえする。

「お館さまの生まれ変わりじゃ。御仏は井伊家を見離したりなさらなかった」

――別れた男の子を想っているのだろうか。

佐奈がそう感じるほどの溺愛ぶりだ。ひよも、子に乳母はいらない、わが乳で育てると産後の疲れも見せない。

祐椿も、

「宗家は四十二年ぶりに男児の誕生を見た。お館さまに抱かせたかったのう」

と、つまり直盛の誕生以来の男児だと感きわまっている。

「愛らしさは、ひよに似ておるかのう。鼻筋が通って直親似かもしれぬ。ひよ、ご苦労じゃったのう」

久しぶりに見る、祐椿の満面の笑顔だ。

嬰児は虎松《とらまつ》と命名された。佐奈にとっては又従姉弟にあたる。

松平元康は織田信長との和睦を探り、一方で将軍足利義昭《よしあき》には名馬を献上して幕府から領主として認められるよう働きかけている。さらに、三河の今川氏の拠点を攻め滅ぼし、領土を拡大していた。今川からの独立をあからさまにする元康を、氏真は「岡崎逆臣」と激怒しているという。三河の国人衆も雪崩を打って今川の手を離れ、氏真は「三州錯乱」と憤るが支配力は弱まる一方だった。

「いずれ遠江でも離反の嵐が吹きまくる」

その判断は正しいだろう。直親自身がしばしば岡崎城の元康を訪問していたし、浜松の曳馬城主・飯尾連龍《いいおつらたつ》も離反のきざしを見せていた。直親は元康とは義理の従兄弟同士、まして父親を今川に殺された恨みを持つ直親にしてみれば、当然のなりゆきである。

永禄五年（一五六二）一月、松平元康と織田信長は、信長の居城・清洲城で同盟を結んだ。元康は信長の盟友、客将となったのである。このとき、今川義元から与えられた諱《いみな》の「元」の一字を捨て、「家康」と名を改めた。

桶狭間の戦いから清洲同盟まで一年半を要したのは、家康の家臣が同盟に抵抗したためだという。元康の祖父や父の代から宿敵だった織田氏との和睦を、旧臣は受け入れがたかったようだ。だが三河の東隣は敵領・今川の遠江、過去にこだわっていては松平家の存亡にかかわる。一方、信長も尾張北方に位置する美濃の斎藤氏と戦っており、南東部に隣接する家康と手を結び、背後から攻められるのを避けたい。双方の利益が合致し同盟にこぎつけたのであった。信長二十九歳、かたや家康二十一歳の若さである。

家康が井伊直親と接近したのも、井伊家が遠江に位置していたからだといえよう。井伊と同盟関係になれば、遠江に版図を拡げ今川領に斬り込む足掛かりになる。

だが清洲同盟の締結は家康にも井伊家にも悲報をもたらした。

「氏真は憤り、瀬名姫の父・関口親永どのと母お志万さまを自害させたのじゃ。そなたらは憎き元康の義父母だとののしったらしい」

直親は青ざめて佐奈に告げた。

「ご自害…、お志万さままで。何と無残な仕打ちを」

今川の残虐行為は今に始まったことではなかったが、またもや井伊家の者が命を奪われ、やりどころのない悲憤が佐奈に押し寄せた。大国駿河の国主の配下となったがために、これでもか、これでもかと一族が死への道をたどる。たった十四、五歳で人質になった志万の方の波乱の日々が思われ、哀れさが胸に迫る。

「瀬名どの母子は軟禁されているらしい。今川の重臣らが母子殺害を声高に求めているそうな」

家康に裏切られ、屈辱を嘗めさせられたことへの、氏真の意趣返しだ。

「何とかなりませぬか。あまりにおいたわしい」

そうは思っても、井伊家に救出の手立てがあろうはずがない。

不安ばかりの日々が過ぎ、すっかり春めいた三月の末、ほっとする報せが届いた。松平家康が鵜殿長照《うどのながてる》の上ノ郷城《かみのごうじょう》（愛知県蒲郡市）を攻め落とし、息子ふたりを捕虜にした。長照の妻は義元の妹なので、息子たちは氏真の従兄弟だ。家康はふたりと引き換えに、氏真から瀬名姫と子らを取り戻したのだ。

さすが今川家で育った家康である。幼少期、今川義元の人質になるはずが織田信秀に送られたとき、義元は信秀の息子を生け捕り、交換して奪い返した。その手法を学んでいたのであろう。

ちょうど岡崎に滞在していた直親は、家康の嫡子である四歳の竹千代が領民の歓呼を受けて岡崎城に入城する様を見たという。

「瀬名姫さまも、さぞかし誇らしく、ご入城なされたことでしょうね」

今川氏に両親が自害させられ悲嘆の瀬名姫も岡崎城に迎えられ安堵したことだろう。晴れやかに飾った輿の行列を佐奈は脳裏に描いた。

「いや、それがな、瀬名どのは城には迎えられなかったのじゃ」

直親は暗い眼差しを返してよこした。

「えっ、何ゆえに」

「瀬名どのは今川の一族。家康どのは信長をはばかって城外の築山と呼ばれる地に屋敷を与え住まわせた。城下の民は、その地にちなみ築山殿と呼び始めておった。立派な屋敷ではあったが、何と言おうかのう。外出もままならず、人の出入りも許されず。せめて従姉弟のわしならばと家康どのに請うたが、渋い顔をされて返答をせなんだ」

「まるで幽閉ではございませんか」

「若い家康どのにとって信長は恐ろしい。瀬名どのは三河平定の邪魔になるのであろう」

「邪魔とは…」

今の家康は信長との同盟を背景にしない限り、今川との抗争はおろか、三河に領土を広げるのも難しい。

——あんまりではないか、井伊の血をひく者は、どこまで苦労を背負わされるのだろう。

悲しみとも怒りともつかぬ感情が佐奈の胸中に重く渦巻く。

「佐奈、家康どのはな、瀬名はいとおしい、不憫じゃと、わしにつぶやいておった。その情、井伊家への負い目は、おそらく、わしと家康どのが手をたずさえる基にもなろう」

家康は慎重な性質だと直親は言う。背丈は高からず、低からず。ぎょろりとした眼は愛嬌があるそうだ。いつも重臣たちが周囲を固めており、家康自身も用心深く目配りを怠らないらしい。

「お側衆によると家康どのは弓の名手とか。ご一緒に野を駆けて狩などしてみたいのう」

直親が望むそんなのどかな日が、いつ訪れるだろうか。

「そうそう、家康どのは薬草にお詳しいようじゃ。佐奈も薬草摘みを、ようしておるではないか」

三河との連携を図る直親を、佐奈は頼もしく思う。すでに二十七歳、小野但馬の暗躍さえなければ、十分に一国を率いる年齢となっている。直親を養子にとこだわった直盛の先見の明は、さすがだった。

「直親さまは、よう佐奈の薬草集めをご存じですね」

「ともに育った仲ではないか。知らぬわけがなかろう。そもそも草摘みを指南したのは、このわしじゃ。忘れたのか」

懐かしさに胸が熱くなる。こんな情を抱くとき、ひよの恨めし気な視線がよぎる。

――佐奈にとって直親さまは、古い夢の中の許嫁ですから。

九歳の亀之丞《かめのじょう》と七歳の佐奈が戯れている。ただそれだけにすぎないが、ひよには分かってもらえないかもしれない。

第5章　女城主誕生

　動乱に揺れる井伊谷《いいのや》に、それでも実りの秋が訪れた。働き手を戦で失った家々には、村人がこぞって農作業に手を貸している。

「この夏はまずまずの天候であった。いい米がとれそうじゃな」

　井伊谷城の三の丸に続く高台は、井伊谷の見晴らしがいい。佐奈も直親も、ときおりここへ上っては領内に目を配る。遠く都田川の流れが陽を浴びてきらめく。そのほとりには、直親の祝田《ほうだ》屋敷の屋根も見られた。

　近ごろ直親は、しきりと岡崎城を訪れている。家康は三河の国人衆を配下に収めれば、次に遠江で今川に対抗する戦略を推し進め、さらに駿河へと東進するだろう。三河と国境《くにざかい》を接する井伊領は通行の要所になる。

「家康どのの進軍に井伊家はどう出るか。今川旗下で交戦か、あるいは遠江へ招き入れ反今川の旗を立てるか。わしはな、迷うことなく反今川に立つ」

直親の決断は、直親ひとりのものでは済まない。井伊家が今川の支配に反逆の烽火《のろし》をあげることを意味する。佐奈は不安だった。まだ早すぎる。今川氏からの付家老が井伊家で力を持っている。井伊館の周囲には目付の屋敷もある。それでなくても家康の裏切りに激怒している氏真《うじざね》を、必ずや刺激するだろう。一族、重臣、別家衆との合議や、こころざしの統一が必要だ。

「どうか、慎重になさって」

佐奈は懇願するが、

「三河のすべてを、いずれ家康どのが押さえる。義元が死んで底の抜けた樽のように空洞になった駿河、遠江は武田信玄や北条氏康の恰好の餌食だ。かつての同盟など、かえって紛争の種になろう。手をこまぬいていれば滅びるだけ。危険は承知だが、策を立てねば、引佐《いなさ》は危機に直面する」

「そんな…。策を立てねばならぬのは、よう分かります。ですから、ご重臣方と相談し、こころざしを一つにいたしましょう。でなければ直親さまお一人が危ない目を見るではありませぬか」

ひとりで突き進まぬよう佐奈は諫《いさ》める。

「言うてくれるな。わが命を惜しんでいる場合ではない」

「何を仰せです。万一のことがあれば引佐をどうします。虎松はどうします、生まれたばかりの幼子は」

佐奈は言いつのった。

「虎松に泰平の世を授けたいのじゃ」

直親の眼差しは悲しみをおびていた。死を覚悟しているのかもしれないと、佐奈は震えが止まらなくなる。

「虎松には、ひよがおる」

「かと言って、奥山家は朝利どのを失い、ひよとて、どれほど心細いか」

「南渓和尚がおられる」

「道理に合わぬことをおっしゃらないで」

「佐奈」

直親はまっすぐ佐奈に目を向けた。

「引佐にも虎松にも、佐奈、そなたがおる」

見つめ返す佐奈の目に、茶色がかった直親の瞳が映る。幼い佐奈を抱き上げた眼差しと少しも変わらない。直親は不意に佐奈の手を引き寄せた。日焼けした手が佐奈の肩までしかない切髪を掻き上げる。

「子どもの頃も、こんな髪だった」

直親の息づかいが頬に触れる。髪に触れる手をそっとはずし、直親はためらいを見せながら佐奈を腕のなかにそっと抱いた。目を閉じると、いつか聞いたことのある懐かしい鼓動が耳もとに伝わる。

一緒に野にたわむれた、あのときのままだ。幼い日がずっとずっと続いている。閉じた瞼に、昼下がりの陽が赤く透けて揺らぐ。

「罪深いことを…」

小さくつぶやく佐奈に、

「御仏はこんな罪深い者にも分け隔てなく光を注いでくださる」

ささやく直親の息が熱い。肌のすべてで直親を感じながら佐奈は、

——いいえ、罪ではない。ただ約束の日がやって来ただけ。

満たされたときが佐奈をやさしく包んでいた。

義元の死は今川配下の武将や国人衆を動揺させ、ある者は家康のように独立をこころざし、ある者は武田か、いや新興の松平かと、誰に属して自領を守るべきか模索していた。

駿河、遠江、三河を統治し、尾張の一部にまで勢力を伸ばし絶頂を誇った義元にくらべ、氏真は小粒だった。それでも寺社などに安堵状を下したり、借金を帳消しにする徳政令を発して農民の困窮に対策を講じたりと、支配力を誇示していたが、一方では連歌や蹴鞠に没頭するなど、家臣の信頼を欠く行いも目立つ。

直親は南渓和尚と密談を重ねることが多くなった。

「佐奈、少し話がある」

和尚は本堂の奥の間で写経に余念のない佐奈を呼んだ。小座敷には直親がいた。二人で話し合っていたようだ。

「三河の国人衆は、つぎつぎと家康どのに同心しはじめておるようじゃ。しかしな、三河の一円支配はなかなか難しいものがある。というのも、西三河の一向宗徒が半ば独立国を築いておって、これと旧来の豪族らが手を結んでおると聞く。直親、あまり急ぐではないぞ。よ うよう見極めることじゃ」

佐奈も知っておくようにと和尚は念を押す。

「家康どのも申しておられた。松平の本家筋や別家衆、古くからの家臣の中にも一向宗徒がおって家康どのに抵抗しておるそうな」

一向宗徒に苦慮していると、直親は家康から聞いていたようだ。

「家康も正直よのう」

和尚は苦笑いをする。

「遠江へ侵攻するには三河との国境の井伊を無視できぬと踏んで、敢えてありていに話しておるのでしょう」

「そうじゃ。直親の、その冷静な眼は大事じゃ。軽率に同心を示してはならんぞ」

直親はうなずく。

「佐奈も、もう二十五、分別盛りになった。三河、遠江の動静に目を向け、ご城代・中野直《なお》由《よし》どのの裁量を受け止め、直親を支えて井伊家を守るのじゃぞ」

「和尚さまのご助言があってこそでございます」

佐奈にとって、和尚の法縁が得る情報は貴重なものだった。

氷雨の降る師走の夕刻、新野《にいの》左馬助《さまのすけ》親矩《ちかのり》が血相を変えて井伊館に飛び込んできた。左馬助らしくない慌てぶりに驚く佐奈に、息せき切って告げる。

「ご城代と直親どの、それに佐奈のほかは座敷に近づけるな。南渓和尚に使いを出し、おいでいただくように」

「いかがなされました。ともかく、小間の方へ」

佐奈は左馬助を奥へ通し、繁孝に人払いをさせた。ほどなく和尚も駆けつける。

「氏真どのが軍勢を編成し井伊谷に向け進発しようとしておる。急ぎ、お支度を整えられよ」

城代の直由の頬が引きつる。

「何ゆえの出陣」

「直親どのに謀叛の疑いじゃ。家老の小野《おの》但馬守《たじまのかみ》道好《みちよし》が氏真どのに讒言した。井伊宗家が家康と組んで反旗をひるがえすと」

「謀叛じゃと。またもや小野か」

直由は膝をこぶしで叩いて叫んだ。

「どうか鎮まりませ」

左馬助が制止した。

「この左馬助が出陣を何としても止める。支度といっても軍装は控えてくだされ。いらぬ詮索の種となろう。万が一に対する心支度と兵糧の用意で十分じゃ。謀叛などありえぬと、わしが氏真どのに申しひらきに参る」

左馬助は今川家から井伊家に遣わされた家老で、井伊館の大手門近くに館を構えていた。今川氏の一族で遠江新野郷《にいのごう》（静岡県御前崎市）の裕福な領主だが、井伊谷に住むことが多い。同じく今川からの付家老として井伊家に入った小野和泉守《いずみのかみ》と違い、左馬助は井伊家と親しみ、妹・郁を直盛に嫁がせた。佐奈にとって左馬助は母方の伯父にあたる。左馬助はまた、井伊の別家である奥山朝利《ともとし》の娘を妻にしていた。ひよの妹である。婚姻関係で結ばれた家同士の絆は強い。

あくまでも今川に忠誠をつらぬく但馬は、父・和泉に倣《なら》い、またもや井伊家を陥れようとするのか。きっと直親が家康に接近しているのを敏感な嗅覚で探り、嗅ぎつけたのだろう。

十八年前、但馬の父・和泉守政直《まさなお》は、直親の父・直満と弟の直義が謀叛をたくらんでいると今川義元に讒言。まったくの濡れ衣だったにもかかわらず、兄弟は義元によって殺された。直親、当時は九歳だった亀之丞《かめのじょう》さえ命をねらわれ、和泉の死まで十年間ものあいだ、遠く離れた下伊那の市田郷に身を隠さねばならなかった。

その首謀者・和泉守政直の子の但馬守道好が、今度は直満の子である直親に謀叛の企てありと言いたてた。井伊家を陥れようという父子二代の策謀は、今なおとどまらないのだ。

もはや、但馬の企ては明白だった。父親の和泉は今川に対する強硬派の直満を排除し、井伊家を抑え込む目的を達した。だが但馬の目的は違う。直親を陥れ井伊宗家そのものを滅ぼそうとしている。


今川館に赴いた左馬助は、翌々日、井伊谷に急ぎの使者を送ってよこした。左馬助の書面によれば、「小野但馬守の言うことは信用できないので真偽をただしてほしい」と氏真を説得。氏真は渋々ながら出撃を見合わせた。その見返りに、「直親は今川館に参って申し開きせよ」と下命したという。

事態は絶望的だった。直満と直義兄弟が駿河に召喚されたときと、まったく同じだ。しかも、あのときと同じ十二月である。

城代の中野直由、直親、南渓和尚、それに佐奈の四人が緊急に評議の座を設けた。直由が苦渋の面持ちで口を切る。

「氏真は、〝今川軍と戦うか、直親が駿河に赴くか、二つにひとつ〟と突きつけてきおった。氏真の腹立ちが目に見えるようじゃ。人質だった家康が、桶狭間での義元の死を目の当たりにするや、今川の陣を脱して岡崎に帰還した。それだけで怒り心頭なのに、こともあろうに、今川の仇、織田信長と同盟を結んだ。そこへ但馬の密告じゃ。家康への接近など許せぬと、いきり立っての挑戦じゃ」

義元が桶狭間で討たれると、今川の家臣や国人衆が雪崩を打つように離反、氏真は苛立ち、不安にさいなまれ、恐れおののいている。

和尚の意見に迷いはなかった。

「家康どのを見込んで接触を図ったは直親の英断。今川によって苦しみを嘗《な》め続けてきた井伊家に夜明けをもたらそうとのこころざしじゃ。今川を脱した家康に、井伊家の将来を重ね見、希望をつないでのことであろう」

「しかし…」

直親がようやく口を開く。

「今川は弱体化したとはいえ、井伊家は、その配下。呼び出しを拒めば軍を差し向けてくるは必定。桶狭間の痛手から立ち直り切っていない井伊家に、受けて立つ力はござらぬ」

「かといって、今川館へ参るなど、危険にすぎまする」

佐奈には恐ろしい予感ばかりが込みあげる。

「氏真は申し開きを求めておるのじゃ。家康との交渉など知らぬ存ぜぬで押し通せばよいことじゃ」

直親は言うが、そんな弁明が通用するはずはないと、誰もが分かっている。十八年前、栄華のただ中の義元でさえ、直満兄弟を厳罰に処した。負け戦に追い詰められた氏真が、寛大に対処するはずがない。佐奈は、何としても直親を今川館に行かせたくなかった。

「直親さまでなく、惣領家の娘であるわれが駿河に赴きましょう」

「それは無理じゃ」

一同が声をそろえた。それで収まる状況ではない。氏真は直親の釈明を求めているのだ。

「よう聞いてほしい」

直親は、皆を見回して話し始めた。

「肝心なことは、井伊家を、どう守るかということじゃ。今川は、いずれ滅びる。共倒れになるほどの義理もない。わしは、後々を慮《おもんぱか》り、家康どのと組む道を探ってまいった。そこでじゃな」

直親はひと息、あいだを置いた。

「わしは今川館に参る。氏真に会い、井伊家に謀叛の企てなどない、家康との件はわしの一存と告げる。井伊谷は三河に対する防壁ゆえ、井伊家を滅ぼせば、必ずや、家康の軍が井伊谷に入り込むであろうと説く」

「それでは直親さまが罪を問われまする」

「佐奈、いたしかたのないことじゃ。今、取るべき道はひとつ。自領を守る、ただそのためだけに決断せねばならぬ」

ならば直親は生贄《いけにえ》にひとしい。

「行ってはなりませぬ」

佐奈は直親が今川館へと発つのを抑えたくて、膝に手を置いた。

「行かねばならぬのじゃ」

直親は言葉少なだった。

「行かずばなるまい…」

直由が繰り返した。

「行ってはなりませぬ」

佐奈の悲痛な声に応じる者はいない。

「佐奈も、ご一緒します。腕には自信がございます」

「それはなりませぬ」

直由の厳しい声が飛ぶ。

「お館さまは桶狭間にご出陣のとき、後々を考えられて、この直由に井伊谷をお任せになった。そしてゆくゆくは直親さまを城主にと。正直に申そう。もはや、直親さまの身に何ごとか起きかねぬ事態となり申した。ならば、ご遺言を守るのは佐奈どののほかに誰があろう」

今川館行きにわずかな望みも持てなかった。佐奈は恐怖に押しつぶされそうだ。

——直親さまを失うかもしれない。

そう思ったとき、ふいに思慕が胸中に突き上げた。ともに育ったときのこと、別れ、再会、添えなかった悲しみ、それらが一挙によみがえり駆けめぐる。

「心配するな、佐奈。わしは必ず戻って参る。氏真を、きっと納得させる。待っておれ」

佐奈の思いを察したかのような、あたたかい語り口だ。

妙案はなく、話し合いは同じところを行きつ戻りつするばかりだった。

直親は、

「お願いがござる」

と、膝前に手をついた。

「わしは確かに家康どのと何度か会うた。井伊の将来を語りもした。もし万一、わしが命を落としたとしても、家康どのとの接触は、断たずにいただきたい。わしは家康どのの〝厭離《おんり》穢土《えど》　欣求浄土《ごんぐじょうど》〟、つまり戦のない世を成す、というこころざしに惹かれた。武将として惚れたのじゃ。井伊家はどれだけ戦に命を奪われてきたことか。虎松と、井伊谷に泰平の世を授けたいと切に願っております」

南渓和尚が直親の手を取った。

「そなたの願い、拙僧が受け取った。力をつくすぞ。だがな、虎松は泰平の世を〝棚からぼた餅〟で享受するのではない。眼差しに力のある虎松じゃ。自身の足で泰平の実現に歩み出していくであろうよ」

「かたじけないお言葉、ありがとう存じまする。戦はもうこりごりじゃ。わしの思いを虎松に託す。たとえ、わしが捨石になりましょうとも、井伊家は残りまする。残さねばなりませぬ。和尚さま、ご城代さま、そして佐奈、きっと泰平の世を」

直親の遺言であると佐奈は受け止めた。


十二月半ば、直親は十八騎の手練《てだ》れを従え、駿河府中を指して井伊館を出立する。弁明のための今川館行きだから、武備は整えていない。

家臣たちはこれに猛反対し、伏兵を従わせるといきり立った。しかし、それも今川に筒抜けになる。たとえ直親を守りきったとしても、今川軍が井伊谷に押し寄せるだろう。

「案ずるな。きっと、よいようになる。そなたらの務めは、井伊谷を守ること。それだけを心がけよ」

直親はこう言って伏兵案を、ようやくのことに押しとどめた。

見送りは城代の中野直由、佐奈、南渓和尚、祐椿《ゆうちん》、十数人の家臣ばかりのわずかなものだ。家臣たちは嗚咽《おえつ》をかみ殺している。

ひよと幼い虎松の姿はなかった。すでに祝田屋敷で見送りを済ませたのだろう。小野但馬守道好とその一党の姿もない。強い海風が吹きつけ、直親主従の衣服をはためかせていた。

「それっ」

直親の鞭が鳴り、一斉に従者十八騎が駆ける。二十人ほどの小者や足軽が、そのあとを追い、一行の姿は佐奈の視界から遠ざかって行った。

「おや、繁孝どの」

騎馬の繁孝が一行から少し離れて出立し、小弥太が持ち馬で従っていく。

「目を離さぬよう繁孝に命じた」

直由が佐奈に目配せをする。無事今川館に入り、晴れ晴れと帰途につく成り行きを見届ける役、いや、不吉な事件の勃発をも見届ける役目だと分かる。

無事を祈りながらも、佐奈は恐ろしい予感に胸がはじけてしまいそうだ。直親を見送ってから、じっとしていることは出来なかった。先ごろ刈った青苧《あおそ》（麻）の茎を汗にまみれて湯がく。湯がいた青苧を木槌で叩き、糸のもとになる筋を取り出す。手を休めると懸念がつのった。身を粉にしていれば、不安を閉じ込めておける。


佐奈の祈りは砕かれた。翌、未明、直親討死の報が繁孝によってもたらされた。

「ご城代、和尚さま、および佐奈どのに、お伝えいたしまする」

声を詰まらせて繁孝は続けた。

「直親さまほか十八騎すべて、敢えないご最期にございました。行く手に騒ぎが起こり拙者が駆けつけたときには、ご一同、深傷を負われ、拙者も防戦に加わろうと、幾度、刀に手をかけたことか」

目を潤ませ、

「討ち入れば、すべてを見極める務めを果たせぬ。万が一、お怪我などなされたとき、直親さまを連れ帰らねばならぬと、物陰に隠れ、堪《こら》えに堪え…」

と、無念の胸中を吐き出す。繁孝の報告を、佐奈はこぶしを握りしめ懸命に聞き入る。だが、今にも体が崩れ落ちていきそうだ。

――嘘でございます。これは幻…。

こんな嘘などあるはずもないと分かっているのに、眼差しで繁孝に答えを求める。繁孝は、頭《かぶり》を横に振った。

「詳細を申し上げまする。よろしゅうございましょうか」

繁孝は佐奈を気遣いながら、報告を続けた。

「井伊谷から十里（約四十キロメートル）ほど。懸川《かけがわ》の城下に差しかかる辺りでのこと。鎧兜に身を固めた数十人の武士がいきなり襲いかかった。なんと、懸川城主の朝比奈泰朝《あさひなやすとも》が率いる軍団。桶狭間で、亡きお館さまのすぐそばに陣を張っていたので、よく見知っておりました。あの総崩れの戦場から果敢に脱出、氏真を庇護して駿河へ駆けた豪勇との噂でしたが」

朝比奈泰朝は、氏真の祖母で今川家を四代にわたり支えてきた寿桂尼《じゅけいに》の遠縁にあたり、もっとも忠実な家臣だと伝え聞いていた。

「朝比奈の独断か」

直由が訊く。繁孝に代わり、南渓和尚が答えた。

「いや、それはあり得ぬこと。今川配下の国人衆が各所で謀叛の烽火《のろし》を上げる今、独断で兵を動かせば、朝比奈といえども疑われること間違いなし。ゆえに氏真の差し金に間違いござらん」

氏真は、直親を家臣に討たせることで責任逃れをした。配下の国人領主との抗争を大きな事件にすれば、いっそう、ほかの国人衆の離反を招くからだ。しかし、直親に申し開きの機会すら与えないという仕打ちは覆い隠しようもなく、誰の眼にも、その残酷さはあきらかだった。

「して、防戦の模様は」

直由が急きつつ膝を進める。

「防戦もなにも。直親さまのご一行は申し開きの参上ゆえ、鎧も着けず弓矢も持たず、身に付けていたのは打太刀《うちだち》と簡易な腹当てのみ。井伊の誇る武将たちが軽装で力の限り戦い、ついに」

「ああ、やはり…」

目の前が翳《かす》み揺らぐ佐奈を祐椿が抱えた。

「して、ご遺骸は」

直由の声が震える。

「ほどなく小者が祝田のお屋敷にお連れ申す手はずに」

「御首級《みしるし》は」

「朝比奈に奪われましてございます」

南渓和尚が音をたてて立ち上がった。

「懸川じゃな。拙僧が取り戻す」

言うなり縁側から飛び降りた。

「朝比奈にゆかりのある神官が祝田におる。拙僧とともに受け取りの使いに行っていただき談判いたす」

振り向きざまに叫んで駆けだした。

和尚はかつて、今川義元の葬儀に大導師を務めている。今川の重臣たちで和尚をおろそかに扱う者はない。

「他の武将方の亡骸《なきがら》は、小者や足軽どもの手で、このお館にお連れして参りまする」

一気に報告した繁孝は、呻《うめ》きとも嗚咽ともつかない声を漏らした。

直親の亡骸は祝田屋敷に近い都田川のほとりで荼毘《だび》に付された。南渓和尚や龍潭寺の寺僧の誦経が川面を流れていく。佐奈の誦経は嗚咽に途切れる。いとおしみ続けた直親だった。あるときは恨むこともあった。引佐のためになくてはならぬ相方となった。想いも恨みも相方としての絆に押し込め、ともに引佐の明日のため力を尽くした。その片一方が、わずか二十七歳の若さで倒れた。佐奈はどのように引佐を守っていけばいいというのか。

祐椿にすがり、佐奈は人目をはばからず号泣した。その嘆きが参列者の悲しみを、いっそう誘う。佐奈の後ろからそっと近寄る影があった。涙に濡れた目を上げる。

「直平さま…」

曽祖父の直平が、そっと佐奈の肩を抱いた。

「思いきり泣くがいい。涙は永久《とわ》に涸れはしない。だが、泣き濡れた頬を、いつか陽に向けるのじゃ」

佐奈の耳もとにささやく。消えかかる荼毘の火明《ほあ》かりに、皺の刻まれた頬が照らし出されている。今年七十四歳、世にまれな高齢を迎えているが、四人の男児のうち三人も、人質に出したひとり娘も、宗家を担った孫息子も、その養子も、すべて戦がらみで喪い、ただひとり残る井伊家の男子であった。

同じ夕刻、井伊谷のあちらこちらで、空を焦がす炎が上がっていた。随行した十八人の武将、兵卒らの葬送の火だ。

――こんなにも無惨で悲しい火を、もう、二度とふたたび見とうはない。

〝泰平の世を…〟、直親の声が風に乗って聞こえてきた。

――必ずや、生涯かけて果たして参りまする。あなたさまの悲願を…。

佐奈は直親に応え誓う。

直親は法号を「大藤寺殿劔峰宗慧大居士」と諡《おくりな》され、龍潭寺に葬られた。

葬儀をもって万事が終わったわけではなかった。氏真は虎松の殺害命令を下していた。直親の父が義元によって殺害されたときと、まったく変わらない。まだ九歳だった直親、当時の亀之丞殺害へと刺客が放たれ、下伊那に落ち延びて行ったことを、佐奈はまざまざと思い起こす。

「そんなことをさせてなるものか。たった二歳の虎松は井伊家に残された、たったひとつの灯じゃ」

左馬助は氏真の下命に怒りをあらわにした。

「どこまで虐殺を続けるつもりか。あまりに情けない。これでは遅かれ早かれ今川は滅びるじゃろう」

左馬助が言うのも無理はない。氏真は家臣の謀叛、三河・遠江の国人衆の離反に怯えるかのように、諸家を断罪してはばからない。

「こんなことをしていたら、ますます離反者が増えるばかり。強大だった今川領に家康や信玄が攻め入る隙をもたらすだけだ」

左馬助は氏真に、自身が虎松を養育することを認めさせ、虎松とひよを井伊谷の新野屋敷に引き取った。左馬助の妻はひよの妹なので、虎松は妻の甥にあたる。姉妹の父・奥山朝利は小野但馬守の手の者に殺された。悲劇にみまわれる一族に左馬助は深く心を寄せ、庇護を約束した。

すでに隠居して久しい直平が井伊宗家の当主となり、城代の中野信濃守直由と共に領内の差配にあたっていく。

翌、永禄六年（一五六三）九月、桶狭間の戦から三年も過ぎたというのに、氏真は今さらながら、弔い合戦をするのだと織田攻めの兵を挙げ、三河に軍を進めた。このとき、なんと、七十五歳の高齢になっている直平に出陣命令が下されたのである。

これには温厚な南渓和尚が激怒した。和尚は直平の養子である。

「井伊家いじめにほかならぬ。いかにお元気な義父上《ちちうえ》だとて、重い鎧兜をまとっての騎馬はお辛かろう。その上、刀槍を取って戦場に斬り込めというのか」

和尚は直平に病を装うようにと勧めた。

「そんなことができるか。いかに年を取ったとはいえ、わしも武士のはしくれ。怖気づいたりせんわ」

直平は笑い飛ばす。

直平の武勇は遠江で知らぬ者はない。もちろん、戦を重ねてきた今川氏親・氏輝・義元、そして氏真と、井伊家を翻弄してきた代々の駿河の太守も十分に承知していた。承知しているからこそ、直平は今川四代を脅《おびや》かしたと、まるで宿敵であるかのように戦場に駆り出したのだ。

「井伊宗家の武将たる男子は、直平さまただおひとり。戦場で斃《たお》れれば願ったりということか」

和尚は出陣を引き止めようと躍起になるが、病を偽るような直平ではなかった。

九月初め、直平は出陣した。桶狭間の戦いで直盛の討死を経て、今はもう、かつてのように華麗な出陣はできなかった。だが、馬上の直平は凛々しかった。背はまっすぐに伸び、甲冑姿は、まるで壮年の武将だ。秋たけなわの街道を駆けていく軍馬を佐奈は見送った。

だが数日後、直平は憔悴しきった井伊軍を率いて戻って来た。

大手門から駆け込んで来るや、直平は無念そうに、

「わが陣中より出火、火は白須賀《しらすか》の町中に広がり、焼きつくした」

場所は遠江の西の端、遠州灘沿いの白須賀宿に着陣していたときのことだった。先を進軍していた氏真は背後の火に、「すわ、謀叛か」と慌て、懸川城まで駆け戻ったという。氏真は家臣らに尻を叩かれて出陣したものの、戦などしたくないのが本音だったのだろう。火災を撤退のいい口実にしたのかもしれない。

「失火だと調べはついた。わしに咎めはないというが、氏真の恐怖は尾を引くじゃろうな」

「まこと、失火だったのでございましょうか」

「分からん。わが陣に火の気などない刻限じゃった。近辺の町で火事が頻発しておった。今川の将の中に放火犯がおったという噂もある」

　直平を陥れるための謀略ではないかと佐奈は疑った。疑わずにいられないほど、あまりに多くの事件にみまわれてきた。

「ともあれ、ご無事にお帰りになられ、佐奈はほっといたしました。ゆるりと手足を伸ばしてくださいませ」


　手柄のひとつも挙げられずに帰ったことが直平は不満そうだった。だが、一休みする間もなく、ふたたび出陣命令が下った。氏真に逆らった天野氏の八代山城《やしろやまじょう》を攻めよという。

　八代山は井伊谷からまっすぐ東へ五、六里（約二十〜二十四キロメートル）ほど、途中、天竜川を渡ることになる。頑丈な山城は、古来、難攻不落を誇ったと耳にしていた。

　あわただしく出陣した直平は井伊谷から四里（約十六キロメートル）ほど南東、今川家家臣・飯尾豊《いいおぶぜ》前守連龍《んのかみつらたつ》の居城である浜名荘《はまなのしょう》の曳馬城《ひくまじょう》へ向かい、ここで天竜川を渡る支度を整え、その先の八代山城を目指す予定だった。

　佐奈はまたしても悲報に接することになった。曳馬城を出た直平は、ほど近い有玉《ありたま》の宿で落馬し、不慮の死をとげたのである。いきさつは、このたびも随行した繁孝によって報告された。

「曳馬城に着くや、門前で飯尾家のご重臣がお迎えくださり、城内の見晴らしのいい茶室にご案内いただいた。曳馬城は高台にあり、ちょうど晴天に恵まれておった。茶室から富士の山が見え、直平さまは大変よろこばれましてな」

「お元気でいらしたのですよね」

「お疲れも見せず、上機嫌でおられました。連龍の妻・田鶴《たづ》の方《かた》が茶をもてなしたのじゃ。井伊谷からほとんど休まずの進軍だったゆえ、直平さまも喉が渇いておられたようで、一気に飲み干された」

「まさか、それが悪かったたと」

「お聞き召され。直平さまが茶碗を手にされたとき、アヤメが、あっ、と小さい声を上げた。戦陣に向かう武将は見知らぬ方の接待を受けぬが習わし。止めようとしたようだ。しかし、連龍のお方さまじゃからのう。しかも、見たところ、まだ十四、五歳、細面の美しい方で、とても悪巧みしそうには見えなんだ」

高齢の直平の身の回りの世話のため、アヤメが従っていた。田鶴の方の茶を危ぶんだと聞き、あの無邪気な商人の娘が佐奈に仕え、よく武家になじんだものだといじらしく思う。アヤメは少女のころから繁孝ひと筋だった。身分違いのかなわぬ想い、などと陽気に笑い飛ばしていたが、繁孝と一緒に直平に随行し張り切っていたことだろう。もう二十代なかば、もっと早く、どこぞへ嫁に出してやればよかったと、近ごろ悔やんでいたところだった。

「アヤメさえ危険に気づいたようなのに、われら供の者一同がおりながら、お止めもせずに、むざむざと…」

　繁孝は不注意を悔やむ。

「繁孝どのが責めを負うことではない」

「今となっては、初々しい田鶴の方の、やさしげな笑みに油断したとしか…」

　半刻（一時間）ばかり休んで曳馬城を発ち、一里（四キロメートル）ほど進んだところ、直平は手足のしびれを訴えたという。

「それが直平さまだけであれば、お年からくる疲れと思うたでありましょうが、茶をいただいた供の者四人も、しびれを訴えはじめた。これは毒だ、毒を盛られたと直感いたした」

　直平は地響きをたてて落馬し息絶えたのだという。八代山城攻撃は中止となった。

「ほかの四人は」

「一人は激しく吐き戻したが命拾い。じゃが、あとの三人は絶命いたした。毒に間違いございませぬ」

「なにゆえに毒殺など」

「真相をつかみかねておりまする」

繁孝は押し黙った。

「さりとて、うやむやでは済まぬであろう」

「推し量るところ、考えられるのは三つ。ひとつは、田鶴の方は八代山城の天野どのの一族ゆえ、城攻めを止めようとたくらんだのかもしれぬ。もうひとつ、飯尾連龍は松平家康とよしみを通じておるとの噂。まことであれば、今川軍として進発した井伊勢を討ち滅ぼそうとの意図からであろう。あとは、白須賀の火事で井伊の反乱かと怯えた氏真が、やはり謀叛かもしれぬと飯尾に殺害を命じたとも…」

「ああ、いずれにしても井伊は敵に囲まれておるのじゃな」

佐奈は、その場に崩れるように座り込んだ。

「井伊宗家に、おのこはもう、ひとりもおらぬようになった。すべて死に絶えてしまった。どうすればいい、繁孝。井伊家を、どうすればいい」

佐奈は顔を覆い、声を上げて泣き嘆いた。

「取り乱してはなりませぬ。波に揉まれながら、佐奈どのはここまで歩んで来られたではありませぬか。中野直由どのがおられる。新野左馬助どののもおられる。何よりも、佐奈どの、宗家にはそなたがおられるではないか」

直平は井伊宗家の波乱とともに歩み、七十五歳という高齢まで宗家を見届け非業の死をとげた。こんな残酷があろうか。直親の遺児・虎松はようやく三歳、佐奈だけが残った井伊宗家は風前の灯に等しい。

秋の深まった昼下がり、佐奈は龍潭寺の帰り道で紅葉の木陰に人影を認め、石仏の陰に身を寄せた。聞こえるのは女のすすり泣きだろうか。

「そのような想いは捨ててくれぬか。わしには、どうにもできぬによって」

声は繁孝だった。不器用な口ぶりで、とつとつと話している。

「どのような身分でもいいのです。ただ、お側に置いていただければ…」

アヤメだった。たとえ妾《そばめ》でもいいと、すがっているようだ。こんな話を、佐奈は耳にしたくなかった。直平の供をしたのに、不慮の死を防げず、繁孝もアヤメも苦しんでいるのは察していたが、負い目を絆に結ばれたとしても傷を舐め合うだけにすぎないだろう。生一本な繁孝が妾など受け入れるとは思えない。二人に気づかれないよう、佐奈はいっそう身を縮めた。

「許せ、アヤメ」

繁孝らしいそっけなさのあと足音が遠ざかり、アヤメの気配も消えた。困ったことが起きなければいいがと、佐奈は心が重くなる。

一年が過ぎたころ、曳馬城の飯尾連龍が、ついに今川氏真に反旗をひるがえしたとの報せがとどく。どうやら白須賀の陣の放火は飯尾連龍の仕業だったらしい。氏真は井伊家に飯尾討伐の命令を下した。

「もう、戦える兵など井伊家にはない。誰が出陣できるというのか。この下命は拒むしかあるまい」

佐奈は憤りに震えながら城代の直由に告げた。城を枕に討死という言葉さえ浮かぶ。

「命令に従わない井伊家を滅ぼすつもりなら討てばいい」

それもいたしかたないと、苛立ちまぎれの浅い考えがよぎる。

「暴言にござる」

左馬助親矩が厳しくいさめた。

「佐奈どの、そなたひとりが井伊宗家の血筋を繋ぐ者とお思いか。それは見当違い。虎松を守らねばいかん。わしが虎松の後ろ盾じゃ。わしには知ってのとおり今川がついておる。わしを利用すればいいのだ。虎松はわが妻の甥。あんなに利発に育っておるではないか」

「では、飯尾討伐に出陣なさると仰せですか」

「飯尾を討つ。直平どのの敵討ちじゃ。氏真どのの下命だ。はばかることなどござらん」

以前は陽気に見えた左馬助の瞳に、近ごろは暗い影が差している。今川の家臣であることと、親しい井伊家との板挟みに苦しんでいるのだろう。時勢は流れ動いている。氏真は、家康に接近した疑いで直親を討ち、その井伊家に、家康に与した飯尾氏を討てと命じる。乱れきって、主従の信などあったものではない。

「実はな、このたびは、ご城代・中野直由どのとわしに、名指しの出陣命令なのだ」

「えっ、まことに。飯尾は多くの兵を持つ曳馬城主。しかも同志がたくさん城に籠っておると、左馬助さまはおっしゃったではないですか。弱ってしまった井伊軍に太刀打ちできるとは思えませぬ」

井伊家にはもう、主だった将は二、三十騎あるかどうかだ。

「今川に二千の援軍を要請した。わしの本貫地・新野領からも兵を集める」

「今川の援軍などあてになるものですか」

佐奈は言い捨てた。

「今川家家臣のわしじゃ。出陣を拒むことはできぬ」

左馬助は援軍があれば勝てると言いながら、表情は決して明るくない。

九月中旬、新野左馬助と中野直由は、わずかな井伊軍を率いて出陣した。井伊軍は曳馬城の東方に回り込み、およそ千の今川軍と合流、将兵の籠城する曳馬城を攻めることになった。もはや、数少なくなった井伊軍を、佐奈はいつものように大手門で見送ったのだが、わずか三日後、中野、新野両将の討死の報がもたらされた。九月十五日、曳馬城の東、安間川《あんまがわ》にかかる天間橋の戦いでの戦死だったという。従軍した兵らも討ち取られ、逃げ帰った者は数えるほどだった。

悲嘆だけが井伊谷を覆い尽くす。

「ほんとうに、ほんとうに、誰ひとりいなくなってしまった」

井伊家に巣食う小野但馬守道好一派だけが、のうのうと生き残っていた。


空を見上げる佐奈に涙はない。涸れ果ててしまったのかもしれない。それ以上に、泣いているゆとりがなかったのだ。なさねばならぬことが山ほどある。

まずは左馬助という強力な後見を失った虎松を、急いでどこかに移さなければならない。井伊家の今後について策を立てる必要もある。井伊家を支えた重臣を亡くし、佐奈は、ただひとり残った相談相手の南渓和尚を訪ねた。

「拙僧が今、井伊館におもむくところじゃった。さて、まずは虎松を小野但馬の毒牙から守らなくてはならん」

言うが早いか和尚は、虎松を迎える輿の用意を下男に命じ、龍潭寺の僧兵十二、三人を新野屋敷に走らせた。いかに但馬といえども、父・和泉守政直の菩提所・龍潭寺の僧を討つことは、今のところはできまい。

「先行き、戦とかかわりない豪商の屋敷に預けるというのは」

「いや、だめだ。豪商こそが金にあかせて領主らを操っておる。いずれの領国もそんなものだ。売り飛ばされるのがおちだ」

和尚もはや五十二歳、もともとふくよかで穏やかな面立《おもだ》ちが、いっそう柔和になっていたが、今日ばかりは表情も物言いもけわしい。

「では…」

佐奈は途方に暮れた。

「佐奈が虎松の後見となり、祐椿の松岳院《しょうがくいん》に託す。ひよと、左馬助の内儀の妹も一緒じゃ。実は先ほど、寺の大工に松岳院の増築を命じた。狭さをしばらく我慢すれば、皆、のびやかに暮らせる庵となろうよ」

「宗家の兵に松岳院を守らせますが、不安がございます」

「但馬の息のかかった兵がおるやもしれん、ということだな。心配するな。龍潭寺の僧兵は粒ぞろいの腕利きじゃ」

佐奈はほっと胸をなでおろす。

「おう、ようやく頬に笑みが浮かんだな」

和尚の素早い対処はさすがだった。

「さて、虎松の後見は佐奈だと言うた。もうひとつ、今日この日をきっかけに、覚悟を決めてもらわねばならん」

「覚悟…」

「そなたは井伊次郎法師直虎。つとにそのはずであったが、今日より正真正銘、男となる。

引佐郡の地頭、つまり井伊谷城主じゃ」

地頭とは、古くから言い習わされた領主のことである。

「地頭になるにあたり、誰にも有無を言わせぬ儀式を行わねばならぬ。やり方は考えておる。直虎、以後、そなたをこう呼ぶ。家臣たちにも直虎と呼ばせる。そこでじゃな、必要なのはそなたの決意じゃ。数日待とう。覚悟が定まったら、拙僧を訪ねてまいれ」

「今日の今日でなく、時をお与えくださったこと、ありがたく存じます。覚悟を固め、和尚さまにお会いしに参ります」

いつも、このように本人に決心させるのが和尚のやり方だった。かといって、幾日も先延ばしする余裕はない。そうこうするうちに、僧兵らが四歳の虎松とひよ、七歳になった娘の高瀬、左馬助の妻であるひよの妹・かなと、その娘りんを輿に乗せて連れ戻った。

「これは大所帯じゃ」

手もとに迎え、和尚も一安心したようだ。

「ひよ、もう心配はいらぬ。祐椿尼の庵でお暮らしになられませ」

佐奈に会うひよは伏し目がちだった。祐椿とはねんごろだったが佐奈とはしっくりいっていない。左馬助の妻・かなは、どっしりとした体つきで、さばさばした性質《たち》に見受けられた。

「新野の家は滅んでしまいました。跡継ぎの男児もおらぬゆえ、御前崎の所領には行きにくい。しばらく御厄介にならせてくださいませ。落ち着いたら、りんと一緒に奥山郷に帰ろうかと」

「それがよければ、お好きになさるがいい」

ひよ姉妹の父・奥山朝利は但馬によって殺害され、嫡子は桶狭間で戦死したが、重臣たちが朝利の幼い孫息子を守り、奥山家を維持していた。

佐奈はひよの表情をうかがった。もしかしたら、かなと一緒に里に戻りたいのかもしれない。だが、井伊宗家を継ぐであろう虎松がいるかぎり、それはかなわない。どうにか心を開いてほしいものと切に願いながら、佐奈は一同を龍潭寺門前の松岳院に案内した。

「虎松を、わが庵に。まあまあ、みなさま揃って」

祐椿のよろこびようは、ひとかたならぬものだった。誰もが井伊家の負い続ける深い傷を懸命に堪える中、可愛い盛りの虎松が小さな明かりを灯す。

「母上、虎松は井伊家の掌中の珠。やがて家を背負って立つ日が参りましょう。楽しみでございますね」

祐椿は満面の笑みでうなずく。小春はほとんどのときを松岳院で過ごすようになった。虎松に粥を煮てやったり、添い寝で寝かしつけたりと、つききりで世話をする。

「腹違いながら、年の離れた弟、可愛いくてなりませぬ。いつくしんで育ててやりとうございます」

と愛情たっぷりだ。虎松もすっかり小春に懐き、「ねね、ねね」と呼び、たどたどしく駆け寄っては、当たり前のように膝にちょこんと座る。愛くるしい虎松は、小春の絵のいい題材だ。ふっくらとした手足、丸い頬、小春の手にかかると、今にも動き出しそうに生き生きと描かれる。

「ね、かかさま、虎松は亡き父上に、よう似ている気がいたしまする」

佐奈に向ける小春の笑顔も直親とそっくりだ。


佐奈は墨染の僧衣をそっと脱ぎ捨てた。

――今日より井伊次郎法師直虎。虎松が元服するまで、井伊谷郷の地頭となる。

還俗《げんぞく》の意を固め、南渓和尚のもとを訪れた。

「地頭を務めまする。まつりごとは生臭いもの。僧衣を穢すやもしれぬゆえ、還俗いたしまする」

「坊主にも、生臭は、たんとおるがな」

和尚は笑う。

「よし、直虎。よう決心した。おなごながら、紛れもない井伊谷城主。主《あるじ》の今川家から城主と認めるお墨付きをもらわねばならぬ。家臣や民たちから、井伊宗家を継ぐ者として仰がれねばならぬ」

永禄八年(一五六五)、直虎は二十八歳。命の再生をもたらす元旦、井伊家の古式を踏まえ、

「水の祀《まつ》り」を執り行うこととなった。「おなごながら井伊家の惣領。異議をとなえさせてはならぬ」とする南渓和尚の策であった。

井伊谷の八丁（約九百メートル）ほど西、薬師山と呼ばれる小高い丘の頂に、人びとを畏怖させ圧倒する祈りの場がある。二つの巨石が並び立ち、そのまわりは大小さまざまな岩の群だ。ここを井伊谷の住人たちは、神の降臨する磐座《いわくら》と呼んで祭祀を重ねてきた。

磐座の鎮座する丘からは、まがりくねって井伊谷を潤す神宮寺川が眺められる。神宮寺川は、この山地の奥から流れ出し井伊谷川と合流、都田川に注ぎ、豊かな水流は浜名の湖へと流れ込む。うっそうと繁る木々に覆われた巨石の丘、麓には井伊谷の命と豊穣の源である清流。上古、井伊家の祖先が水を祀り、祈りを捧げた聖地であった。

この地に井伊家の始祖が姿をあらわしたのは、寛弘七年（一〇一〇）元旦であると伝わる。龍潭寺の参道をまっすぐ南へ行くと、田の中に清らかな水の湧く井戸がある。八幡社の神官が社に新年の祈りを捧げたとき、井から端正な子が誕生、井の水で産湯をつかい、この地に上古から栄えていた豪族に迎えられ井伊氏の祖になったという。井伊氏の井の文字は、「井」を表しているのである。そして井伊谷は「井の谷」をいう。

元旦、「井」の清水で心身を清めた直虎は、白の小袖と袴を着け、白の被衣《かずき》を被り、神宮寺川へと歩んだ。同じく白装束の小春が、川の源流から汲んだ神水を捧げ持って続く。冬枯れの河原で、たくさんの村人が直虎を見送っている。家臣たちは狭い丘の麓で思い思いの場所に座を占めていた。

一歩、また一歩と丘を上る。上るごとに、岩をはむ瀬音が高まっていく。サワサワと落ち葉を踏む足音がする。焚き木の匂いが、ふわりと身を包む。松や桧《ひのき》の香をぬって、かすかに笛の音が聞こえてきた。遠い祖先が直虎を迎えてくれている。

ここは井伊の祖が切り開いた地。井伊家の人びとは、こうして森の精霊と、樵《きこり》と、猟師とともに祈りを捧げ、北遠江の山々に育まれて生きてきたのだ。

八幡社の神官が注連縄《しめなわ》を張った磐座に山の幸を捧げ、井伊家の来歴と直虎の城主着任を告げる祝詞を挙げた。直虎の頭上に笹竹を振って清め、磐座に御神酒《おみき》と経筒を奉納すると、直虎の両肩に何やら暖かいものが舞い降りた気がした。

磐座の幽境は、直虎をこれまで感じたことのない霊妙な心持に誘った。

――人の知恵でははかりしれない無限の宙《おおぞら》がある。これこそが御仏の教え、衆生を救う大慈悲ではないだろうか。一族が死に絶えてひとり残る苦しみは、よりよい日への試練かもしれない。幼い虎松を守り抜く。小春や高瀬、井伊の子らを育て上げる。何よりも井伊谷の大地を守ってみせる。誰もが幸せに平穏に暮らしていってほしい。

思いは静かに湧き上がり、直虎の胸を浸していった。

丘を下ると村人たちの歓声が直虎を出迎えた。歩む直虎に手を合わせる者がいる。地に額をつける者もいる。民たちも幽境を見たのだと直虎には感じられた。戦に疲れ、親兄弟、いとしい息子を戦で死なせた者たちが、新しい領主に懸命に願いを託している。穏やかな日々を取り戻してほしいと祈る姿だ。

家臣らが人びとに御神酒と餅を振る舞うと、誰からともなく歌が流れ始めた。

「せぇ　ほう、せぇ　ほう、この枝は　いずこの枝ぞ　神います　宮の小枝や　そこやよし、せぇ　ほう、せぇ　ほう…」

吉じいのうるんだ眼差しに出会った。欠けた歯をのぞかせ、顔の横で手をひらひらさせ、何か話しかけている。直虎には聞こえなかった。きっと、「気張れ」と言っているのだ。直虎はうなずき返した。この民たちが井伊谷を支えている。ひとりとして非業の死を迎えさせまいと、固く心に誓った。

今川氏真は直虎を城主と認めた。女城主は珍しいが、まったくいないわけではない。

「はたして相続を承認するであろうかと、危ぶんでおったが」

南渓和尚は、抑圧を続けた井伊家に女地頭、つまり女城主を認めた真意はつかみかねるという。

松平家康が勢力を伸ばす三河との国境・井伊谷を確保しておきたいと考えたのか。女城主なら、いつでもひねりつぶせると踏んだのかもしれない。あるいは好意的に見れば、今川四代を陰に日向に支えてきた氏真の祖母・寿桂尼が、おなごに城ひとつ任せてみようと口添えしたのかもしれない。

井伊館に入った直虎は男装に身を整えた。さいわい切髪はそのまま髻《もとどり》に結わき上げることができ、質素な小袖に袴を着ければ十分だった。この身なりで表座敷に出て重臣らと評議を重ねる日々となった。

「凛々しいお館さまじゃ。昔はぽっちゃりした愛らしい女《め》の子《こ》であったがのう。そんな面影もない」

軽口を利く南渓和尚だが、心配は但馬の反逆だった。

「小野但馬は文句を言ってこぬな」

わが手に井伊谷を牛耳りたいと父親の代から画策してきた但馬だが、さすがに氏真が承認した事がらに背くのをはばかったのだろうか。それとも直虎が井伊宗家の惣領であり、軍人肌だった直満の血筋ではないので納得したのか。そうであれば、直満の孫にあたる虎松の命が危ない。

「不思議なことにございます。しかし、いつ、何をしかけてくるやら、不気味でもあり…」

直虎が男として城主を務めるかぎり、婿取りはない。とすれば、井伊家はこのあと直虎一代かぎり。

「そうしたら城はほしいままにできるとでも」

いつでも井伊谷は奪える、してやったりと、ほくそ笑んでいるのかもしれない。和尚とあれこれ詮索していた矢先、但馬がふらりと庭先の直虎に近寄って来た。

「分からないものですな、わが心さえ。磐座での直虎どのが神々しく見えた。豊かに湧く清冽な水から生じた井伊家を、なんだか尊ばなくてはならんような」

「冗談をおっしゃいますな。但馬どのらしゅうもない。清らかな水は神に捧げるもの。戦で穢れきった世は、地を這い、腹を据え、命懸けで清めねばどうにもならん」

直虎が突っぱねると、但馬は、

「ふふん」

と鼻先で笑った。

――このおべんちゃらめが。

直虎も鼻で笑った。

和尚が見ていた。

「まだまだ、からかいを受け流す器用さはなさそうじゃ。しかし直虎、水の祀りは、人心をまとめるためだけではなかったのう。そなた自身が、まことの城主になるための儀式であったわい」

和尚は満足そうだった。

吉じいの「気張れ」が聞こえてきたような気がした。

井伊家を支える新たな重臣の顔ぶれが揃った。小野但馬が家老として居座るのは動かしがたかったが、中野直由の跡を継いで、嫡子の中野直之《なおゆき》が家老職に就いた。これにより、引き続き、中野氏一族の繁孝が側近として重用される。

とりわけ直虎の父・直盛や直親の代から井伊家に仕えていた奥三河出身の三人は、強力に直虎を支えた。直親の母の兄、つまり伯父にあたる、奥三河・白倉城主で井伊谷城下の瀬戸郷に住む鈴木重時《しげとき》。重時の長女の夫で奥三河設楽《したら》出身だが井伊谷城下の都田に住み、父親の代から直親に仕えていた菅沼忠久《すがぬまただひさ》。奥三河宇利《うり》城主で井伊と縁戚関係はないが、やはり井伊谷城下に住む土豪の近藤康用《やすもち》。それに直親が伊那谷から帰還したときから直親の家老となった、井伊家の旧来の家臣・松下源太郎清景《げんたろうきよかげ》らである。松下氏の本領は浜松荘頭陀寺町《はままつのしょうずだじちょう》だというが、縁者が古くから奥三河鳳来寺町におり、鈴木、菅沼、松下の三家は往来のある仲であった。

「清景どのの弟御は常慶《じょうけい》どのでございますね」

直虎は、そっと南渓和尚の耳もとに訊ねた。

「ああ、そうじゃ。秋葉社のお札を売り歩いておるが、物知りじゃ」

「物知り…、諜報、ですね」

「声が大きいぞ」

和尚は唇に指を立てて目配せし、

「札を売って諸国を巡っておる。龍潭寺にも火伏《ひぶせ》のお札を持って、よう姿をあらわしておるわ。実はな、武田信玄の下伊那侵攻をいち早く拙僧に報せたのは常慶じゃ。松岡城に庇護されておる亀之丞の身に危険が及ぶ。引き揚げさせた方がよろしいのではないかと告げて参った」

と、古い出来事を語る。

「信濃の秋葉詣での道は伊那谷沿い、常慶どののよく知る土地なのですね」

「秋葉道だけではない。秋葉社信仰を広め、諸国を歩く。家臣の弟じゃゆえ、親しむがいい。清景の妹の夫は、一族の松下加兵衛之綱《かへえゆきつな》。清景からおもしろい話を聞いた」

松下加兵衛之綱は浜松荘の頭陀寺城主だと直虎は聞いていた。

「あるときのこと、十四、五歳の少年が頭陀寺城の近辺で木綿針を売って歩いておったそうじゃ。藤吉郎といってな、百姓の出だが知恵はまわるし機転も利く。そこで之綱どのは藤吉郎を召し抱え、武士の教育をしたとか。やがて藤吉郎は織田信長の小者になり、今では織田軍の有力武将じゃそうな」

「清景どのの義弟が、藤吉郎とやらの育ての親なのですね」

「地位や身分にかかわらず、才覚でのし上がることのできる世になったということじゃ」

三河の衆で井伊谷に領地を持つ鈴木重時、菅沼忠久、近藤康用は、「井伊谷の豪傑」と称される武勇の者たちだ。井伊家家臣として今川氏に帰属していたが、松平家康が西三河から東三河へと領土支配を実現していくに応じ、家康に接近の気配を見せている。直親が家康を訪れるにあたり、彼ら三人が力添えをしたと、直虎はかつて直親から聞いていた。

こうして直虎を支える有力重臣たちが揃ったところで、直虎は松岳院に仮住まいしていた虎松とひよを井伊館に引き取った。祐椿も井伊館で過ごす日が増え、それに小春と高瀬も加わる。

虎松は我慢強く聡明な子だった。木太刀《きだち》の稽古では悔し涙を流しながらも挑みかかる。

「直虎どのの小さい頃と同じじゃ」

繁孝は、さもおかしそうに笑う。直虎は幼い日から繁孝に稽古をつけてもらって上達したのだった。実母のいる虎松だが、直虎にもよく懐いた。書物に目を通しているときなど、いきなり背中におぶさってきて、

「虎松にも字を教えてくだされ」

と甘える。目いっぱい動き回る子の汗ばんだ甘い匂いが直虎の鼻をくすぐり、いとおしさが込みあげる。ほんのいっとき、直虎にまつりごとの困難を忘れさせた。


井伊谷の村々は疲れ切っていた。度重なる戦は村々に重い負担を強いた。年貢は増額となり、農作業の担い手は兵卒として徴発され、多くが戦死し、田畑が荒れた。銭主《せんしゅ》と呼ばれる高利貸商人に借金を返せなくて、担保の田畑や家屋敷を奪われ夜逃げする者すらあった。困窮は紛争を生み、水路の奪い合い、田畑の地境をめぐる争いなどが頻発するようになる。

南渓和尚は、珍しく気弱な吐息を交えてつぶやく。

「直虎、困難な時期に領主になったものじゃなあ。しかし城主となったからには難局を乗り切らねばならぬ。男たちが死に絶えた井伊家の再興は、そなたの踏ん張りにかかっておるからのう」

そう言っては、領主としての領内支配を領民に認知させるため、民の拠りどころである社寺に堂宇や鐘楼を寄進し寺社領を安堵するなど、政策の立案を援ける。

「百姓らの困窮について、直虎はどのように考えておるか」

「民百姓が年貢の減免を訴えてきておりまする」

「減免するか」

「そうせねば、百姓らは収まりませぬ」

「来春に蒔く種籾にも不足が生じておるが」

「救わねばならぬと存じます」

「そのためには何とする」

「これまで井伊家が百姓らに貸した米や銭は棒引きにし、あらたに種籾、種芋を利子無しで貸し与えるようにしようと」

「そう、徳政じゃな。しかし、それでは井伊家の蓄財が失われていくぞ」

「出来高払いで返済させましょう」

「不作で出来高が十分でないときはどうする」

直虎は返答に詰まった。直盛が地元の新興商人・瀬戸方久《せとほうきゅう》から戦費の支援を得ていたのは知っている。そのころは十分な利子を上乗せしての返済も、そう困難ではなかったようだ。井伊家の金銭のやりくりは、瀬戸方久の財力をよりどころにしていた。引佐郡の河川や引佐細江湖など浜名湖北部を拠点に、舟運による商いを行う富裕者である。奥山の古刹・方広寺に三重塔を寄進したと聞き、直虎はあらためて瀬戸の財力を見せつけられたものだ。

「やはり瀬戸に金を借りることになろうかと。でも困窮は井伊家も同じ。返すめどが立ちませぬ。そうすれば借金はかさんでいくばかり。井伊家は倒れかねません」

桶狭間の戦いから今日まで、今川の命令で三度も戦場に駆り出されて軍事費がかさみ、金銀・銭や食糧が費やされた。

「金で返す以外に手はないか考えてみよ。肝要なところじゃぞ」

和尚に言われなくても、直虎の答えは明らかだった。

「瀬戸の権益を保護するのですね」

「そうじゃ。商人が支配者に金を貸すのは、領内での商い、つまり物品の流れ、市の支配、近隣との交易拡大を望むからじゃ。百姓らから借金の形に取った田畑の所有を領主に認めさせたい、蔵に入った年貢などの売買を一手に引き受けたいとな。この権益を保証してやらねばならん」

「しかし…」

直虎にはためらいがあった。それでは銭主の瀬戸方久ばかりが肥え、百姓らの借金苦は消えない。万が一、領内に一揆でも起これば、領主としての立場が保てなくなる。

「市の差配を方久にまかせるという手もございます」

「考えておくことじゃ。今の時期を、なんとかしのぐしかない。井伊家が安定してこそ、村々を守ることができる」

和尚の表情は重苦しそうだった。井伊家のこれまでの道程《みちのり》が浮かぶ。直虎が生まれたころ、井伊家はすでに今川の旗下にあった。今川は西遠江を支配する井伊家を膝下に抑え込もうと戦に駆り出し、一方井伊家はその圧迫の中でも独立を保つため苦悩の歳月を耐えた。

相次ぐ戦に先陣を命じられ、代々の宗家の主は戦死し、家を支える一族は無実の罪で討たれ、あるいは謀殺され、重臣たちまでが出陣を命じられて討ち死にした。こうして、ついに井伊家に男たちはいなくなってしまった。

「世が変わっていく。国主は足利幕府から自立して領国を築き、国人の領地を支配下に取り込んでいくようになる」

「和尚の予測どおりだとすれば、井伊家は、この豊かな領地や人材をもとに、いずれかの国主と手を結ぶことになるのでしょうか」

井伊谷の石高は二万五千石、それに東海の主要街道や浜名の海を抱えている。ないがしろにできない有力国人なのだ。

和尚は大きく笑った。

「その気概、その気概。それでこそ、大国主と対等に渡り合えるぞ」

井伊宗家と別家衆の保有する引佐郡は、交通の要衝にある豊かな地であった。三河や信濃に通じる街道が通り、引佐細江湖は浜名湖から遠州の海へとつながる。通商は富をもたらし、龍潭寺や奥山郷の方広寺は禅道場として栄え、多くの高僧を育む学問の殿堂でもあった。

「豊かな生業《なりわい》、禅や学びの栄えた郷を、今一度、取り戻しとう存じます」

「そうじゃの」

和尚は言葉少なだった。


直虎はこれまでどおり、田畑に足を向けた。だが、城主になった直虎に百姓らは近寄りがたいのだろう。以前のように気さくに話し掛けてくれるのは吉じいくらいだ。

「吉じい、田んぼは、どんな様子かの」

あぜ道から大きく声をかける。

「へえ、かんばしゅうねえだわ」

首から下げた布きれで汗を拭いながら、吉じいは田んぼから上がって来た。

「息子は戦で死んじまい、孫息子はよそへ出稼ぎに行ってしもうたでね。田んぼは荒れ放題になってしまっただよ」

直虎は救済に力を注ぎ、年寄りや赤子のいる家には蔵の米をほどこし、田畑や水路の争いには家臣を差し向けて仲裁させた。仲裁に抵抗する農民もあった。

「わしらの決め事だで、地頭さまに口出しされとうねえだ」

というのだ。こんなときは成り行きを見守るしかない。

「井伊谷ばかりではない。駿河・遠江の国人領主の所領でも同様のことが起こっておる」

南渓和尚からは様々な情報がもたらされた。

氏真は衰えゆく政権の立て直しのため、国人領主や土豪が独自に領地を支配するやり方を廃し、百姓層を直接掌握して完全支配しようとしていた。つまりは国人衆の領地を検地し、石高と年貢高を決め、年貢を今川家に納めさせる。国人領主の領地支配を弱体化させ既得権を奪うものだ。

井伊谷にも今川の侵略の手が延びようとしている。

「遠からず、井伊領に徳政を行うよう命じてくるであろう。井伊家のやり方に今川が嘴《くちばし》を突っ込んでくる。それを許すのは、今川の言いなりになるということ。検地を許し、今川の支配下に組み込まれ、井伊家の井伊谷支配は終わる」

井伊家の田畑も多くが瀬戸方久からの借財の担保になっていた。地境があいまいになり、いつの間にか他人の田になっている。家臣や分家の田畑にも、このようなことが起きており、井伊家の力は弱まっていた。

「少なくとも、龍潭寺に今川の手が及ばないようにせねばなりませぬ」

直虎は急いだ。

龍潭寺は曽祖父直平が若き日に臨済宗の高僧を招いて建立、以後、井伊家の菩提所として当主や重臣たちの墓所がいとなまれている。ここに今川の権限を入り込ませず、年貢が課せられないよう、正式に寺領を安堵しておかなければならない。直虎はすぐさま寄進状をしたため、「井伊次郎法師直虎」と署名して印を押し、南渓和尚に宛て発した。

龍潭寺は、一朝事あった場合の、井伊家の最後の砦でもある。防備は井伊館よりも堅い。参道、境内は石垣で囲まれ、山門は敵の直進を許さない桝形構造だ。蔵には武器を貯え、多くの僧兵を擁している。寺は防御の砦なのである。

その矢先、永禄九年（一五六六）、ついに今川氏真が井伊谷一帯に徳政令を発布した。祝《ほう》田郷《だごう》、都田郷《みやこだごう》など井伊領内の百姓たちと祝田禰宜《ねぎ》（神官）が結託し、井伊家にではなく、今川家に訴えて徳政令を要求。その求めに応じての発令だった。百姓衆にすれば、自分らの田畑を借金の形に奪った瀬戸方久から支援を得ている井伊家に徳政の要求をしても、らちが明かないと判断してのことなのだろう。また、祝田禰宜は古くから百姓らに金を貸す銭主であったが、新興の瀬戸方久が勢いを増し、商売が停滞していた。

氏真にとって、まだ検地ができていない井伊谷に介入する絶好の機会である。

徳政令のからくりについて、南渓和尚は佐奈に説き聞かせた。

「つまりは金貸しと借り手が交わした売買・貸借の契約を、為政者が破棄させるということじゃ。天災や戦乱で暮らしに困った農民や武士が仕方なく借金するが、利子はかさみ、元金も返せない」

井伊谷領にもこんなことが起きているのを佐奈も知っていた。郷村に暮らす配下の武士たちも借金に苦しんでいる。

「そうなれば反乱や一揆になりかねない。そこで為政者は徳政令を発するが、ここに実に巧妙なからくりがある。発令した為政者に金が転がり込むというしくみじゃな」

発令した為政者は、帳消しになる金額に応じて金貸しから手数料を徴収する。

「こう聞くと、金貸しは貸した金は戻らん、担保の田畑も借り手に返さねばならん、その上手数料まで取られるとあっては、踏んだり蹴ったりと思うじゃろう」

「けれど踏んだり蹴ったりにはならないのですね」

「その通り。手数料を払えば貸借関係の存続が認められる。これが、からくりじゃ」

「では、発令者は濡れ手で粟、金貸しの方も貸した金の請求ができ、返せなければ担保の田畑を取り上げる」

結局、暮らしに困る百姓や武士の救済にはならない。井伊谷の百姓らと親しみ、一緒に農作物や青苧の栽培に励んできた佐奈は憤りを覚えた。

「まだある。手数料を取られた金貸しは、今度は金の貸し渋りをするようになる。借金しなければ暮らせぬ者たちは、いっそう困窮してしまう」

「徳政令とは字面と違って、決して仁政ではない、なさけのまつりごとではないのですね」

安易に実施してはならないものだと、佐奈は理解を深めた。

氏真は井伊谷に徳政令の実施を求めると、すぐさま今川家の重臣・関口氏経《うじつね》を派遣してよこした。

井伊家の重臣の評議は揉めた。

「関口さまのもとで徳政を実施するのは当然であろう。氏真さまからのご下命じゃによってな」

声高に主張したのは小野但馬守だった。賛同する者も少なくない。

「いや、ならん。井伊谷の徳政は、井伊家が行う。今川に命じられる筋合いではないわい」

井伊家の独立性を守ろうと主張するのは、長老の鈴木重時だ。

「ならばどうする。ご下命を無視するか」

但馬が詰め寄った。

「いかに下命とはいえ、徳政とは、これまでの貸借関係をご破算にすること。田畑の担保契約はなかったことになる。さすれば瀬戸は、質物《しちもつ》として手に入れた土地を何の見返りもなしに手放さねばならん。貸した金も戻らぬ。破産は目に見えておる」

それは井伊家の破産をも意味した。

予測した通り、瀬戸方久が徳政令の延期を求めてきた。

「直虎さま、まあまあ、えらいことになりましたわ。徳政令が実施された場合を思うてみてくだされ。わたくしめは破産ですわ」

直虎は瀬戸方久の物事にこだわらぬ闊達さが嫌いではない。冬でも鼻の頭に汗をかき、井伊家のためには骨身を惜しまず奔走する。もっとも、南渓和尚はあまり気を許していないようだ。

「皆々さまに、たあんと金をお貸ししたのに、徳政となれば返していただけぬ。抵当としてお預かりした田畑・山林だって、手放さねばならぬ。こんな無慈悲がございましょうか」

ことあるごとに方久から借財してきた井伊家に対するあてこすりにも聞こえたが、言っていることはもっともだった。

「それでは方久どのの商いが成り立たなくなりましょうなあ」

「さようですよ、直虎さま。井伊家をお助けすることも、できなくなってしまいます。そもそも祝田禰宜のやり口がきたない。井伊家に徳政を願わずに、今川家に直訴した。この方久を陥れる魂胆ですわ」

方久の舌がなめらかに回る。

しかし、たとえ徳政令が実施されても、方久が破産することはない。発令した氏真に手数料と称する献金をすれば、貸借関係はそのまま残すことができるのだ。

「直虎さまは、てまえなんかより、ずっとお辛いことになりましょう。今川の発令した徳政令を受け入れるってことは、井伊家が井伊谷の支配権を渡すことになりましょうから。この方久、直盛さま、直平さまに目をかけていただき、引佐で力をつけてまいりました。井伊家のお役に立ちたいのですよ」

直虎は決断を迫られた。ここは瀬戸と手を組むのが最善だ。出陣のたびに財産を減らしてきた井伊家の現状では、借金無しではやっていけない。和尚にも異議はなかった。

「今川の発した徳政令の実施は凍結する。これまでどおり、井伊家みずからが全力を尽くし領内の徳政を行う」

直虎は宣言した。


この年の十二月、鈴木重時が直虎に三河の情勢を伝えてきた。

「松平家康どのが徳川に改姓された」

「徳川姓とな」

「さよう、祖先ゆかりの姓を名乗られたのじゃ。三河の一向一揆ともすでに和解、東三河の今川の城も攻略して平定。朝廷より従五位下《じゅごいのげ》に叙任され、三河守になられた」

今川義元が桶狭間で討たれてから六年、ついに三河の国守の座を手にしたのだ。今川家の衰退は著しい一方、徳川が勢力を拡大していく様は、直虎を怯えさせた。家康が三河との国境を越えて今川領遠江に侵攻するのは明らかだった。氏真は井伊領を確保しようと、井伊家に対しなりふり構わぬ圧迫を加えてくるだろう。

直虎は今川氏真からの徳政実施の下命を握りつぶし、懸命に井伊谷の統治を進めた。年貢を軽減し、蔵米、穀類を村人に放出、銭を低利子で貸し出して青苧、豆、芋、青菜などの栽培を奨励した。温暖な気候を利用して青苧を年に二度栽培して収穫量を増やし、麻糸、麻織物なども増産、翌永禄十年（一五六七）には市への出荷が増え、村の収入は向上しはじめた。

直虎はまた、領内の社寺に所領を安堵、梵鐘を寄進するなど、支配の実績を積んでいく。

南渓和尚が淡々と告げた。

「徳川家康の嫡男・竹千代（信康《のぶやす》）が信長の娘・徳姫と祝言を挙げたそうな。ふたりとも九歳じゃという。家康と信長の清洲同盟は維持されておるから当然と言えば当然じゃな」

信康の母は、井伊直平の娘・志万《しま》の方《かた》が産んだ築山殿《つきやまどの》だから、井伊家から見れば信康は直平の曽孫ということになる。

「ともに九歳か…」

直虎に遠い日がよみがえる。九歳の亀之丞と婚約したとき、佐奈と名乗っていた七歳の直虎は、今年、三十歳を迎えていた。

年の瀬になり、

「領内の今川の禄を食む者どもに不審な動きがある」

と繁孝が報せてきた。

「都田郷の匂坂《こうさか》なにがしという者と祝田禰宜が、しきりと関口氏経を訪ね、何やら談合。探ったところ、匂坂は借金が嵩《かさ》んでおり、いっこうに徳政が行われないので業を煮やし、関口に相談を持ちかけたようだ。小野但馬が一味しておる。もちろん、関口も但馬も賄賂を受け取ってのこと」

賄賂がらみの談合・密約を今川氏は禁止していたが、関口も但馬もおかまいなしだった。氏真も見て見ぬふりをしているに違いない。

関口氏経からの徳政令実施の要求は、日に日に強引さを増していた。

「実施はいたさぬ」

直虎は動かなかった。

実施すれば瀬戸方久が百姓らと結んだ担保契約は帳消しになる。難渋はあきらかだったから、方久は徳政を拒むよう井伊家に強く働きかけていた。

今川の徳政令を実施すれば、井伊家は二重の苦境に直面する。井伊谷の支配権は今川のものになる。方久の財力が破綻すれば井伊家の経済は成り立たない。方久の徳政拒否の姿勢があってこそ、直虎も強気でいることができた。

永禄十一年（一五六八）八月になり、関口氏経は、なおも強硬に徳政令の実施を催促したが、直虎は徳政令を出さなかった。

ところが事態は動いた。九月、今川氏真は瀬戸方久が質物として得た土地について、方久の所有を認める安堵状を発給した。さらに、今川氏が遠江に整備する新しい城の営業権も与えた。城に在番する武士らの武器・弾薬、食糧の調達や輸送、保管、分配、修理など、一切の業務を任せたのである。

徳川家康の井伊谷侵攻を予測し、周辺での防備を万全にする大役を方久に委ねたのだ。これにより方久は財産と債権を守ることができ、さらに、あらたな商機を手にした。氏真は方久を傘下に抱き込んだのである。

「裏切られた」

直虎は怒りに身を震わせたが、井伊家は孤立し、もはや、ほどこすべき手段はなかった。

十一月九日、直虎は関口氏経と連署で祝田郷の禰宜と百姓衆に宛て、井伊谷徳政を実施する旨の文書を発した。井伊家の井伊谷支配は終わったのである。

「ともかく二年余にわたり徳政を拒み、井伊の家を永らえることができた。思えば、氏真から方久に安堵状を出させるために徳政を拒んだようなものじゃった」

直虎は虚脱感に襲われていた。

「しかし、ようやったぞ直虎。この二年の成果は大じゃ。男たちが死に絶え、潰えかけた井伊家を女城主が立ちあがらせ、今川と渡り合い、引佐郷を治めた。作物も、よう穫れるようになった。市もにぎわいを取り戻した。虎松も八歳になった。元服までは早ければ五、六年だ」

和尚の励ましにもかかわらず、直虎は気力を使い果たし何も手につかなかった。

井伊館と井伊谷城は今川の代官に引き渡さなければならない。井伊家の文書類や祖先の位牌も櫃《ひつ》にしまい終え、風を浴びようと庭に降りた。と、そのときだった。怒号と、鎧や武具の当たる音が井伊館に響き渡り、またたく間に数十人の兵が井伊館になだれ込んできた。

「何者じゃ、ここは井伊館ぞ」

直虎は刀の柄《つか》に手をかけた。

「承知のうえだ。館を出よ」

太刀を振りかぶるのは見覚えのある顔だ。

「そなたもしや、七蔵、尾木七蔵では」

搦手門の守備兵ではないか。名を呼ばれるや、

「申し訳ございませぬ。但馬守さまが…」

七蔵が後ずさる。

「戦の真似事などいたすな。さっきまで、そちらが守っていた館であろうが」

直虎は抜刀し構えた。兵らが一斉に直虎を取り囲んだ。土足で館に踏み込もうとした兵が

いる。

「待て、宗家の館を穢すな」

直虎の太刀が兵の太刀を叩き落とした。

「直虎どの、早うこちらへ」

繁孝が兵らの前に立ちはだかる。小野但馬守が悠々と姿を現した。

「直虎、貴様は氏真さまにより地頭職を解かれた。斬ったりはせぬわ」

「太刀をかざしておいて、斬らぬはなかろう。退《ひ》けーっ、但馬」

繁孝は但馬の面前で太刀を振り払う。

「ま、待て」

手を振り回す但馬は蒼白だ。そういえば、出陣など一度も経験したことのない男だ。

「そこを退《の》け。出て行け、直虎。ただ今このときから小野但馬守道好が井伊谷の主、お館さまじゃ」

にんまりと笑いながら侮蔑の言葉を投げつける。但馬配下の兵が直虎へと歩を詰める。

「われに触れるな」

直虎は毅然として命じた。

「さがれ、下郎めら」

繁孝が引け腰の兵を蹴散らす。直虎は太刀を払いながら囲みを抜け、龍潭寺へ駆けた。庫裏へ駆けこむなり和尚に問うた。

「虎松は」

松岳院へ暴漢が乱入したのではないかと怖れた。

「心配ない。虎松もひよも、すでに寺へ移っておる。早う上れ」

和尚は悠然としていた。

「母上は」

「今朝、井伊館をあとにされ、ここにおられる。小春と高瀬もな」

「アヤメは」

嫁ぐこともなく直虎に仕えてきたアヤメの身が心配だった。

「アヤメは失踪した」

「え、失踪とは」

「何を思ったか、瀬戸方久の屋敷に駆け込んだ」

井伊家に見切りをつけたとでもいうのだろうか。繁孝への想いが遂げられなかったせいか。

直虎はアヤメの陽気な笑顔を思い起こしたが、懐かしんでいる暇はなかった。

龍潭寺では祐椿や虎松に会うことができ、ひとまず胸をなでおろす。

「そうか、井伊谷城と館を但馬が横領しおったか。思ったとおりじゃな。しかし時は移りゆく。次郎法師直虎、焦ることはないぞ」

南渓和尚の眼差しは、いつもと変わらず穏やかだった。

「だがひとつ、急がねばならんことがある。虎松の命が危ない。奴らは、わが義兄弟の直満・直義を殺し、直満の子・直親を殺した。狙うは直親の子の虎松」

「妙策がございましょうか」

虎松は八歳を迎えていた。

「虎松は直親に生き写しじゃ。色白で鼻筋が通り、眼もとが清々しい。なおのこと危険じゃ」

直虎の目にも、直親とそっくりだと映っていた。だが、そんなことをあれこれ言ってはいられない。

「妙案を、和尚さま」

「手筈は整っておる。奥三河の鳳来寺に入れる」

鳳来寺は三河野田城（愛知県新城市）の領内にある。井伊谷から西へ奥山郷を過ぎ、山を越えれば鳳来寺は遠くない。野田城主・菅沼定盈《さだみつ》は井伊家の重臣・菅沼忠久の一族で、近年は徳川家康に与している。

高さ二千数百尺（約七百メートル）もあろうかという険しい山中にある鳳来寺は、奈良朝の昔に開山され、時の帝の病を加持祈祷で治したと伝わる。鎌倉に幕府を開いた源頼朝の父が戦に敗れた際、少年の頼朝が身を隠していたという話も直虎は聞いていた。家康の母・於大《おだい》の方《かた》が家康を懐妊したとき安産祈願をしたと、近年、もっぱらの噂になっている。

「戦乱の及ばぬ名刹、しかも菅沼どのの一族の領地内。つまりは徳川どのの懐に逃がすということですね」

「そういうことになる。小野但馬、ひいては今川から身を守るには、今や徳川どのの手の及ぶ地に隠すのがもっとも安全であろう」

「せめて手もとに置いてやれたなら。母親のひよと一緒に暮らすことができたなら」

父・直親、母方の祖父・奥山朝利、庇護者の新野左馬助を殺害され、ようやく落ち着いた井伊館も追われさすらう虎松が哀れだった。

「今さら無理なことを言うでない」

たしなめる和尚も涙をにじませている。

どのくらいの歳月を鳳来寺で送ればいいのだろう。父親の亀之丞も、こんな年ごろで下伊那の松源寺に身を隠し、十年もの間、郷里に戻れなかった。虎松が長じたとき、今は小野但馬に奪われてしまった井伊谷に帰れるのだろうか。

「和尚さま、虎松を出家させないでくださいませ。直親さまが出家なさらなかったように。いつか井伊家を継がせねばならぬゆえ」

「出家はさせぬ。わが義兄である剛の者・直満どのの孫じゃ。そして、直虎が育てた虎松、きっと雄々しい武士になるであろう。しかし、寺法の厳しい大寺のこと。幼い虎松が剃髪もせず客分で過ごせば、寺僧や小僧らにいじめられることも、ままあるじゃろう。きっと強うなる」

「和尚さま、時には虎松を訪ねてやってくださいませ。あまりに不憫でございます」

井伊谷の山地に冷たい冬の雨が続き、上ったかと思うと山襞《やまひだ》には濃い雲海がただよう。

「行ってまいります。皆々さま、お健やかに」

虎松は健気《けなげ》にあいさつをして、木々の葉も舞い落ちて寒々とした山道を鳳来寺へと発った。

もう背丈は直虎の肩を超えるだろうか。頬に朱が差し、涼やかな瞳は光を放っていた。

供はひよの兄・奥山六左衛門朝家《ともいえ》、亀之丞を叺《かます》に詰めて逃がし松源寺で十年付き添い、今は五十歳を超えた今村藤七郎、ほかに奥山家の家臣、虎松の大伯父・鈴木重時の家臣などが従った。奥山郷から三河へ入れば山吉田になる。山吉田には虎松の曽祖父・鈴木重勝の屋敷がある。虎松はこの屋敷で一休みし、暖をとることができるだろう。奥山郷も山吉田も鳳来寺に近い。これから先も、虎松の世話を託すことができる。

松岳院の柴垣のたもとで見送る直虎に冷たい風が吹きつける。これから三河へ山を越える虎松は、もっと寒く切なかろう。

「虎松、必ず迎えに行く。井伊谷を奪われた、ふがいないわれを許してたもれ。病んではならぬ。学問や剣術に励むのじゃよ」

もう届かない送別の言葉を、ただつぶやく。かたわらで、ひよが泣き崩れていた。

古来、井伊谷を本拠に引佐郡を広く支配してきた井伊家は、西遠江の太守ともなり得る力を持ちながら、今川氏の執拗な圧迫のもと、井伊谷からの撤退を余儀なくされた。

——再興の日は訪れるのだろうか。

それは直虎の肩にかかっているのに、荒涼とした冬景色の中に心細く立ち尽くすしかなかった。

第6章　家康のもとへ

直虎が今川氏真《うじざね》から井伊谷《いいのや》城主を罷免されたのは永禄十一年（一五六八）十一月九日、それからほぼひと月が経ち、龍潭寺《りょうたんじ》門前の松岳院に師走が訪れている。井伊谷の支配権を握った小野但馬《たじま》に城も館も奪われた上、わが子のように可愛がっていた虎松を三河鳳来寺に送り出し、直虎は何も手につかない日々を過ごしていた。

井伊家の家臣は少数が直虎に従って龍潭寺に入ったほかは、それぞれの領地に戻った者が多い。虎松の母ひよも、娘の高瀬を連れて奥山郷の実家に帰った。快活な人柄の祐椿も、近ごろは泣いてばかりいる。

「慣れ親しんだ井伊館から亡きお館さまや直親《なおちか》どののお位牌を持ち出すのが精いっぱい。こともあろうに城も館も宿敵の但馬なんぞに奪われてしまったなんて」

と朝な夕なに愚痴をこぼす。だが、涙のわけは家屋敷のことではなかった。

「虎松はどうしているであろう。寒くはなかろうか。腹いっぱい食べておるじゃろうか」

つぶやいては目頭をぬぐう。母親に泣かれれば、直虎も切なくなる。直親が懸川《かけがわ》で討たれたあと松岳院に引き取ったとき、虎松はようやく二歳。おぼつかない足取りで歩き始め、片言のおしゃべりが愛らしかった。八歳になったつい先ごろまで、どれほどいつくしみ、雄々しい武士となるよう鍛えてきたことか。虎松のしぐさ一つひとつに、笑い声のこぼれる毎日だった。

木太刀を打つ音も、漢籍を素読する声も聞こえない。甘えて背中にもたれかかってきたときのぬくもりも、もうない。亀之丞《かめのじょう》と名乗っていた直親がいなくなってしまった日々と同じようだった。虎松を手放した悲しみと、過去の悲しみがひとつになって襲いかかってくる。

小春が縁先で、枯れ枝に残った柿の実や名残りの紅葉を静かに描いている。いつも一緒にいた可愛い弟がいなくなり寂しかろうに、俗世から抜け出したような姿は直虎よりずっとおとなに見える。十九になるが、これまで、いくつもあった縁談に見向きもしなかった。

垣根の葉陰に何かがすばやく動いた。直虎は刀の柄に手をかけた。

「直虎さま」

誰かが低く呼んだ。

「小弥太か、いかがいたした」

「武田信玄が駿河に侵攻、今川軍の防御を破って今川館を包囲いたしました」

緊張しきったまなざしで告げる。

「まことか。して氏真は」

侵攻はかねて予測されていたが、今川館にまで迫ったとは衝撃だった。

「氏真は今川館を脱出、重臣朝比奈泰朝《やすとも》の懸川城に入ったもよう。今川館は武田軍に占拠されましてございます」

「えっ、まさか…、館を出たと…」

直虎は絶句した。朝比奈泰朝は懸川城下で直親一行を討った男、今川随一の忠臣だ。

「駿河の太守が臣下の城に落ちていくなど…」


直虎は、すぐさま龍潭寺へ向かった。今後の方策を考えるにあたり、南渓《なんけい》和尚の掴んでいる情報を聞きたい。小弥太があわててあとに従う。和尚は繁孝《しげたか》と話し合っているところだった。

「直虎、いいところへ来た」

攻め来るのは武田信玄ばかりではなかった。まもなく三河から徳川家康が遠江へ侵攻して来るという。

「東に武田、西に徳川…」

まるで示し合わせたように、東西から今川領へ攻め入って来るのだ。祖先が守り育んだ、この井伊谷は踏みにじられてしまうのだろうか。

甲斐の武田信玄、相模の北条氏康《うじやす》、駿河の今川義元、この三国は同盟を結んでいたが、武田と今川の仲がおもわしくないのは知っていた。もうひとりの同盟者・北条氏康は今川を支援しているが、関東制覇を目指し、越後の上杉謙信との抗争に力を割いているようだ。

信玄は川中島での上杉謙信との戦いが頭打ちになり、越後への侵攻をあきらめ、駿河への南進策をもくろんでいると南渓和尚から聞いている。

そのあたりのいきさつを和尚は説明してくれた。

「信玄の甲斐・信濃は海無しの国。商いを盛んにし、国を富ませるには、喉から手が出るほど海がほしい。で、越後への侵攻が無理なら駿河を手に入れようというわけじゃ。桶狭間で義元が死に、氏真には統治の力がなく三河・遠州の国人や土豪らが離反している。信玄にとって駿河侵攻の好機になったということじゃ」

「でも、信玄の嫡男・義信《よしのぶ》は、義元の娘を娶《めと》っておりますでしょう」

「ああ、氏真の妹をな。義信は親今川じゃ。父親信玄の駿河攻めには猛反対。その義信を、信玄は幽閉し自害させてしまった。去年のことだ」

「では武田と今川は手切れになったのですね。それにしても、井伊家を圧迫し苦しめぬいた今川に、まさか、こんな落日がやってこようとは…」

「実は、知らせなければならんことがある。井伊家の重臣、三河の三傑と称される剛の者らが、以前から三河に戻っておったのだが」

三河の三傑と和尚が言ったのは、いずれも井伊谷と隣り合う奥三河に所領を持ちながら井伊谷に住む、井伊谷三人衆と呼ばれる井伊家の忠臣たちである。直虎の父・直盛の代から井伊家に仕え、姻戚でもある鈴木重時《しげとき》と菅沼忠久《ただひさ》、それに重時と親しい近藤康用《やすもち》の三家のことだ。小野但馬が井伊谷の代官となったとき主家を失った三家は、奥三河の所領に帰ったと聞いていた。

このころ、領地に居住し土地や農民を支配する武士である国人衆や土豪は、幕府や守護の被官となった場合もその介入を嫌い、領域支配の利害によって一帯の国人衆と離合集散を繰り返しながら勢力を保っていた。

「その後、三家は徳川どののもとへ馳せ参じたということですか。知らされておりませなんだ」

井伊家と轡を並べ井伊谷の領地支配に関わっていた三家に見限られてしまったというのだろうか。領主の座を失った哀しみに胸を塞がれる。

「三家は井伊と敵対しておるわけではない。それだけは心に留め置くがいいであろう。ところで早速じゃが、家康の挙兵は、どうも信玄と示し合わせてのことではないかの。時期がぴったり合っておる。この出兵に、織田信長も一枚噛んでおるらしい」

信長と家康は清洲同盟で結ばれているが、信長にすれば尾張と境を接する三河の家康の強大化は抑えたい。信玄も弱体化した駿河を家康に奪われたくない。

「信玄と友好関係を結んでおった信長が、家康に先を越されるな、と信玄に駿河侵攻を促した気配も察せられるのじゃよ」

和尚の推察は、いつも確かなものだった。寺院の連携を駆使した情報網は諸国にいきわたっている。

信長と信玄は婚姻関係で連携していた。信長は養女を信玄の四男・諏訪（武田）勝頼《かつより》に嫁がせたが出産で早世。すぐに嫡男・信忠《のぶただ》と、信玄の六女・松姫《まつひめ》とを婚約させた。去年の暮のことという。美濃を制覇し岐阜城に本拠を移した信長は、近江・越前・大和などの反織田包囲網と戦うために、美濃に隣接する武田領信濃との友好が必須だったのだ。信長にとって信玄は、もっとも恐るべき男であり、それゆえに手を結んでおかなければならない相手だった。

「徳川の八千の兵が、今川勢を駆逐すべく、じきに遠江に入る。菅沼忠久の一族・菅沼定盈《さだみつ》の野田城の城下を通り、三河・遠江国境の陣座峠《じんざとうげ》を越え、奥山の方広寺に入った」

「何と。すでに井伊領に。奥山どのも家康どのにお味方したのですね。で、奥山郷にご滞在なのですか…」

「明朝には方広寺を発たれるという」

「では、井伊谷へ軍が侵入して来るということに」

岡崎城を発った家康は、三河から遠江への近道・本坂峠《ほんざかとうげ》を越えようとしたが、先発隊が今川派の土豪らに激しく抵抗され、北寄りの迂回路・陣座峠を越え、十二月十四日、奥山郷に入ったという。南遠江は今川派の国人衆が多い。井伊谷のすぐ南、気賀の村々は、強硬な今川派の領主や小豪族が勢力をふるっている。

「三河にも遠江にも、反徳川はたんとおるということじゃ。そこで陣座峠越えに径路を変更、急遽、地元の三人衆が奥三河から奥山郷へと道案内をした。明日、朝のうちに井伊谷に入るだろう」

今川の臣・小野但馬が在城する井伊谷城に攻め入るということだ。

「あの三家の方々は家康どのに与《くみ》したのですね」

「そういうことじゃ。井伊家に従ってはおるが、もともと奥三河の豪族。三河守となった家康どのに所領安堵の望みを託すのは当然と言えば当然。遠江へ無事案内したとあれば、所領安堵、褒賞もあろう」

三人衆の動きは素早かった。かねて相談が出来ていたのだろう。

「さて、直虎、どうするかな」

南渓和尚はいつものように、直虎に道を選ばせる。大軍が侵入するというのに、焦った表情はない。和尚も井伊谷に徳川を受け入れるつもりなのだ。

直親が遺した言葉が思い起こされる。命の危険を察していながら、「徳川どのと接触をはかってほしい」と切望した。泰平の世を成そうという家康のこころざしに武将として惚れたとも語っていた。

――ついに、その時が来た。

直虎は決断した。

「三人衆と手を組みまする。三人衆の方々の先導で徳川どのは井伊谷を通られるのですね。小野但馬は抵抗するでしょうから、井伊谷城では戦になるやもしれませぬ。よって直虎は神宮寺川を奥山郷へとさかのぼり、徳川軍が井伊谷に至る前に薬師山の麓で家康どのをお出迎えいたしまする」

井伊家が家康に従うことを、家康の道案内をしている鈴木、菅沼、近藤たち三人に伝えるため、繁孝が奥山郷に発った。十二月十五日未明、直虎は、家康に従って参戦するため戦支度に身を整え、供を従えて神宮寺川の上流へと馬を駆った。虎松を送ってから、およそひと月、薄明の峡谷はいっそう寒々としていたが、直虎の体中に熱い血潮がたぎっている。

長い歳月、井伊家を苛《さいな》んだ今川に、いまこそ反旗をひるがえすのだ。今川の戦に駆り出され戦死した父・直盛、祖父・直宗、曽祖父・直平、今川に謀殺された大叔父の直満・直義や今も直虎の胸に生き続ける直親、彼らの面影が瞼をよぎる。

――直虎がただひとり生き残ったのは、今日のため。

山中から地響きがどよめき、またたく間に近づいて来る。徳川軍が奥山郷から山道を駆け降って来るのだ。直虎は鼓動の高鳴りをわが耳に聞きながら腰の刀をはずし、地にひざまずいた。軍団に先立って駆けてきた鈴木重時と繁孝が直虎の両脇に控えたと思うや、目の前を兵士らが駆け抜ける。

一騎が直虎の前で止まった。質素な軍陣鞍《ぐんじんぐら》にまたがった若い武将の姿が、松明の炎に浮かび上がる。見事な大鎧の胴、いかつい錣《しころ》、兜飾りの前立が火明《ほあ》かりにきらめく。

武将はぎょろりとした眼を直虎に向けた。

「徳川家康さまでいらっしゃいますぞ」

初老の鈴木重時が直虎の耳もとに告げる。

「井伊次郎法師直虎にござりまする」

直虎はまっすぐに見上げて名乗る。

「女ながら井伊谷の城主と聞いた。女武将の雄々しい戦支度、見事じゃ。井伊どの、今、戦に参じることはない。西遠江は要衝である。しかと守備に励まれよ」

家康は艶やかな頬をうつむかせ、ひざまずく直虎に語りかける。穏やかな、だが張りのある声音だ。

「泰平の世のために」

直虎もよどみなく返した。家康はうなずき、馬に鞭を当て駆け去った。八千の大軍が怒涛の轟《とどろ》きを立てて眼前を疾駆していく。

——直親さま、お目通りがかないました。直虎は、いいえ佐奈は、これより先、きっとご遺言を果たしてまいります。

胸中につぶやきながら重時に目を向ける。かつて直親を家康に会わせたのも重時だったと聞いていた。

三人衆は家臣を従えて駆け、直虎は繁孝や井伊兵に守られて徳川の軍団を追う。向かうは小野但馬守道好が占拠している井伊谷城だ。一戦交える覚悟だった。

直虎たちが追いつかないうちに、勝鬨《かちどき》が上った。赤ら顔でみごとな体躯の菅沼忠久が駆け戻って来る。

「但馬め、さっさと逃げおった。そこらあたりの山の中に逃げ込んだようじゃ。徳川どのの別働隊が三岳城も接収したから、やつは三岳城にも入れん。いずれ捕まえてくれるぞ」

忠久は意気を高ぶらせ地を踏み鳴らす。

間もなく鈴木重時がやって来て告げた。

「但馬はわずかな兵と身内を連れて姿を消し、井伊谷城と井伊館に残っておったのは、もとからの井伊家の家臣のみ。ゆえに戦闘もなく開城、火をかけることもなく無傷のまま徳川軍が城も館も接収。われら三人衆が後始末を命じられ申した。蔵の収納物や文書類を確認し、館の内外を整え清めますによって、直虎さまは今しばらく龍潭寺におってくださりませ」

南渓和尚によれば、家康はさらに東へとまっしぐらに駆け抜け、三日後には浜名荘の曳馬城を攻め落として入城、周辺の土豪たちを従わせていった。このとき曳馬城主は、夫・飯尾《いいお》連龍《つらたつ》の亡きあとを継いだお田鶴《たづ》の方だった。曽祖父・直平に毒を盛った女丈夫のお田鶴は、まだ二十前の若さで家康に抗し、果敢に戦って討死したという。

「何と、瀬戸方久《せとほうきゅう》の名を耳にしたぞ」

物事に動じない和尚が珍事に出会ったとばかりの口調でいう。

「金指宿《かねさしじゅく》で家康軍を待ち構え、浜松までの道案内を買って出たそうじゃ」

金指とは井伊谷から南へ半里（約二キロメートル）ほどの郷である。きっと、かねて親しかった井伊谷三人衆の誰かに渡りをつけてもらい、家康に接近したのだろう。

「変わり身が早いというか」

直虎もあきれはするが、井伊領の支配もおぼつかない井伊家にとって、おろそかにはできない相手だ。

「たしか、舘山寺《かんざんじ》の堀江城主になったとか耳にしましたが」

「いや、堀江城の修築を請け負ったおりに在城したということであろうよ。それもほんのいっときだけな」

直虎が今川氏真の命じた徳政令実施を二年ものあいだ拒むことができたのは、銭主《せんしゅ》・瀬戸方久の支持があったからだ。その方久が氏真に抱き込まれた。氏真は、徳政令が施行されても方久にかぎっては貸借関係を破棄しなくていいと認めたのだ。方久は徳政令施行による不利益を免れる。その上、浜名湖に近い堀江城の改修と、武具・兵糧など一切を調達する権益も与えられ、あっさり徳政令実施に転じた。

それからたったひと月、家康が遠江に攻め込み、氏真が今川館から脱出。それを知るや、方久は家康に接近したのだ。

「城や砦、領地、領民といったものを背負う、われら国人領主や土豪は、その地を皆々と一心同体になって守らねばならん。だが、銭という形があってないようなものが、実は、城や砦、領地、領民を動かす世になったのじゃろうな。それが良いとか悪いとかは別の話としてだが…」

城主の座を追われ、領地支配の権限を今川氏に奪われた直虎は、和尚の嘆息まじりの感慨が身に沁みる。


曳馬城を落とした家康は、勢いを駆って氏真が籠る懸川城に猛攻を仕掛けたが、城主・朝比奈泰朝の奮戦で容易に落とせないでいた。永禄十二年（一五六九）早々、いったん三河に帰ろうと軍を西に転じ、浜名湖の北部一帯の気賀に差しかかったとき、武装した村人らが襲いかかった。遠江南部は今川配下として結束が固い。

「氏真さえ今川館から追放したのだ、今川派の土豪らを叩かないでどうする」とばかり、家康は引佐細江湖《いなさほそえこ》の湖岸一帯の城に攻めかかった。佐久城《さくじょう》（浜松市三ヶ日町）の浜名氏を滅ぼし、二月五日、都田川が引佐細江湖に注ぐ手前左岸の刑部城《おさかべじょう》（浜松市細江町中川）を落とし、庄内半島を南に下った弘法大師ゆかりの古刹舘山寺に近い堀江城（浜松市舘山寺町）を攻撃した。

悲報がもたらされた。この堀江城の戦いに井伊谷三人衆が出陣したが、直虎がもっとも親しんだ鈴木重時が戦死した。重時は将来への期待を込めて家康を遠江に招き入れ、家康軍の先鋒を務めて死んだ。国人らはいつも太守の先駆けにすぎないのか。直親の母方の伯父であり、虎松のこよなき庇護者だった。またひとり、直虎を温かいまなざしで見守る人がいなくなってしまった。今川の抑圧から遠江が解き放たれるための尊い犠牲なのだと、直虎は無念の唇を噛むしかなかった。

三月末、家康軍はふたたび懸川城攻略のため、岡崎城を発つ。懸川城に籠る今川氏真の討伐に手間取っていれば、武田信玄が侵攻してきかねない。

二十七日、都田川右岸、気賀郷の堀川城（浜松市細江町気賀）を攻めるため、井伊家にも出陣が命じられ、直虎を擁する井伊軍と井伊谷三人衆が出陣。重時亡きあとの鈴木家からは、息子の重好《しげよし》が従軍、井伊軍と三人衆による井伊谷軍の大将は近藤康用だ。堀川城は二年前、今川の砦として築かれた。たいして頑丈でない城に城主や城兵、それに百姓ら、年寄りから女まで二千人ほどが籠城していた。徳川軍三千騎が堀川城を包囲、井伊谷軍が先鋒だ。

「かかれー」

近藤の合図で井伊谷軍は城門を突破、城兵との戦闘になった。

「討てー、討てー」

近藤が檄《げき》を飛ばしながら突進、若い鈴木重好が続く。直虎の周囲を繁孝ら井伊家の兵士が守り、三人衆の軍に負けじと太刀を振るう。

堀川城兵は果敢だった。軍馬がいななき、干戈の打ち合う音が響く。直虎の前に大振りの兜をつけ黒糸縅《くろいとおどし》の甲冑をまとった武将が立ちはだかった。

「新田友作《にったともさく》、いざ見参」

堀川城主だ。祝田《ほうだ》の寺子屋の師匠だと聞いていた。

「井伊直虎、参るぞ」

激しい打ち合いになった。直虎は手綱を引き踵《きびす》を返すと、新田の左手に回り打ち込んだ。

「直虎どの、さがれー」

繁孝が割って入る。

戦に慣れた徳川軍の攻撃で堀川城兵は次々と討ち取られていき、籠城していた百姓らが繰り出して来た。老人がいる。女もいる。徳川兵は構わずに撫で斬りにしていく。

直虎はひるんだ。

気賀郷は井伊谷郷の南隣と言ってもいいほど近い村だ。舟運が栄え、宿場が賑わい、市が立ち、見世物小屋もある。直虎も二十歳前後だった十年ほど前までは、繁孝と気賀まで遠乗りをしたものだ。古着屋の女房、餅売りの爺は顔見知りだった。

——あの者たち、まさか一揆に加わっておらぬだろうな。

ほどなく法螺《ほら》が鳴り、徳川軍から、

「皆の者、撤収」

の声が上がった。

城主の新田が逃亡、浮足立った農民らも蜘蛛の子を散らすように逃走した。堀川城は半日足らずで陥落した。

龍潭寺に戻った直虎は南渓和尚の前にひざまずいた。

「凄惨な戦でございました」

徳川軍は、これは一揆だ、容赦はいらぬ、と豪語していたが、籠城した者のうち千人以上が無惨に殺されてしまったと聞いた。戦のむごさは直虎を打ちのめした。

「多くの民が無残な死を遂げたと、すでに噂がしきりだ。実はな、拙僧が家康殿から弔いを要請されておる。数日のうちに法会《ほうえ》を営まねばならぬ」

「和尚さまがお弔いを」

「逃げた者も捕まり、容赦なく首を討たれておるようじゃ。一揆勢をかくまっても処罰されるという。気賀の村人は三千人ばかりじゃった。半数近くが死を遂げてしもうた。荒廃は避けられんじゃろう」

井伊谷城の丘に上ると、青々と広がる田の向こうに引佐細江湖が陽に光る。その手前の湖岸が気賀郷だ。

——泰平の世とは、血であがなわなければ得られぬのか。

直親が惚れ込んだ家康、直虎に目配せし手を結ぶと内約を交わした家康、その家康が、武装し籠城したとはいえ、日ごろは刀も弓も持ったことのないような年寄りや女まで斬殺したのだという。井伊の家臣も直虎までも家康軍に加わり、手を下した。駿河では武田信玄が氏真を追い出し、遠江で徳川家康が血刀を振るい、井伊谷は動乱の逆巻く地となった。

——この紛争を乗り越えたら、直親が望んだ戦のない日々がやってくるのだろうか。

直虎は井伊谷の支配権を失い、いまだ刀槍の音が響き合う戦の世の真っただ中に立っているのだ。

気賀の一揆が家康によって鎮圧された数日後であった。

「小野但馬が発見され捕まった。井伊谷の牢に繋がれておりまする」

松岳院で暮らしている直虎に小弥太が報せてきた。

「大胆にも目と鼻の先、都田のさる屋敷に潜んでおったそうな」

都田郷は井伊谷から東に丘ひとつ越えた先でしかない。但馬を担いで徳政令を要求した豪農が但馬をかくまっていたようだ。菅沼忠久が血眼で探し求め、配下の者が見つけ出したという。

「見苦しいありさまだったと聞き申した。髭もろくに剃っておらず、頬はこけ、震えながら目を泳がせておったそうな。検分なさいますか、直虎さま」

できることなら、わが手で打ち首にしたい。だが、そんなことで気は晴れはしないだろう。

「いや、仕置きは家康どのがなされるということじゃ」

但馬の父・和泉の酒焼けした顔が思い起こされる。駿河の栄えに惹かれてか衣服に香を焚きしめていた。今川家に告げ口をする種を見つけようと、こそこそと屋敷内を歩き回っていた但馬の下がり肩も目に浮かぶ。

今川氏からの付家老として井伊家に入った小野和泉守と但馬守親子によって、直満と直義、そして直虎が慕い続けた直親が斬殺され、従っていた多くの兵たちまでが死んでいった。井伊家を支える新興の瀬戸方久を憎み、旧勢力を結集して今川氏に徳政令を出させ、井伊家から井伊谷支配を奪い取った。

憎んでも憎んでも憎みきれない男が、獄中で怯えきっているのを見て何の満足が得られよう。正々堂々と刀を交えるならまだしも、斬ったところで得るものもない。もう裁断は下されたにひとしいのだ。

家康は小野但馬守道好の処刑を命じた。四月、井伊谷川下流の井伊家の刑場・蟹渕《かにぶち》の仕置き場で首を刎《は》ねられたうえ、さらに磔《はりつけ》になった。翌月、まだ年端もいかぬ但馬の息子ふたりも処刑された。今川氏の意を受けて井伊谷城を占拠し、家康軍を迎え撃とうとした輩の処刑は、家康にとって当然のことだった。

親子三人の亡骸は、龍潭寺の和泉守の墓に並んで葬られた。

「死すれば誰をも御仏のもとへ送るのが仏道に仕える者の役目。直虎も僧衣をまとった日があった身じゃ。成仏を祈ってやるがいい」

南渓和尚は誦経《ずきょう》し、祐椿までが香華を手向けて弔うが、直虎は詣でる気にもならない。ただ哀れに思えた。今川から井伊谷に送られた間諜として、いつかは井伊谷城を手に収めると野心を抱き、彼らなりに精いっぱい働いたのだろう。ようやく奪い取った井伊谷城を支配できたのは、家康に攻められるまでの、たった三十日足らず。春のさなかに刑場の露と消えていった。

「但馬の幼い子らは不憫にございます。小野家の者がすべて井伊家に仇《あだ》をなしたわけではございませぬ。但馬の弟・玄蕃《げんば》や源吾《げんご》はわが父と共に桶狭間で死した。玄蕃の妻はひよの妹、子の亥之助も奥山家で育っておりまする。但馬の子だって、生きておれば、いつか虎松のいい家臣になったやもしれぬものを」

「そうかもしれぬな。それでいい、直虎。それでいいのじゃ。悟り澄ました聖人君子は絵の中にしかおらぬ。人とはな、怒りも憎しみも情愛も、すべて腹の中に詰め込んだ生き物じゃによってな」

このころ、家康は氏真が籠る懸川城を包囲し、城主の朝比奈泰朝を追い詰めていたが、落城させられないでいた。駿河を占拠した武田信玄からは、早く決着をつけるよう矢の催促らしい。これ以上長引かせては軍も消耗すると、ついに講和に踏み切った。永禄十二年（一五六九）五月十七日、氏真は妻の実家である相模の北条氏政を頼って小田原に落ちていった。

「今川氏は滅んだ」

和尚は直虎を前にして淡々と独りごちた。

「滅びとは何と無残なものでしょう。東海の国人衆を手のうちに収めていったあの武力、京の都にもまさる華麗さを誇った駿河府中、その担い手が他国へ落ち延びるとは」

室町幕府足利将軍家の一門として、栄誉と栄華と強大な支配を誇った今川氏のあっけない滅亡を、直虎は信じがたかった。駿河は武田信玄が、遠江は徳川家康が支配することとなった。

井伊谷城、井伊館を家康から委ねられていた三人衆のひとり、菅沼忠久が大きな体を小さく折って、直虎に井伊谷城に戻るよう求めてきた。

「家康どのに、お許しを得ておるのか」

家康から井伊谷城の支配を任されたのは、家康を遠江まで道案内した鈴木重時、菅沼忠久、近藤康用の井伊谷三人衆だった。鈴木重時は堀江城の戦いで戦死、まだ十五歳の重好が跡を継いでいる。城は井伊家のものではない。家康の下命なくして入城はできない。

「われらが任されたのは戦時ゆえのこと。そもそも、そのおり、重時どのが家康どのに申し上げております。ここは古来、井伊家の治めた地。われらは家臣。惣領の直虎さまがおらずして、民らは納得いたしませぬ、と。あらためて先般、その旨、いま一度申し上げましてございます」

家康は気賀の一揆に懲りていた。百姓らが異議を唱えれば、血の弾圧もあり得る。

「家康どのは、うむ、と仰せられ、顎を縦に振って応じなされた。どうか、お館さまとして、お入りくださいませ」

三人衆に迎えられ、直虎は、ほぼ一年ぶりに井伊館に戻った。但馬がここに在城したのはひと月たらず。戦闘もなかったため、屋敷の内外は去年と変わってはいなかった。合議の場に座を連ねるのは、鈴木重時が死んで息子の重好に代わったものの、菅沼、近藤、それに松下源太郎清景、直親を叺《かます》に詰めて逃がし、十年間、市田の松源寺で仕えた今村藤七郎と、馴染んだ顔ぶれだ。表座敷で重臣らが話し合うとき、中野繁孝があたりの気配に注意を払うのも以前とおなじだった。

だが直虎は寂しかった。清々しい少年に育った虎松がいない。ひよは南渓和尚と奥山家が相談し、連れ合いを亡くしていた松下清景に嫁ぎ、高瀬を奥山郷に残して松下家の本領の地・浜松荘頭陀寺町《はままつのしょうずだじちょう》に去った。直虎の身近に残っているのは、松岳院で祐椿と暮らす小春だけだ。

　垣根の小菊を手折り、屋敷の裏手の直満・直義兄弟の供養塔に詣でた。直親と、よくここに参拝した。家康のこと、三河のことを話し合ったのは、そんなときだった。虎松を引き取り後見するようになってから、虎松と手をつないで来ては一緒に手を合わせた。

「おや、直虎さまではねえですか」

　声を掛けてきたのは甚助と、女房のぬいだ。

「わしらは、ずうっと屋敷の作人小屋におりましただ」

「どうしておるかと気にかかっていた。達者であったか」

「達者もなにも。たった一年のお留守。わしらの白髪が増えたくれえで、なんも変わりはねえだに」

　ぬいは腕まくりをした。

「はりきる甲斐ができたに。直虎さまのお世話をせにゃあ」

　食事をこしらえたり、仕立物をしたりと、小女たちに小言を言っては奥向きを仕切っていたぬいは、また、そうするという。

「お乳母のかねさまに、十日ほど前、市で会うた。お里におられるそうだに。さっそく呼んで来ますに」

　屋敷には前々からの家臣や使用人たちも戻って来るようになった。祐椿も小春と一緒にた

びたび顔をのぞかせる。夕餉を共にしたりすると、

「もう暗うなった。庵に戻るのも億劫《おっくう》じゃ」

などと泊まっていく。屋敷に少しずつ人の気配が増していった。

小弥太は相変わらず馬に荷を積んで商いをしているが、行く先はかつての信濃ではなく、近くは浜松荘、遠くは駿河へ足を延ばす。引佐郡からは山地で産する薪・炭・毛皮などを運び、駿河からは茶を運んで来る。駿河府中には今川氏の繁栄に伴い禅寺が多く、国内に茶の栽培が広がっていた。高級な品々は武家に引き取られる。商いをしながら小弥太は、町や村、武家の動静をつぶさに仕入れていた。

家康が遠江を平定し、今川氏が滅んだとはいっても、すべてが一掃されたわけではない。戦の世にあって戦闘より大事なのは、いかに情報をつかむかであった。武将たちはいずれも、詳報を仕入れ、敵方を調略して寝返らせ、その上で戦わずして勝つことを最上とする。どこに、誰が放った間者が徘徊しているか分からない。油断はできなかった。

翌、元亀元年（一五七〇）夏、家康は信長に求められて近江姉川の戦いに出陣し浅井長政《あざいながまさ》を破って勝利。三河・遠江両国を統治するようになり、居城を三河岡崎城から遠江に移した。岡崎城を嫡男・信康に預け、曳馬城に入城。新城を築き、地名が浜松荘であることから浜松城と名をあらためた。

「何とも見晴らしのいい高台の城じゃった」

繁孝は仰ぎ見た浜松城の様子を直虎や祐椿に語る。

「もちろん警備は厳重で入城などできようはずもないが、高所の本丸御殿からは、きっと駿河の海や井伊谷の三岳山も見晴らせるじゃろうな」

「家康どのが名実ともに遠江の国守となったことを領民に示すため、立派な城を築いたのでしょうね」

城は戦の砦だけではなく、権威を示すものになった。そういう時勢になったのかと痛切に感じる直虎だった。

「よろこばしいことを耳にいたしました。家康のご内室・築山殿が、ようやく岡崎城に入城されたようにございます」

めったに笑わない繁孝が、頬をほころばせている。

曽祖父・直平の娘・志万の方と今川一族の関口氏との間に生まれ、今川の人質だった時代の家康に嫁いだ築山殿だった。桶狭間の合戦で今川義元が織田信長に敗れると、家康は故国岡崎で自立したが、信長をはばかり築山殿を岡崎城に入れなかったという。今年、十二歳を迎え元服した嫡男・信康が岡崎城に入り、ようやく城主の母として城に迎えられたのだ。三年前には信康と信長の長女・徳姫が祝言、家康は信長との連携を強め、築山殿の今川一族という出自は負い目ではなくなったのだろう。

「ようございました。直平さまが生きておられたら、孫娘・築山殿のご安泰、曽孫・信康どのの祝言と、どれほどおよろこびになったでしょう」

直虎が言うと祐椿も、

「そうじゃな、繁孝どのも井伊の遠縁、築山殿の幸をお祈りしましょうなあ」

と、しみじみと言い添える。

示し合わせて今川氏を滅ぼしたはずの信玄と家康の仲が不穏になり始めていた。

「信玄の家臣が遠江に乱入してきたことがある。家康どのは信玄に不信感をつのらせておるようだ」

南渓和尚の読みは当たっていた。家康は内密に上杉謙信と同盟したようだ。諜報活動が盛んな当節のこと、信玄はほどなくこれを知ったらしく、元亀二年（一五七一）三月、二万三千の大軍を率い、伊那谷を南進し三河に侵攻。さらに四月末には奥三河の菅沼宗家の野田城（愛知県新城市）、家康の家臣が守る吉田城（愛知県豊橋市）に迫った。

「信濃の国境に近い井伊別家の一族が徳川から離反し信玄に従った。奥三河の衆にも信玄に通じる者がおる。岡崎も危ういやもしれぬ。が、家康どのは浜松城から動くつもりはないらしい」

信玄に従うか、家康につくか、誰もが迷っていると和尚は言う。結局、信玄は、井伊別家奥山氏や奥三河菅沼氏の傍系の一族を味方につけ兵を退いたが、家康との対決姿勢が明確になった。

「家康どのは信長から、浜松城を放棄し、奥三河の野田城に入って三河を死守せよと勧告されたらしい」

和尚はすでに情報を手に入れていた。

「では、三河へ引き揚げられるのでしょうか」

浜松から三河への道筋にある井伊谷にまた軍馬が駆け、今度は武田と徳川の争いの舞台となるのだろうか。

「いや、浜松城を出れば遠江はがら空きになるゆえ、浜松城は棄てられぬと家康どのが拒んだそうな」

「そんな情報も手にされたのですか」

「いや、城下のうわさに過ぎん。しかし、どんな内緒事も、ぼろぼろと漏れるもの。聞き耳を立てておるものが、どこにでも入り込んでおるということじゃ」

「戦となれば井伊谷を守らねばなりませぬが、井伊家の軍は今では百騎あるかないか…」

直虎は、この地を守ろうとの祈りを込めて、四神旗を仕立てた。

英知の徳をあらわす「朱雀」、生命の力、縦横無尽の活躍をあらわす「青龍」、千里を走る素早さ、果敢な決断をあらわす「白虎」と縫い取っていく。狡猾さ、悪巧みを示す玄武の代わりに「勾陳《こうちん》」と刺繍した。勾陳は中天をいう。地道な努力、正直さ、そして戦闘の勝利をつかさどる神、これこそが直虎に生き方を示す神であった。

明けて元亀三年（一五七二）十月、信玄は上洛をめざし二万五千の大軍を率いて甲斐の躑躅ケ崎館《つつじがさきやかた》を出陣。将軍足利義昭の要請により、越前の朝倉義景《あさくらよしかげ》、北近江の浅井長政《あざいながまさ》、大和の松永弾正《まつながだんじょう》、京の本願寺らとともに信長包囲網を敷き、討ち果たそうとするものだ。信長は「天下布武」を掲げ天下取りへと驀進、信玄との盟約はすでに破綻していた。

武田軍は家康の居城・浜松城に迫った。

「別働隊が三河長篠城《ながしのじょう》から井伊谷を指して進軍してまいります。主将は山県昌景《やまがたまさかげ》、赤備え《あかぞな》の猛将にござりまする」

小弥太の頬が引きつっている。赤備えとは具足、旗指物《はたさしもの》などあらゆる武具を朱塗りにした部隊で、武勇にすぐれた武将が主君から許される装備だ。

山県は、徳川配下の将である井伊谷三人衆鈴木重時の息子・重好の山吉田柿本城《かきもとじょう》（愛知県新城市）を襲撃。応戦した重好ら井伊谷三人衆らは、井伊谷の北、鳳来寺街道の要衝に位置する井伊別家の伊平城《いだいらじょう》（浜松市引佐町）に撤退するが追いつかれ、将兵九十名近くが銃撃を受けて戦死。三人衆は手傷を負いながら山中にひそみ、浜松城へと敗走したらしい。

夜半になって、その模様が直虎に報告された。

「火縄銃の弾丸が撃ち込まれ、亡き介行《すけゆき》どのの又従兄弟らも戦死、その母や城に仕える女たちも自刃。凄惨な戦場でございました」

小弥太に次いで直虎のもとにやって来た繁孝も蒼白い顔で唇をふるわせる。

「即刻、龍潭寺にお入りくだされ」

三人衆など武勇の臣は身近にいない。城下にはもう、放火による火の手が上がっている。直虎はすでに鎧兜に身を整えて迎え撃つ覚悟はしていたが多勢に無勢、井伊家を存続させるためには無駄死にはできない。繁孝と数人の兵に守られて井伊谷城を脱出。すでに武田軍の軍馬の轟きが地を揺らして迫っていた。

直虎は駆けた。松岳院に立ち寄って祐椿や小春を連れ、僧兵の焚く篝火《かがりび》に照らし出された山門をくぐる。厳重に武装した僧兵らが参道や山門、境内の鐘楼、経蔵、本堂、庫裏など要所を厳重に防備している。直虎らは寺僧に伴われ、本堂裏手の山に分け入った。木立の奥に漆喰壁《しっくいかべ》に固められた何棟かの経蔵がある。焼失を怖れ、本尊の普賢菩薩《ふげんぼさつ》像や寺宝が納められている。そのうちの一棟に、戦時に備え食糧や寝具が運び込まれていた。しばらくは、この経蔵に籠って様子を窺うしかない。

夜明け近く、井伊谷城が山県昌景の軍に占拠されたことを知る。寺の間近に炎が上がった。

「末寺、松岳院などいくつかの庵に敵が火を放ちました」

「まさか寺を攻撃すまいが」

威嚇のための放火だろうが、木枯らしが吹きすさび、類焼の危険があった。恐怖がつのる。

案の定、火は山門に移った。門番小屋も炎に包まれる。

「母上、小春、万一のときは裏山伝いに西に落ち延びてくだされ。東は三岳城ゆえ、もう敵が占領しているやもしれませぬ」

「西と言うたって夜明けの薄闇、どちらが西やら」

祐椿はうろたえていた。

「父上とともに井伊谷を差配した母上ではございませぬか。どうか、ご気丈に」

すると小春が直虎に近づき、祐椿を背にかばった。

「小春がご案内します。この山中に何度も入り、よう見知っておりまする」

「山川をいとわず歩めるか」

「足腰は幼い日に市田郷の牛牧原《うしまきばら》を駆けて鍛えておりますゆえ」

懐かしい地名だった。直親が松岡城に庇護され、武術の鍛錬に励んだ山野だ。

「ですから、祐椿さまをお連れするのも難しくはありませぬ。父は直盛さまの嗣子《しし》ゆえ、祐椿さまは小春にも大事なばばさま。身寄りですもの」

誰もかれも死に絶えた今、身寄りというひと言が温かく胸に浸みる。

「頼みましたぞ、小春。山には炭焼き小屋も、猟師の住まいもある。直虎とは親しい者たちゆえ、身を寄せるのじゃ」

「存じておりまする。炭焼きのじい、猟師の家の子らの絵を、よく描きましたから」

空が白み始めた。小春の瞳が明けの淡い光にきらきらと輝く。力強かった。万が一のときは祐椿を連れ、無事に逃げおおせることだろう。

庫裏や本堂にも火がついた。武田軍が火矢を放ったようだ。風に煽られ、山中にも火の粉が飛んでくる。僧らの怒鳴り声が木の間《こま》越しに響き、眼下の境内で懸命に消火している。鐘楼や経蔵に火が移った。

懸命な消火が功を奏したのだろう。半刻（一時間）ほど経って下火になった。どうやら鎮火し始めたようだ。

朝になっても境内には黒煙がただよい、焦げた匂いが鼻を衝く。だだっ広い焼け野原の境内の左手に井伊家の家臣、ゆかりの人びとの墓所がある。建物が焼失し墓標の群れがやけに近く感じられる。

「さて、直虎、いかがいたす」

和尚は煤にまみれた顔を向けた。

「お庫裏も焼けてしまったように見受けられますが、和尚さまはいかがなされますか」

「拙僧なら蓆《むしろ》でも掛けて何とか住めようが」

「では直虎も裏の経蔵にしばらく置いてくださいませ。母上は、ひよを頼り浜松の松下屋敷にまいっても…」

伊平郷はもとより、武田の進軍径路の奥山郷も安全ではない。ひよの嫁ぎ先は、井伊家の重臣・松下源太郎清景の屋敷だ。祐椿はひよと睦まじく、遠慮はいらないだろう。

「いや、ここにおる。井伊谷を見届けたい」

それではと、小春と三人、引き続いて龍潭寺の経蔵を仮住まいとした。間もなく、井伊谷城に火はかけられなかったと分かった。山県隊が砦として利用し、守備兵が残っているという。

二月後《ふたつき》の十二月十九日、信玄の本隊二万五千が信濃国の南端から遠江に入り、堅城・二俣城《ふたまたじょう》（浜松市天竜区）に猛攻をかけ落城させた。浜松城の北、六、七里（約二十八キロメートル弱）、天竜川の東岸の城である。

小弥太が信玄本隊の動きをつかんできた。

「二十二日早朝、信玄は二俣城を出陣。そのまま南へ道を取り浜松城を攻めるかと思いきや、軍を西に向け、三方原《みかたがはら》（浜松市北区）の台地に差しかかったもよう。三方原を越え、三河に進軍するやに見受けられまする」

口早に報告する。

「三方原なら井伊谷の南東二里（約八キロメートル）ほど、三河へ抜けるとすれば、ほどなく井伊谷を通過じゃな」

緊張感に鼓動が胸を叩く。またもや山県隊の攻撃と同じようなことが起きるのか。今度は大軍だ。迎撃したいとは思うが、井伊軍、井伊谷三人衆の軍、別家衆の軍は浜松城に集結している。ここで戦える将兵は、ほとんどいない。信玄の軍をやり過ごすしかなかった。それでも具足をつけて待機している直虎のところへ、繁孝も駆けつけた。

「家康どのが浜松城を出陣。信長の援軍も含め、およそ一万一千ほどの軍勢が武田軍のあとを追って進軍しておりまする」

「武田軍の半分にも満たない軍勢ではないか。なぜ追撃など」

「浜松城を信玄に素通りされて面目は丸つぶれ。武田軍と一戦も交えず信長の攻撃に向かわせるなど武将の名折れと」

「面目での追撃など、果たして勝機があろうか」

やって来た南渓和尚も、

「危ういな」

とつぶやく。

「家康どのは、信玄にしてやられたかもしれん。信長攻めを急ぐと見せかけ、家康軍を誘い出し叩くつもりじゃ」

「見せかけ、とは…」

「城攻めより野戦が得意な信玄のこと。浜松城攻めで兵を消耗させては損だ。待ち構えて討つ作戦にちがいない。激戦になろう」

和尚の予測した通り、夕刻、井伊谷の南、祝田《ほうだ》の坂を下ったあたりで戦闘がはじまった。野戦に鍛え抜かれ、しかも大軍勢を率いる老獪な信玄に、三十一歳の若い家康は苦戦。わずか一刻（二時間）ほどで決着をみる。家康の完敗だった。家康は浜松城へ脱兎さながらに敗走。井伊軍も浜松城へと撤退する。武田軍は逃げる家康軍を執拗に追った。名のある将兵らが多数討ち取られたという噂が飛び交う。

龍潭寺にも家康方の負傷兵が逃げ込んできた。僧らが懸命に手当てをする。

「家康どのはガタガタ震えておられた。われら兵も意気を削がれ、逃げ惑い……」

さんざんな敗北だったという。

直虎は和尚の止めるのも聞かず、武装し、数人の家臣に松明を持たせ、三方原に急いだ。自力で動けない負傷兵の手当をするのだ。

凄惨な戦場だった。暗闇のあちらこちらでうめき声があがり、血の匂いが鼻を衝く。急いで持参した布きれを裂き、傷口に当てる。直虎の腕の中で息絶える者もあった。最期につぶやいたのは、妻か子の名であろうか。

いつの間にか、付近の百姓らが手当てに加わっている。中には死者の装備から金目のものを盗んでいく輩がいるという。

それを咎《とが》めようとした家臣に直虎は、

「見ぬふりをせよ。戦場で繰り返されてきたことじゃ」

と、こっそりといさめた。

救助は翌日も続き、死者は付近の人びとが築いた塚に埋葬された。武具や甲冑類は集め置く。龍潭寺でも預かった。いずれ両軍がそれぞれ遺品として持ち帰ることだろう。

龍潭寺の僧らによって法要が営まれた。

「三方原の惨状は、はなはだしいものだった。家康側の戦死者は千を下らなんだ」

弔いの法会を行った南渓和尚の表情は暗い。

数年前、家康は今川派の国人らが立て籠る、この一帯の城を攻撃した。佐久城、刑部城を落とし、刑部城対岸の堀川城で、気賀一揆と称して蜂起した多くの百姓たちを惨殺。このときも南渓和尚が弔っている。

三方原の戦では、井伊軍の犠牲者も少なくなかった。三人衆の配下の兵、別家の家臣が討死している。昨年の伊平城の戦いでも多くを失い、痛手は大きい。井伊谷城が戦場にならず、城や館が保たれたことが、せめてもの慰めだった。

信玄の軍は祝田郷に布陣し、とどまっていた。引佐細江湖に都田川が注ぐ河口付近に、刑部城がある。信玄はこの刑部城に滞在しているらしい。

年が明け、元亀四年（一五七三）、直虎、祐椿と小春は、修理の進む龍潭寺の奥座敷で新年を迎えた。山県隊が怒涛のように押し寄せて引佐郡を踏みにじり、二月後には三方原で激戦があった。無残な戦を目の当たりにしたためか、小春は絵を描かなくなった。筒袖の上着に括《くく》り袴《ばかま》、髪は編んで頭に巻き付け、まるで百姓の娘のように装い、小弥太を従えて身軽に動き回っている。母親は伊那谷の村里の女とはいえ、小春は直親の長女である。平時なら井伊家の姫君だ。

「そんなに励まずともよい。美しい小袖を母と一緒に縫うてあげよう。好きな絵を描いておるがいい」

直虎は絵に夢中になっている小春が好きだ。周囲に溶け込みそうな、穏やかな姿で筆を走らせている。

正月三日、上洛をめざす武田信玄の軍は刑部城を発ち、遠江と三河の国境を越え、二月には、再び奥三河の菅沼定盈《さだみつ》の居城・野田城を攻撃した。井伊谷三人衆の菅沼忠久の宗家の城である。

その後は、なぜか信玄軍の進軍は滞りがちだ。鳳来寺山麓の村で休養しているという噂が流れた。甲斐へ引き返した、もう伊那路に入ったようだ、などとも聞こえてきた。

「おかしい。信玄に何かあったにちがいない」

南渓和尚はしきりと配下の者に情報を探らせている。直虎は繁孝に信濃へ向かう武田本隊のあとを追わせた。小春は伊那路へ商いに出向く小弥太に同行するという。

「小春、年季の入った小弥太とは違う。そなたは井伊家の姫じゃぞ。伊那路は険しい山路もある。やめておくがいい」

直虎は止めたのだが、小春は笑顔を返し、出立した。

——伊那路か。

小春の笑みのわけに気づいた。四、五歳で伊那路を越えて井伊谷にやってきたのだ。そのとき別れた実母を訪ねるつもりかもしれない。ひょうひょうとしているが、芯は強い。このまま小春が去ってしまわないかと、急に不安になった。

——小弥太が一緒だ。きっと無事に戻る。

ひよが嫁ぎ、奥山郷に残った高瀬はどうしているだろうか。虎松は鳳来寺で健やかであろうか。三人とも直親の忘れ形見、そばに置いて行く末を見届けてやりたい。

驚きの報が飛び込んだ。「信玄が病んだ」「いや、死んだのかもしれない」というものだ。遠江領に入ったのが昨年の十二月二十二日、その日の夕刻には三方原の戦、翌日には祝田の刑部城一帯に陣を布いた。それから東三河の野田城攻撃まで二月近い空白、軍を引き返し、今は四月半ばとなっている。確かに信玄の身に何ごとかが起きたのだ。

繁孝の報告は詳しかった。

信玄の姿は馬上にあった。軍に女こどもはいないのに、輿が担がれていた。駒場《こまんば》という村里に数日とどまり、付近の寺で一昼夜、煙が上がっていた。

そう告げて繁孝は断じた。

「信玄は死に、火葬に付された。馬上の武将は影武者にちがいない」

と。

だが、死は公にされていない。巨木が倒れたことは秘されるのだろう。動乱の世に名をとどろかせ、恐れられた武田信玄。今川攻め、三方原の戦と、若き徳川家康を自在に操った戦巧者。戦の中に生まれ、戦の中に生を終えていった男。上洛の途上で死したとすれば、どれほど無念であったろう。

――全盛を誇った今川氏も滅んだ。勇猛の名を馳せた信玄も生涯を終えたのか……。

無常を覚えながらも直虎が行きつく思いは、いつもひとつだ。

――井伊家を必ずや繋いでみせる。

三方原で信玄に完敗した家康も信玄の死を知ったにちがいない。遠江の平定が進んでいるようだ。戦禍に見舞われた社寺の保護もあきらかにした。龍潭寺にも制札が下された。寺に対する軍勢の乱暴狼藉、銭貨の徴発を禁止し、違犯した者への処罰を明記した文書である。

井伊谷一帯には、まだ山県昌景の隊が残っていたが井伊谷城や館からは引き揚げていたため、直虎は井伊谷城に戻った。城も館も傷みは激しく、汚れていた。だが、がらんとした物寂しい座敷の片隅には、井伊家の人びとの生活臭が浸みこんでいる。

「ただ今、戻りました」

声にしてみた。懐かしい顔ぶれが目に浮かぶ。館の裏手にあった小さい寺堂・円通寺は跡形もなかった。城を占拠した山県昌景の命で壊されたのかもしれない。敷地の端の直満・直義兄弟の供養塔は、かつてのままだ。作人小屋も板が剥がれたりしているが使えそうだ。甚助とぬいは町場の貸家に移ったというが、戻って来てくれるだろうか。

それに小春は。誰よりも虎松は。皆、この屋敷に戻るだろうか。

「二度とふたたび井伊谷が戦火に巻き込まれぬように」

祈りを込めて、災から井伊谷城を守ってくれた自筆の四神旗を本丸大手門に掲げた。

城山に登った。陽に光る若葉が風に揺れ、直虎を迎えているようだ。いとしい人びとの姿がこの地にあったころのように、早苗は青々と風に吹かれている。彼方に引佐細江湖がきらめく。かつて、ただ美しいだけの風景だったが、今は違う。この地を戦乱が駆け抜けた。国人衆の城も、すぐ先の三方原も、戦の舞台になった。家々や寺社が燃えた。引佐郡の地は、おびただしい命を呑みこんだのだ。

どれくらい時が経ったのか、陽が傾こうとしている。直虎は携えてきた初音を唇にあてた。澄んだ音が夕景の木立をふるわせる。もしも許されるなら、この音に乗って空のかなたに舞っていきたい。まぶたを閉じて奏でれば、楽はやさしく甘く流れ、胸にしまい込んだ郷愁を誘い出す。そして浮かび来るのは、幼い日の佐奈と亀之丞だった。草の土手、せせらぎ、笑い声、手の温かさ……。

——いつかまた、お逢いできる。綾雲のかなたで。きっと、その日が来るでしょうから、くじけずに生きてまいりまする。

懐かしさに揺れる心を指先にゆだね、ただ奏で続けた。

ふと手もとから目を離すと、日暮れ近い城山の麓を子連れの女が歩いて来る。

「誰であろうか」

いくらなんでも、女こどもの夕刻の遠出は、まだ危ない。戦に荒れた井伊谷だ。物乞いや追剥《おいはぎ》だっているだろう。急いで城山を下る直虎の姿に、女が立ち止まった。そういえば、直虎も侍装束、驚かせてしまったかもしれない。直虎も歩みを止めた。

「アヤメ、アヤメではないか」

「直虎さま」

言うなりしゃがみ込んで泣き出した。二、三歳だろうか、連れている男の子が、

「おっかあ、おっかあ」

とアヤメを揺さぶる。

「帰って来たのだね。可愛いお宝を連れて」

直虎もしゃがんで、アヤメの背中を撫でた。

「屋敷を抜け出し、こんな仕儀に。おゆるしくださりませ」

顔も上げられないでいる。

「町場におったのか」

「いえ、浜松に」

「子の父親は」

「おりませぬ」

直虎は詳しい事情を聞こうとは思わなかった。井伊谷を訪れたことで、おおよその察しはつく。

「アヤメひとりで養《やしの》うたのか」

「街で古着を売って」

「暮らしに足りておったのか」

直虎の矢継ぎ早の問いに答えながら、アヤメは涙をぬぐう。

「直虎さまが屋敷に戻られたと噂に聞き、お会いしたくて矢も楯もたまらず…」

「浜松に、また戻るのか」

「古着売りの小屋をたたんでまいりました」

「そうか、ならば屋敷に帰って来るがいい」

アヤメが戻れば賑やかになるだろう。

「遠慮はいらぬ。ただし、屋敷はずいぶん汚れておるぞ。掃除のし甲斐があるというものじや」

「お役に立てれば、この上ないしあわせ…」

アヤメは、また涙をぬぐう。

「子はいくつじゃ。名はなんという」

「三つになりました。名は小助、小弥太の小、甚助の助」

飛び出して行ったものの、井伊館をしのんでいたのだろう。

「小助、おいで」

直虎が呼ぶと、人懐っこく手を繋いできた。

井伊館に帰り通用口をくぐろうとすると、土手に年寄りが座っていた。

「吉じい」

直虎とアヤメが一緒に叫んだ。

「まだ、冥途からお迎えが来ねえもんで」

吉じいが、にやっと笑う。

「また歯が減ったようじゃな。白髪も増えた」

「それは言いっこなしだに」

直虎は胸がいっぱいになる。ささやかだけれども、平穏がここにあった。

真夏の日盛りに、直虎は耳にした。織田信長が将軍足利義昭を追放、室町幕府が滅び、年号が天正元年に改まったのだという。

「虎松を養子に出す」

和尚がふいに切り出した。あまりに突然だった。直虎も祐椿も、よく理解できず、答えようがない。

「いや、まずい申しようじゃった。養子に出そうと思うがいかがかの」

「虎松はまだ、鳳来寺で学問を積んでおりまする。寺を退出させるのですか。養子って、どこへ。虎松は井伊家のたったひとりの跡取りにございますよ」

直虎は次々に問い返した。

「まま、落ち着かれよ。順を追って話さねばいかんのう」

天正二年（一五七四）、龍潭寺の楓が夕陽にいっそう紅く染まり、風に舞っては縁側に降りかかる。小春はそのひと葉を手に取り、食い入るように見つめては紙に写しとっていた。

去年、小弥太と伊那路の旅に発ったが、思いのほか早く戻った。

あまり多くは語らず、

「塩沢の母上は健やかでおられました。赤ちゃんだった弟の吉直《よしなお》は、もう二十歳。少しも父に似ておらず、母似のいい体格、達者に剣を使い、たのもしく、安心もしました」

と素っ気なかった。実母の塩沢千代に、一度は会いたかったのだろう。会って何かがふっ切れたのかもしれない。

和尚は話の持って行き方を思案するように目を細め、降る紅葉を眺めている。

「さて、法事のことじゃが」

和尚が口を切った。早いもので、十二月十四日は直親の十三回忌になる。

「龍潭寺で法要を行う。虎松を鳳来寺から呼び戻し、ひよや高瀬も来させよう」

「それは、ようございますが」

法事はまだしも、養子について直虎は和尚の真意が聞きたい。祐椿も不審そうにしている。

「虎松は鳳来寺から引き上げさせる。十四になった。そろそろ元服じゃ。しかし、継ぐべき家がないにひとしい。というのも、直虎が今川氏真から城主を罷免され、家督がない。屋敷や城は残ったが、領主ではない。虎松は浪人なのじゃ。そこでじゃな、実の母・ひよに委ねる。ひよの連れ合い・松下源太郎清景の養子となり、家格を備えさせたいと思うがいかがであろう」

戦乱で領主が目まぐるしく変わっても、村々では旧来の領主に年貢の何割かを納める暗黙の習わしがあった。そうした財源から虎松の扶育糧を鳳来寺に渡すこともできたが、井伊家に実際の支配領はないのが現実だった。

「清景は井伊家の家臣という立場でありましょう。そこへ養子にやろうというのですか」

祐椿は非難がましく言うが、直虎がこだわるのは身分ではない。

「承諾できませぬ。養子となるなら松下を名乗ることになる。井伊家は断絶してしまうではないですか」

「よう考えてみよ。清景はただの家臣ではない。虎松の父・直親に仕え、直親が殺害されたおりは素早く虎松を新野親矩の屋敷に連れて行ってかくまった忠臣じゃ。それに浜松の頭陀寺城主・松下加兵衛《かへえ》の一族。信長の覚えめでたい出世頭の家臣・羽柴秀吉《はしばひでよし》の最初の雇い主が加兵衛じゃった」

この話はかねて和尚から聞かされ、直虎もよく知っている。木下藤吉郎と名乗る百姓出の針売りが、加兵衛に見いだされて仕え武者修行。やがて信長の家臣になったのだという。今や秀吉は近江長浜城十二万石を領する城持ち大名だ。

「まだある。今川に仕えておった加兵衛じゃが、家康どのが遠江に入られるや、すぐさま臣従。それに直虎も見知っておる清景の弟・松下常慶《じょうけい》も、家康秘蔵の有能な間諜じゃ」

龍潭寺に出入りする常慶と言葉を交わしたことがある。隠密の役目を負っているとは思えないほど、ひょうきんな男だ。くったくなく話しかけてくるが、嫌味ではない。

「家康どのと松下家は近しい主従。拙僧の意を察してほしい。この養子縁組、直親の十三回忌に手向ける香華と思わぬか」

「でも井伊という家名が…」

直虎はこだわりを捨てきれなかった。

「いいか、直虎。虎松はまず、頭陀寺城主松下氏の子の身分を得て、いずこかへ仕官。そうして、初陣、手柄を挙げ、ようやく井伊の家名の再興がかなうであろう。その機会を与えるための養子と思うてくれ。元服はそれからじゃ。虎松も十四歳、ぐずぐずと思い悩んではおれぬ」

和尚の深い計らいを、直虎は汲み取ることができた。

「分かりましてございます。異論はございませぬ。ようご思案いただき、希望が見えてまいりました」

井伊谷城の合議の席での松下清景は、いつも多くを語りはしなかった。諸将の意見にじっと耳を傾け、肝心なところでは譲らない頑固さがあった。蔵米の放出についても、

「今少し待ってからにしましょう。おこころざしは分かり申す。が、早すぎれば米が無駄になりかねない」

などと、冷静に施策を進めようとしていた。清景の窪んだ眼窩の奥の強いまなざし、上背のある細身の体つきが思い起こされる。戦場では強弓を引くと聞いていた。

——そうだ、直平さまが、このような性質であった。

厳しさと慈愛をあわせもつ曽祖父・直平の面差しに重なる。

祐椿も納得したようだった。

「和尚さま、われの考えが浅うございました」

と頭を下げる。

「まあまあ、頭をお上げくだされ。これで、皆の意向が固まった。鳳来寺に迎えを遣わしましょう」

直親の十三回忌の法要は、龍潭寺の井伊家墓所でしめやかに行われた。墓前にぬかづく虎松の背中が雄々しい。鳳来寺に送り出した六年前、まだあどけなさを残す頬や目に不安や寂しさを浮かべて発って行った姿が思い起こされる。

――立派な若者になって…。

凛々しい目鼻立ちに、やはり、直親の面影を探してしまう。そして、

――よく似ておる。

と安堵するのだ。ずっと一緒にいて、剣術や学問を身につけさせることができたら、どれほどよかったか。

清景の妻となった虎松の母親のひよは夫の清景に伴われ、浜松から足を運んで来た。思いがけないことに清景の弟・松下常慶の姿もあった。虎松の姉の高瀬には奥山家の若い当主・朝忠が付き添っている。腹違いの姉・小春は祐椿の側近くに寄り添っていた。直親の成長を付ききりで見守った今村藤七郎、井伊谷三人衆の菅沼忠久と近藤康用、亡き鈴木重時の嫡子・重好、中野直由の嫡子・直之《なおゆき》と二男の一定《かずさだ》、ほかにも別家衆が座につらなった。その半

数ほどが若者たちで、直虎には心強い。きっと、これから虎松を支えてくれるにちがいない。

——家康どのに、ごくお近い方々ばかり…。

この顔触れはきっと、井伊家のたどろうとする道筋を見せているのだ。虎松の先行きの光明を感じ取れるような気がした。

ときおり、和尚の誦経をかき消すように、木立を唸らせて師走の風が吹き抜けていく。

「きっと戻る」

と笑みを残し、砂塵の中を駿河府中へと発って行った直親。それが直虎の見た最後の姿になった。二十七歳の颯爽とした出立の足取りを忘れはしない。

法要が済むと直虎は、虎松を井伊館の直満・直義兄弟の碑へと誘った。虎松の祖父と大叔父の墓標である。二人は小野和泉守の謀略で今川義元に殺され、直親もまた、和泉の子・但馬の悪計で命を落とした。

虎松は背丈が伸び、並んで歩けば見上げるほどになっていた。淡い陽が虎松の色白で初々しい頬に注ぎ、銀色のやわらかそうな産毛が逆光に光る。引き締まった気品のある口もと、青みがかった澄んだまなざし。この野で一緒に駆けた亀之丞がここにいるようだ。「佐奈、おいで」と呼ぶ声が耳をかすめていく。「待って、亀之丞さま」、佐奈は懸命に駆ける。過ぎ去った時がぐるぐると回り、目眩《めまい》に誘い込まれそうだった。

「水練を覚えておられますか」

虎松が問いかけた。

「水練…」

「ほら、神宮寺川の瀞《とろ》に、よく行ったではありませんか」

くったくのない笑顔を向けてくる。

「泳ぎも武術のうち、とおっしゃって。直虎さまはいつも、岩の上に立ったわたしの背中をぽんと押す。心の用意もなく水に飛び込むはめになり、もう、怖いのなんの」

「ああ、そういえば、そんなことが」

「忘れては駄目ですよ。水はとっても冷たかったんですから」

「いつでしたか、急に大声を上げて、見て、見て、虎松泳げたよと。手足をバタバタさせて、本当に泳いでいた。とてもうれしそうに。あれは四歳のときでしたね」

「鳳来寺の山麓にも川がありましてね。そこを通りかかると思い出すのですよ、直虎さまと水遊びしたことを」

「じきに上達しましたよ、虎松は。恐ろしいほどの深い淵をどんどん泳いでいくんですから」

後ろを歩いていた小春が、こらえきれぬように笑い出した。

「虎松といったら、まだ子どものまんま」

「こら、久しぶりに会った弟に、姉さんぶったことを言うな」

そう笑って小春の頭をこつんと叩く。

――ああ、亀之丞さまの癖とおなじ。

「虎松こそ、姉に向かって偉そうに」

笑い返す小春も、直親の面立ちとよく似ている。

――この子らは、わが子らじゃ。

満たされた思いが胸中に湧き上がる。

虎松は、その日のうちに清景とひよに伴われて浜松へ発った。松下家の頭陀寺城に近い清景の屋敷で暮らすことになる。

法事の客を見送った和尚は、

「弱ったな、実は、頭陀寺にやることは鳳来寺には断っておらぬのだ。事前に退出を願い出ておったのだが、承諾なさらぬ。六年も育てていただいた。あちらは、ゆくゆくは僧侶にと期待しておったようだ。都合よく利用したのか、当寺を体よく使ったのかと問い詰められれば、ひたすら謝るしかない。法事が済んだら帰すと約束して連れてまいったのだが」

奥三河鳳来寺の檀徒は、井伊谷三人衆の鈴木氏や菅沼氏の所領内にも多い。困ったことにならねばよいがと、和尚は頭が痛いようだ。

「話し合いは、どうか和尚さま、お願い申します。井伊家としては、これからもできるかぎり、ご寄進してまいりますゆえ」

天正三年（一五七五）を迎えた。寒さの中にも陽の明るさを感じ始めるころ、松下清景が龍潭寺にやって来た。

「和尚さま、直虎さま、好機が訪れます。家康どのが鷹狩にお出かけになられます。もともとお好きな鷹狩ですが、この冬初の狩り、初雁野《はつかりの》にござりまする」

野を駆け、獲物を追い、仕留める爽快感に夢中になる武将は多い。だが家康の場合は娯楽だけではなかった。鷹狩にことよせた領内視察である。

「大変意気込まれ、上々のご機嫌で弓矢を吟味、あれこれと行程を思案し、それはそれは、たのしみにしておられます。で、一計を案じました。虎松をお目見えさせましょう」

「お目見えとな」

意外な計画に和尚は驚き、膝を乗り出した。

「さよう、鷹狩の道筋で、お会わせいたすのです」

正式なお目見えには、事由や段取りが難しく、いつ機会が訪れるか分からない。

「ならば、こちらから打って出ようではありませぬか。よい策にございましょう」

家康の通り道で待ち伏せするのだという。清景は自信たっぷりだ。

「異論はござらん。まったくの妙案じゃ。家康どののお目にとまり、せめて名乗りをあげることができれば、虎松によい運がめぐり来るやもしれん。して、いつでござろうか」

和尚も乗り気になった。

「二月の十五日にござりまする」

「そうか、よし、早速支度じゃ。直虎、虎松の衣装を仕立てよ。地味なものがよい。しかし、お目に留まるよう風格ある生地を選ばねばならんな。寺に寄進された錦や羽二重がある。御仏にお許しいただき、これを使おう」

和尚は早速にも、と立ち上がる。すると清景が止めた。

「御仏に納められた品を頂戴せずとも、わが家にたんとありますゆえ」

さまざまに検討し、結局、双方で用意することになった。

「祐椿どの、直虎、小春、松下屋敷に赴いてたもれ。向こうにはひよもおるゆえ、総出で支度を整えてくりゃれ」

和尚はいそいそと命じながらも、

「小ざっぱりとした身なりがいい。決して派手にならんように。虎松の行儀作法は文句なしじゃ。体格は見事だし、顔立ちもまずまず。気品もあるしな」

念を押すようにぶつぶつと自らに言い聞かせている。気が揉めてならないのだろう。

松下屋敷では、ひよが待ちかねていた。祐椿が支度について指示する。

「羽二重の下着、地模様のついた小袖、切袴、草履、これで十分じゃ」

質素だが気品のあるものがいいと、祐椿もよく心得ている。

その日がやって来た。これから大きな賭けに出るのだ。

松下源太郎清景は虎松を伴い屋敷を出た。家康が浜松城を出る刻限よりも早くから鷹狩の道筋で待つことに決めている。直虎と南渓和尚、それにひよの妹の子・小野亥之助《いのすけ》も少し離れて従った。亥之助は小野但馬守の弟・玄蕃《げんば》の子だが、玄蕃は幼いころから井伊直盛の小姓として忠実に仕え、ひよの妹を娶った。だが直盛とともに桶狭間で戦死。亥之助は母親の実家・奥山家で育った。

早春の陽がぬくぬくと道端に降る。ほどなく家康の初雁野の一団が近づいてきた。平伏する虎松の前で家康が馬を止めた。

「何じゃ、清景、それに常慶まで。そろって何をしておる」

家康はぎょろりとした目を向け、怪訝そうに問いかける。

「この者を家康さまにお引き会わせいたしたく、連れまいってございます」

清景が、ここが好機、遠慮はならじと進み出る。

「よい若者じゃな、そなたの縁者か」

「わが養子にござりまする」

「そうか、そなたの養子か」

家康は日焼けした頬にわずかに笑みを浮かべ、うなずいた。

「面《おもて》をあげよ。名は何という」

名を問われれば、まず第一歩のお目見え成功だ。

「松下虎松にござりまする」

よく通る声ではっきりと答えた。

「実は」

清景が控えめに、ひと膝進めた。

「虎松は遠江井伊谷城の旧城主・井伊直親の嫡子にござりまする。直親は邪悪な讒言により今川氏真によって命を奪われました。そのとき虎松は二歳、人から人の手に渡って育ち、十五歳とあいなり申しました」

「井伊直親、よう覚えておる。桶狭間の戦のあとじゃった。岡崎に帰還を果たしたわしのもとへ、早速、訪ねてまいった。わしと通じたために罪に問われ殺害されたこと存じておる。そうか直親どののお子か」

ちょっと思案顔をしてから家康は、

「虎松、申し分ない若武者じゃ。このまま、わしと狩りを楽しみ、浜松城に来るがよい。話を聞きたい」

と穏やかな口調でうながした。それから少し離れていた直虎に目を向け、

「井伊谷城の女城主・直虎どの。遠慮なく前に出られよ。三河から遠江に侵攻した夜明けであったな、そなたが出迎えてくれたのは。とすると、そこにおられる和尚は武田軍に焼かれ

た井伊谷の龍潭寺の御住職であられるな。いやいや、そなたたちには井伊谷の、いや遠江の過ぎし歳月が詰まっておるようじゃ。そなたらも城に来られるがよい」

　快活な言葉つきだった。それにしても、動乱のさなかに、わずかに顔を合わせた直虎を、よく覚えていたものと感嘆した。

　浜松城に招かれた一同に、家康はこれまでの井伊家のいきさつを問い、虎松はよどみなく井伊家のたどった歳月を語った。

「そうか、わが妻・瀬名と直親は従姉弟どうしであったか。ならば、わが嫡子・信康と虎松は又従兄弟、わが親戚ではないか。年ごろも近い。背丈も、面立ちも似ておるようじゃ。不思議な縁《えにし》よのう」

　わが子の信康の話になると、家康は父親らしく頬をほころばせる。それから、しばらく間を置いて告げた。

「虎松、そなたを召しかかえる。小姓として仕えよ。わしと会うたがために死した直親へのつぐないじゃ。信康によう似た凛々しい虎松に期待いたし、禄を三百石授ける。松下姓を改め、井伊姓に戻ること。名はわしの幼名・竹千代にちなみ、万千代を与える。井伊万千代、よう励めよ。そうじゃ、登城の際に着ける裃《かみしも》も授けよう」

　清景と虎松は深々と頭を下げた。

「もうひとり、そこに頑丈そうな若武者がおるが」

家康は首を伸ばし、離れて控える亥之助《いのすけ》に目をやった。

「虎松の従兄弟・小野亥之助にござりまする」

清景が答えると家康は、

「小野…、直親を陥れたあの小野但馬の一族か」

いぶかしそうに問い返す。

清景は亥之助の父・玄蕃の忠誠を家康に伝えた。

「井伊家は真っ正直な一族と聞いておったが、今また見直したぞ。出自を問わず、素質を見抜き懐に抱えるとは、さすが数百年の昔からの井伊谷領主。まさに大将たるゆえんじゃ。感服いたした」

機嫌よくそんな褒め言葉を掛け、

「亥之助も親戚のようなものじゃ。万千代とともに小姓を務めるがいい。そうじゃ、名を万福丸と授ける。万千代に万福丸、福々しい名の小姓が揃うたものよのう」

と磊落《らいらく》な笑い声を上げた。

何となごやかなお目見えであろう。直虎はひれ伏し、こぼれ落ちる涙を袖でぬぐう。井伊の名を再び興《おこ》すことができた。歯を食いしばり、このようなときを一心に念じて歩んできた。井伊家を嵐が叩いた歳月が脳裏を駆けめぐる。

「おなごの身でありながら苦難に耐え、よう井伊谷と井伊家を守ってまいったな」

家康の情《なさけ》あふれる言葉が身に沁みわたっていく。瞼の奥に御仏の来迎に似た光がきらめく。五色の雲があたり一面を彩り、やわらかく流れ、直虎を温かく包んでいった。

直虎が井伊館に戻って数日後、万千代に十六人の同心衆と目付が付与されたこと、父・直親以来の家臣である今村藤七郎にも二百石が与えられたことを知った。

万千代が賜わった所領は三百石。井伊谷城、井伊館の地と、城から見渡せるわずかな森林や田畑が井伊家の所領となった。井伊谷は形の上では家康によって井伊谷三人衆に任されていたが、その一部が井伊家の手に戻った。苦節を経ての輝かしい井伊家の再興であった。

――これからは万千代が当主。お館さまじゃ。

元服を待たねばならないものの、井伊家を新しい当主に手渡した誇らしさに満たされ、直虎は、その名を南渓和尚と話し合ってお返しし、佐奈に戻った。三十八歳を迎えていた。

第7章　大輪の花

夏の初めから息苦しさを訴えていた祐椿が四日ほど前から寝ついてしまった。南渓和尚に頼んで薬師《くすし》を招き、診てもらった。診たては厳しいものだった。和尚は法縁の伝手《つて》で人参や麝香《じゃこう》などを手に入れ、白湯で溶いて呑ませようとするが受けつけない。

「佐奈、万千代はいかがいたしておるかえ。徳川どのに仕えてすぐ、奥三河で大きな戦があったが」

夢うつつで心配するのは三年前、天正三年（一五七五）五月の長篠《ながしの》・設楽原《したらがはら》の戦いのことだ。万千代が家康にお目見えし、小姓に取立てられて、わずか三月《みつき》後であった。

武田信玄の跡継である勝頼が遠江・三河を再び掌握しようと侵攻してきた。信玄の死はおおやけにされていなかったが、武田配下の国人で長篠城主の奥平貞昌《おくだいらさだまさ》は、信玄の死を察知して離反を決断、家康に臣従した。奥三河の長篠城（愛知県新城市）は家康が掌握、奥平貞昌が守備を任される。勝頼が長篠城を再掌握すべく反撃を開始、一万数千の大軍を率いて、守備兵五百の長篠城を包囲したのである。

　これに対し、織田信長軍三万、徳川家康軍八千が長篠城手前の設楽原に布陣、鉄砲隊の奇襲で長篠城を救援し、さらに勝頼側の砦を掃討。設楽原での決戦で武田軍一万を討って大勝した。同年八月、信長は反信長の朝倉氏、浅井氏を討ち、本願寺を和睦で屈服させ、天下人として台頭。家康は三河を完全に掌握した。

　その戦に、万千代は参陣しなかったと、佐奈は松下清景から聞いていた。

「まだ初陣《ういじん》を果たせぬのか」

　祐椿は気を揉む。

「母上、あのとき万千代はまだ、新参でしたもの。去年の大手柄、皆でよろこんだではありませぬか」

「おうおう、そうであったなあ」

　寝つくようになったこの数日、母は時の前後も混乱しているようだ。佐奈は祐椿の記憶を呼び覚まそうと、ゆっくりと語りかける。

　家康の小姓となった翌年の春、万千代は念願の初陣を遂げ、目覚ましい活躍をしたと井伊《いい》谷《のや》に報された。武田勝頼が東遠江に侵攻、高天神城《たかてんじんじょう》（静岡県掛川市）近くに武器・食糧を運び込んだ。家康は芝原《しばはら》に砦を築いて布陣し、勝頼軍と対峙する。このとき、万千代は家康の寝所に忍び込んだ間者を討ち取ったのである。この大手柄で、お目見えのとき賜わった所領三百石の十倍、三千石を井伊谷地内に得たのであった。

高天神城は今川氏の支城のひとつで、「高天神を制する者は遠江を制する」と称された要衝だったが、義元が桶狭間で討たれると城主の小笠原氏は家康に臣従。その後、家康と武田信玄、信玄の死後は勝頼とのあいだで激しい攻防戦が繰り返されていた。

万千代の手柄は、そのさなかのことであった。

この活躍の褒美だったのであろう。家康の口添えで、万千代の甲冑着初式《かっちゅうきぞめしき》が行われた。甲冑着初式は具足初《ぐそくはじめ》ともいう。武家の男子が鎧を着用する儀式で、元服とは異なり、武士身分であることを周囲に示すためのものである。家康に命じられ、家康配下の武勇の将が、万千代に具足を着ける具足親を務めた。

「そう、甲冑着初式、ついに武士として独り立ちしたのですなあ」

祐椿はよろこびに涙して仏前に告げたことを思い出したようだ。

「それに、この三月には一万石のご加増。都合一万三千石、井伊の所有していた旧石高の半分にまでのぼり、一軍を与えられて将になりましたよ」

「聞いた聞いた、田中城攻めの手柄じゃな」

徳川軍はさらに、武田領である駿河にまで侵攻、西駿河の武田の要衝・田中城（静岡県藤枝市）を陥落させた。万千代は家康配下の猛将とともに敵陣に斬り込み、多くの首級を挙げ、駿河に一万石を拝領、都合一万三千石の禄高となった。

「お館さまが直親を見込んで養子になさった。その直親の子じゃもの、苦労の甲斐がありました。なあ、お館さま。うれしゅうてなりませぬ」

祐椿は亡き夫に話しかけ、上背のある、目鼻立ちの美々しい万千代、直親に勇壮な若武者ぶりを見せたかったと繰り返している。

「な、お館さま…」

祐椿の声が途切れた。

「母上」

佐奈は不安にかられ呼び掛けた。その声を聞きつけ、小春が飛んできた。

「ばばさま、ばばさま」

手を握り呼ぶが、祐椿はもう、目を開くことはなかった。天正六年（一五七八）七月、祐椿、俗名・郁は、万千代に思いを馳せつつ、静かに旅立った。享年五十五、松岳院殿寿窓祐椿大姉の法名を受け龍潭寺に葬られた。

祐椿が逝き、佐奈はほんとうに、たったひとりになってしまった。男たちが死に絶え、激しい波浪が井伊谷に叩きつけた歳月にあって、〝次郎法師直虎〟として井伊家を守る佐奈を励まし支えたのは祐椿と南渓和尚だった。快活で気の強い祐椿と考えが異なることもあった。だが、血のつながった母と子、戦場に男たちを送りだしたあと、力を合わせて家務を取り仕切り、井伊家と井伊谷を保ってきた。

――万千代がいる。小春がいる。

直親の忘れ形見が、ひとしお愛おしい。


七七忌（四十九日）を済ませると、小春は南渓和尚に出家を願い出た。祐椿の庵・松岳院を引き継ぎ、祐椿をはじめ亡き井伊家の人びとの菩提を弔いたいという。直親が市田郷から井伊谷に帰還したとき連れていた小春。たった五歳の聡明な少女だった。直親がすぐにひよと祝言を挙げ、小春は佐奈の養女になって井伊館で祐椿に育てられた。幼くして故郷を去り、見知らぬ土地でよるべもなく、どれほど寂しかったことだろう。そんなことをおくびにも出さない小春にとって、祐椿の慈愛が頼りだったにちがいない。

「松岳院で御仏に祈りを捧げ、静かに絵などを描いて過ごしとう存じます」

小春の決意は固かったが和尚は、

「悲しみのさなかに決めてはいかん。誦経し、座禅し、しばし、よう考えよ」

と、猶予のときを持たせ、佐奈も助言した。

「小春、そなたはまだ二十九、急がずともよい。松岳院でゆっくり暮らすがいい。それから考えることにしようぞ」

気丈な小春は、ちょっぴり不服そうな眼差しを向け、

「まだ、ではございませぬ。もう二十九にございます」

嫁入り話も断り続けた小春だった。

「小春さま、栗が茹《ゆだ》りましたよ。ご仏前にお供えくださいませ」

ヒバの葉を敷いた笊《ざる》をアヤメが持ってきた。

アヤメは小助を連れて小弥太の女房になっている。小助を抱えて井伊館で忙しく働く姿を見て、小弥太の母・ぬいが、

「アヤメ、小助はうちの小屋に置いていけ」

と、手を差し伸べたのだ。甚助とぬい夫婦に可愛がられていたアヤメは、子を持ったとき小弥太と甚助から一字ずつ取って小助と名づけたくらいだ。遠慮しながらも小助を預け、うれしそうだった。

「小弥太、お前もいっぱしの男なら、アヤメと小助のめんどうくらいみられるじゃろ」

甚助にせつかれ、アヤメと盃を交わした。その小助も十四歳、小弥太のあとについて荷駄を運んでいる。いずれは小弥太の仕事を継がせるつもりらしい。表向きは商いだが、これまでと変わらず武家や商家に出入りし、多くの情報を仕入れてくる。諸国の武将の動きや戦場の様子については繁孝が、その役回りを務めた。繁孝は十人に近い配下を持ち、精力的に彼らを走らせている。

万千代の出世が順調に運んでいるさなか、衝撃が井伊家家臣たちのあいだを駆け抜けた。

家康が妻・築山殿を殺害し、嫡子・信康を自刃させたのだ。

——妻とわが子を手にかけた。

戦の世とはいえ、佐奈にはその決断が信じがたい。築山殿は佐奈の曽祖父・井伊直平の孫、佐奈には近しい血縁だった。

「なぜ、このようなことを…」

直平の位牌に香をたむけながら、佐奈は数珠をまさぐる南渓和尚に問いかける。

「家康どのが信長の圧力に抗しきれんかった、そのひと言に尽きる」

十年前、信康は織田信長の娘・徳姫と祝言を挙げた。ともに九歳、両武将の同盟の証としての婚姻だった。家康は三河・遠江両国を統括するようになって浜松城に移り、まだ年若い信康に後見役をつけ岡崎城を預ける。このときようやく築山殿は城外の屋敷から岡崎城に入った。築山殿が今川家の血縁であることから、家康は信長をはばかり岡崎城に入れなかったのだ。

信康は婚姻から三年後、十二歳で元服、やがて、姫が二人生まれる。だが、信康と徳姫は不仲だった。

「夫婦の不和は家臣にも知れ、家康どのが岡崎に仲裁に行ったとか、信長が鷹狩と称して夫婦関係の修復に出向いたなどという噂もある」

信康は勇敢な武将だと、もっぱらの評判だ。佐奈も耳にしていたし、万千代がお目見えしたとき家康は、目を細めて信康を褒めそやしていた。

「そう、なかなかの武将であるのは確かじゃ。長篠城の戦いで家康どのは武田勝頼に大勝したが、勝頼の猛烈な追撃を受けた。そのときの信康どのの戦いぶりは、実に見事であったという。殿《しんがり》を務め、家康軍に傷ひとつ負わせなかったと語り草じゃ。結局、若くして城主になり、戦では称賛を浴び、ほんとうなら、それが勇気や自信となって武将の器を備えていくものじゃが、高慢で気まま、粗暴な言動をとるようになったと、拙僧の耳にまで聞こえておる。信長に言われるまでもなく、これはまずいじゃろう」

天正七年（一五七九）七月、徳姫が安土城の父・信長に信康を訴える手紙を出したのがきっかけだともいう。信長は家康に、信康の切腹と築山殿の処分を求めた。

「理由は、信康が家臣に残虐な振る舞いをしたとか、築山殿が信長と家康の敵・武田に内通したといったものらしい。真偽のほどは霧の中じゃ」

築山殿は家康から浜松城に呼び出され、八月、浜名湖から佐鳴湖《さなるこ》を船で渡り、上陸した村で家康の家臣に斬られた。蟄居していた信康も、九月、家康の命で切腹。万千代より二つ年上の二十一歳の若さであったという。これらのことが、どこから、どう漏れたのか、いつのまにか、近辺の武将らの知るところとなった。

「家康どのは妻と嫡子を…」

家康は万千代に、「体格も面立ちも信康とよう似ておる」とうれしそうに言っていた。どんな子であれ、心底では子を愛さない親はない。どれほど辛かったことだろう。

「三河や遠江に侵攻してくる武田勝頼を押さえるには信長の力がどうしても必要である。家康は信長の命に従うしかなかったのであろうな。いや、そうでなくとも徳姫との不和は織田家との亀裂になる。岡崎城内外に信康への不信感が拡がっておった。これに家康どののご自身の判断で対処されたのかもしれん」

井伊谷の目と鼻の先の浜名湖を渡って行った築山殿。浜名のすぐ北は母である志万の方の故郷であった。もし、その船旅を佐奈が知っていたら、築山殿を見送りたかったものを。戦の世の残酷さに、ただ切なさが胸にひろがる。

それからふと、井伊家の血を引く築山殿や信康の不祥事が万千代に及びはしないかと不安が込みあげた。

「いや、それはあるまい。万千代の猛将ぶりは、早や、家康どのの旧臣方と並び称されるとか。徳川軍の先鋒を務める武将。有能な家臣を粗末にはすまい」

「まこと恐れはございませんでしょうか」

「佐奈は近ごろ、心配性になったな。万千代を信じよ。そなたが母代りで育てた若者じゃぞ」

和尚の言うとおり、取り越し苦労にすぎなかった。

家康は武田勝頼の手中に落ちた高天神城への締め付けを強化していた。天正八年（一五八

○）十月、家康は高天神城を取り囲むように「高天神六砦《ろくとりで》」と呼ばれる砦を築いて城を包囲、周囲に堀や土塁を築いて食糧の補給路を断つ。

高天神城は駿河東部の堅固な山城で、山麓を流れる川は遠州灘へと注ぐ。河口の湊・浜野浦は水軍の拠点ともいうべき要衝の城である。家康の配下にあったが、家臣の城番《じょうばん》・岡部元《もと》信《のぶ》が武田勝頼に降伏。家康がこれを奪回するための戦いであった。

勝頼は甲斐からの補給線の長さに苦慮し救援がままならず、翌年三月になると城兵の大半が餓死、いよいよ兵糧攻めの最後というとき、万千代は忍びを放って城中の井戸を崩し飲料水を枯渇させたのである。食糧も不足し水も断たれた岡部ら城兵七百三十余は城外に討って出て全員壮絶な討死を遂げ高天神城は陥落。万千代の奮戦はめざましいものがあった。

この年、二十歳になった万千代はこの功により七千石が加増になり、併せて所領二万石となった。井伊家は旧来の石高をほぼ回復し、別家の若者たちも、ぞくぞくと万千代のもとに馳せ参じ、万千代に仕えて活躍し始める。中野直由の嫡男・三孝《みつたか》、奥山朝利の孫で、直親の妻であったひよの甥・六佐衛門朝忠を始めとする若き武士たちである。井伊家が戦の痛手を抱えて身を潜めているあいだ、彼ら別家衆も山中の自領にこもり、井伊家復興のときを待ちかねていたのだった。

「万千代の武勇、その英知、もう何も心配はないのう」

佐奈が言うと、出家して明苑尼《みょうえんに》と名乗るようになった小春が、

「直満さまに似た武勇、それに、あの子は物事に動じない性質《たち》ですからね」

と姉さん風を吹かせる。

「所領も家臣らも、かつての井伊家に復してまいりましたが、元服の儀はまだですかのう」

佐奈の気がかりは、このことだった。元服しなければ井伊家の家督を譲ることはできない。

「井伊谷の来し方、領地、家務のこと、すべて、かかさまが差配してこられました。ですから、皆、安心してお任せしておるのでしょう。家臣たちも、かかさまのご指示で動いておりまする」

小春は言うが、佐奈はひとかどの武将になった万千代に井伊家を渡したい。

高天神城の敗北で武田の家臣は動揺し、重臣・親族衆が織田や徳川に内応し、相次いで離反していく。すでに北条氏を敵にまわし、織田軍の総攻撃が甲斐の武田領に迫る。天正九年（一五八一）の年の瀬、勝頼はついに父祖の地・甲府躑躅ケ崎館《つつじがさきやかた》を棄て、防備のため急いで築城した新府城《しんぷじょう》に移っていった。

年が明けて三月、勝頼は織田・徳川連合軍を新府城では防ぎきれず、城に火を放ち、重臣・小山田信茂《のぶしげ》の岩殿山城《いわどのやまじょう》（山梨県大月市）を目指して敗走。その途中、天目山《てんもくざん》（山梨県甲州市）の麓・田野村で小山田の裏切りに遭って自刃した。天下に勇名をとどろかせ、なみいる武将たちを怖れさせた武田氏は滅亡したのである。

「戦場を疾駆した武田の騎馬軍団も潰《つい》えた。強大な今川も、あっけなく滅んでしまった。なあ、明苑、諸行無常とはこのことと戦のたびに思う。泰平は血であがなわねばならぬのかと。われは、どれほど多く、いとしい方々を失ったか知れぬ。万千代がともす灯を、井伊家存続につなげていかなくてはなあ」

佐奈は井伊谷の山野に目をやる。

明苑も応じた。

「わが父・直親、祖父・直満、皆、若くして命を落としました。この方々の後生の安楽を、御仏に祈るばかりにございます」

思いは明苑もひとしい。

武田氏の遺領甲斐・信濃は信長の家臣に与えられ、家康は駿河一国を与えられた。

ところが、ほんの二月半後の天正十年（一五八二）六月、世を驚愕させる事件が起こった。京で天下人・織田信長の近辺で反乱がおこったという。その第一報は佐奈を打ちのめした。信長の命令で徳川家康が討たれたという。万千代はきっと、家康に従っていたはずだ。もしや巻き込まれはしなかったか。

「万千代はいかがいたした。無事なのか」

「何一つ分かっておりませぬ」

「万千代の安否を確かめずしてなんとする」

「まずは、一報をと存じ」

「家康どのは、信長の接待を受けるため上洛したと聞いておる。接待と申して家康どのを誘い出し、欺いたのか。万千代は無事か」

間諜を問い詰めた。

「京は大混乱、市中に火の手が上がり、甲冑を討ち鳴らして侍が駆けずり回っておりまする」

詳しくは分からないと困り切っている。すぐに次報が届いた。

「織田信長が本能寺で明智光秀に討たれた」

そう告げた。

「まさか、天下をほぼ掌中にした信長が…」

はたして事実だろうか。佐奈は繁孝を呼んだ。

「繁孝どの、万千代は家康どのに従って上洛しておるのじゃな」

「もちろん、上洛しておられまする」

繁孝の顔も蒼白だ。

「本能寺のこと、詳しく知りたい」

「使いを放っておりまする。順次、報せを持って戻りましょう。お待ちくだされ」

「待てぬ、万千代はいかがいたした。まさか、討たれてはおるまいな」

震えが止まらない。佐奈は膝からくずおれた。

「佐奈どの」

繁孝が叫び、支える。

「少し休まれませ」

「休んでなどおられるか」

そうは言うが、佐奈は立ち上がれない。ほどなく小者がもうひとり、駆け戻った。

「家康さまは事変のおり、京を離れておられた。接待を受けたあと、信長に勧められて堺へ遊山《ゆさん》に向かわれ、河内でご宿泊、そのとき本能寺の討ち入りがあったと」

「河内とて無事ではあるまい」

「三河へと脱出されたもようにござりまする」

このあと、間者からの報せは滞った。三河へ戻るには争乱の京を避け、南方を遠巻きにして大和、伊勢の山地を越えるしかない。かならずや明智の追手が追撃するだろう。

「井伊家から迎えの軍は出せぬか」

「滅相もないことを。明智軍は羽柴秀吉《はしばひでよし》の中国攻めの援軍に向かうとのことで、一万三千で京へ入ったと聞いております る。素手で大火に飛び込むようなもの。光秀が信長に代わって天下を握れば逆賊となる。これまでの辛苦が水の泡となりましょう」

繁孝が激しく佐奈を叱責した。

一日、二日と刻が過ぎていく。何の報せもない。佐奈は心労のあまり疲れ切っていた。食物も水も喉を通らず、苛立ちばかりが募る。五日目になって、ようやく次の報せがもたらされた。

「万千代どのは家康どのに従い、すでに伊賀の山を越えられ伊勢国の湊から船で三河に向かわれました」

海路も安全ではない。水軍のたむろする海域である。無事に三河に入ったであろうか。さらに数日後、ようやく繁孝の配下の者がくわしい動きをつかんできた。

「家康どのは岡崎城にご入城。万千代どのはじめ、ご重臣方も岡崎にお着きになられました」

佐奈は安堵のあまり、その場に座り込んでしまった。数日来、ずっと付ききりだった明苑が佐奈の肩を抱く。

さらに数日経って南渓和尚が井伊館の佐奈を訪れ、出来事のあらましを伝えた。信長は公卿らを招いて茶会を催すため、本能寺にはわずかな供回りしか連れていかなかったという。六月二日、未明に襲撃が始まり、二刻（四時間）後には火の手が上がって信長は自刃して果てた。

明智光秀の反乱に慌てふためいた家康は、松平氏ゆかりの知恩院へ入り自害を覚悟したそうだ。

「どこか、お気の弱いところがあるのであろう。幼くして織田信秀に拉致され、今川義元の人質になり、辛く苦しい経験が重なったのかもしれんが…。桶狭間の戦陣を脱したおりも自刃の決意をしたと。これは直親から聞いた。家康どのが正直に語ったそうな。今川の陣を脱走し、松平家の墓所・大樹寺《たいじゅうじ》に入って自刃すると言うたところ、和尚に諫められたとか。その和尚に厭離穢土《おんりえど》、欣求浄土《ごんぐじょうど》、つまり生きて泰平の世を築けと説教されたとのことじゃ」

佐奈も直親から聞かされた。

このたびは岡崎城に幼少から仕えていた家臣たちに止められたのだという。家康に随行した供廻りは三十数名。その中に万千代もいた。

「険しい山道じゃったというが、万千代には難儀ではなかったじゃろう。なにしろ井伊谷は山と峡谷だらけ。兎を追ったり、川に飛び込んで遊んだ子じゃ。鳳来寺もまた険しい山上にあるでな。伊賀の忍びに負けず劣らず山道を駆け、家康どのを伊勢の湊へお連れしたと聞いた」

一揆勢に殺害された家臣もあったようだが、堺の豪商や伊賀の忍びの者らに援けられ、万千代の機敏な道案内で一行は伊賀越えを果たしたのだった。

「万千代は褒美に孔雀の尾羽を全面に縫い付けた陣羽織を拝領したそうな。見事な品じゃろうな」

孔雀の尾羽を思い描いたのか、和尚は遠くを見やる。

「孔雀は仏画で見たことがありましてよ。本物の尾羽を見とうございます」

「佐奈を実母のように慕うておる万千代じゃ。郷に帰還するおりは、きっと見せてくれよう。

楽しみじゃのう」

「では、ご一行は浜松城に帰着されたのでしょうか」

「いや、家康どのの行動は早い。ただちに甲斐・信濃へと出陣した。桶狭間で今川が殺されると即座に脱出を決断したと同様の素早さと言えよう。甲斐・信濃で武田の残党を滅ぼし織田領を手に入れるためじゃ」

名を聞いただけで人びとが戦慄したという信長だったが、その死が伝わるや、甲斐・信濃・上野へと近隣の武将たちがなだれ込んだ。甲斐には南から駿河の徳川家康が、東からは相模の北条氏直《うじなお》が攻め込み、北からは越後の上杉景勝《かげかつ》が信濃攻略に動き出す。甲斐・信濃では武田の遺臣が一揆を起こし、一帯を支配していた信長の家臣は殺害されたり、逃走したりで、武田遺領から織田勢力も一掃される。家康は、氏直、景勝と三つ巴になった奪い合いの末、甲斐と信濃の南半分を手中にした。

羽柴秀吉が明智光秀を討って信長を継承し、天下人へと突き進んでいく。

家康を支える重臣として、酒井忠次、本多忠勝、石川数正、榊原康政などの名が挙がっているが、彼らと並んで井伊万千代の勇名が噂されるようになった。二十二歳、まだ元服前である。

家康の伊賀越えに付き従った万千代を案じ、佐奈は疲れ切っていた。無事を知っても重苦しさが抜けず、亡き祐椿の庵・松岳院で床に臥す日が多いこのごろだ。明苑が話し相手をしてくれる。気力が弱まると、身内の気安さがこれまで以上に温かい。

蝉しぐれに包まれながら、いつしかまどろみに誘い込まれる。夢はいつも幼い亀之丞《かめのじょう》と佐奈だ。

『ほら、ひとつあげよう』

亀之丞は黄金色の稲穂を引き抜く。

『いけませんよ、手折っては。神さまの罰《ばち》があたる』

『佐奈に聞かせたいんだ。ほら、耳のそばで、くるくると稲穂を回してごらん』

『あ、小さい音、サラサラと鳴ってる』

『神さまがね、村の衆を呼んでいるんだよ。豊作じゃ、祭りを楽しむがいいって』

ときには笹舟をこしらえ、用水路に浮かべることもあった。

『おっとあぶない、佐奈、落ちてしまうよ』

笹舟を取ろうと水辺に手を伸ばした佐奈を、亀之丞は後ろから抱きかかえた。亀之丞の汗や髪の匂いが鼻腔をくすぐる。

「何か楽しい夢を見ておられるのですね」

まどろむ佐奈の耳に明苑の声が届く。明苑が手をとるが、佐奈はまた夢へといざなわれる。

「おや、繁孝さま、今日はどちらにおいでてでしたの」

明苑が訊ねている。このところ佐奈のそばを離れなかった繁孝なのに、今朝から姿を見せていなかった。

「いや、これを」

「まあ、覚えておりましてよ」

明苑の声音は弾んでいる。

「父の青葉の笛…」

——ああ、青葉の笛…、
佐奈は耳をそばだてた。

「渋川の八幡さまから、お借りしてまいったのじゃ」

直親が、いや、まだ亀之丞と名乗っていて市田郷から井伊谷に帰還するとき、渋川井伊家の氏神・寺野八幡宮に武運を祈って奉納した笛だった。

——亀之丞さまの青葉の笛…、
佐奈は忘れようはずもない。直盛が婚約の証にと亀之丞に授けた笛だった。繁孝から手渡された青葉の笛を佐奈は握りしめた。亀之丞のぬくもりが手のひらに伝わってくる。しなやかな指の動きも、音を奏でる唇も、あざやかに瞼に浮かぶ。

——この笛を一日も忘れたことはない。佐奈が生きているかぎり、亀之丞さまは生き続けておられる。離れ離れになったのは、かりそめの身だけ。亀之丞さまはいつも、佐奈の隣においでになった。

　佐奈には亀之丞の笑顔が見える。

「また夢の中なのでしょうか」

　明苑がすこし不安そうに繁孝に問いかけている。

「そうじゃな、微笑まれ…」

　明苑は佐奈に添えようとした手を引いた。

「繁孝さま、お手を差し伸べてあげてくださいませ」

「いや…」

「明苑は気付いておりましてよ、子どものころから。繁孝さまの、かかさまへの一途な優しいお気持ちを…」

「これ、年寄りをからかうものではない」

　そう、繁孝も五十代の半ばを越えた。

「とやかくおっしゃらずに」

　明苑が繁孝の手をとり、佐奈の手に触れさせた。

「佐奈どのは、丸っこい愛らしい少女だった」

　繁孝の追憶が耳に伝わってくる。

「いつのときからであろう。なにやら厳しい面立ちになられ、驚いたものじゃが…。苦難の日々が変えてしまったのかのう。今はまた、少女のころのまま」

——つまらぬことを、おっしゃいますな、繁孝どの。いつも言葉数の少ないあなたさまらしくない。

佐奈は笑った。

「かかさま、かかさま、はや、浄土へ旅立たれましたのか」

明苑の差し迫った声がする。

——明苑、いや小春、いつかまた会おうのう…。

思いは小春に届いただろうか。

「かかさま、穏やかに笑うておられる…。かかさま…」

かかさまと呼びかけるのは万千代だろうか。心満たされたまま、佐奈は深い眠りに引き込まれていく。天正十年（一五八二）八月、井伊家の繁栄を万千代に託し、次郎法師直虎は旅立った。強大な戦国武将たちの天下取りの野望に翻弄され、苦難と悲しみに耐えに耐えた四十五年の生涯であった。

南渓和尚から授かった法名・妙雲院殿月泉祐圓大姉と刻まれた直虎の墓標は、龍潭寺の直親の墓標に並び建ち、鎮まっている。

秋風が井伊谷城の山々を吹き抜けていく。

「遠い昔であった。佐奈どのと、この城山に登ったことがあった。初夏であったなあ、青々とした田の向こうに引佐細江湖《いなさほそえこ》が陽にきらめき……」

「まあ繁孝どの、そんなことがあったのですか」

「佐奈どのは十六、七であったかのう」

慶長八年（一六〇三）、佐奈が世を去って、はや二十一年。中野繁孝は七十代の半ばを過ぎ、明苑も、もう五十代半ばになっていた。

木漏れ日が二人の頬にこぼれ落ちる。繁孝と明苑は佐奈と直親を偲び、幾たび、ともに城山を訪れたことだろう。そのたびに交わすのは、佐奈や直親の思い出話だった。

「かかさまが、もう少し生きておられたら、万千代どのの元服を知ることができましたのに……」

佐奈が他界して三月が経ったのち、万千代は二十二歳で元服、名を井伊直政とあらため妻を娶った。すべて家康の差配である。妻は家康の父の代から仕える旧臣・松平氏の娘で、家康はその娘を養女にして直政に嫁がせた。名を花という。

——そうか、名は直政。嫁も貰《もろ》うたか。家康どのの養女をなあ。花、愛らしい名じゃのう。

そばに誰かいるような気配を感じて明苑は口を閉ざし、あたりを見まわした。

「どなたかいらしたのでしょうか。小春と呼ばれたような」

「わしも、そんな気がしたが」

ここは城山から尾根続きの森、人の影はない。

「森の精霊ですよ、きっと」

明苑は木立を見まわした。

「精霊、まことであろうか」

繁孝は首をかしげる。

「絵を描こうと森に入ると、ときおり出会うのですよ。青い衣をひるがえし、木々をぬって舞う影に…」

「その昔、佐奈どのが言うておられた。風が森のささやきを運んでくるのだと」

「そうでしたか、森のささやき。明苑が精霊と思うたは、森に住むかかさまのささやきなのでしょうか」

「そうやも知れぬ。万千代どのが気になるのであろう」

明苑が森で出会った青い衣の精霊は佐奈であったのか。

「仏陀も仰せになられました。戦の苦しみを受けた衆生の魂は虚空にただようと」

「ならば、佐奈どのが心やすまるような話をいたそうではないか」

明苑と繁孝は、まるで佐奈と一緒にいるように話を続ける。

「直政どのはな、武勇だけの士ではない。思いがけないお役目も果たされたのじゃ」

「思いがけないとは」

甲斐の武田家が滅んで行き場のない遺臣に対し、直政は家康に帰属するよう取次をしたという。直政の働きで、九百人近い武田遺臣が家康に起請文を差し出して臣従した。

――まあ、直政はそんな手柄を…。

武田遺臣を従わせた功によって、家康は直政に武田の衆七十四人を従わせた。彼らは勇猛でならした山県昌景の率いた赤備えの軍団、これを直政が引き継いだ。今では井伊の赤備え軍団と勇名を馳せている。

家康は具足、馬具、旗指物など、すべてを赤色にするよう直政に命じた。赤備えは、もっとも勇敢な武将に主君から許される装備である。ほかに四十名を超える兵が与えられ、直政は百数十名からなる一隊の将となった。

――井伊家は山県昌景には苦しめられましたよ。山県は伊平郷ではたくさんの井伊別家の方々や宗家の重臣らを討ち、井伊谷の領地や城、館を占拠したのですから。

「明苑も忘れませぬ。かかさまとご一緒に、松岳院へ逃げたのですもの」

井伊家が滅びかねない苦闘の時代だった。その赤備えが直政に与えられたのだ。

――あの苦しみが報いられたのですね。こんな日が来ようとは、あのときは思いもよりませんでしたが…。

それから二年後の天正十二年（一五八四）、家康と羽柴秀吉が戦った小牧・長久手の戦いで、赤備え軍団を統率する直政は、敵将秀吉から「井伊の赤鬼」と怖れられるほどの大奮戦だった。直政は先鋒にこだわった。いつも先頭を切って敵に突っ込んでいくので、兵たちの士気もおおいにあがる。

「わしも聞き及んでおる。直政どのは重臣が諌めても、後ろから甲冑を掴んで止めても、邪魔をするなと振り払い、先陣を駆け猛進すると」

――それこそ井伊家の血ですよ。井伊直満どの、そう、駿河府中に呼び出されて斬られた直満どの。それから直平どの。直政は井伊家代々の勇猛さを受け継いだのですよ。

「かかさま、ずいぶんと熱がこもっておりますこと」

――なあ、繁孝、心配なのじゃ。そのように家康どのから目をかけていただき、直政は三河以来の家臣の方々にやっかまれたりしていないのですか。

「まこと不思議のご寵愛。直政どのの出世を、誰もが納得している様子だと聞いております」

「どなたもご納得を…。それは築山殿や信康どのが井伊の血筋の方々だからでしょうか」

明苑もいぶかしく感じることがある。

――直政は信康どのによう似ておると、初めてのお目見えのおり、家康どのが口にしておいででした…。

「さようでございましたな。覚えておりまする。家康どのにとって仕方がなかったとはいえ、築山殿や信康どのを非業の死に追いやり、心の傷であったでしょうから。直政どのへのご寵愛は、罪滅ぼしやもしれませぬ。そんなご真意を察すれば、古くからのご家臣方も、直政どのの出世を当然のことと受け入れているのでしょうな。築山殿と直政どのは又従姉弟でいらっしゃいますから」

――小牧・長久手の働きで、ご加増になりましたのかえ。

「六万石にござりまする。井伊谷郷ばかりか引佐郡の旧来の井伊領すべてが、井伊家に戻りましてございます」

――井伊家の悲願を直政がかなえてくれたのじゃなあ。

「いやいや、佐奈どの、これでご満足なさってはなりませぬ。そのあとがござりまする」

――そうか、話してくだされ。

小牧・長久手の二年後、豊臣姓を名乗るようになった秀吉は家康を臣従させようと、夫のある妹・旭姫を離縁させて家康の正室に送り込み、それでも上洛しない家康のもとへ実母・大政所《おおまんどころ》を人質として差し出した。家康はようやく重い腰を上げて上洛し秀吉に臣従したのだが、留守中の大政所の警護役を直政に任せ、大政所が大坂に戻るときの供も直政に命じた。大政所のたっての希望だったという。

「直政どのが大政所に誠実に接し、真心をもってお世話をしたので、大政所は直政どのに心を許しておったそうじゃ。秀吉はたいそう感謝したと伝え聞きもうした」

秀吉は直政に従五位下《じゅごいのげ》の官位を授け、その後、従四位下《じゅしいのげ》と、家康の家臣の中ではもっとも高い官位に叙されたのであった。

この年、家康は十七年間過ごした浜松城から駿河国の駿府城に本城を移した。今川館の跡地である。

「直政どのは武勇ばかりでなく、礼節や、お人柄も称されたのですね」

「そう明苑どののおっしゃるとおり。佐奈どのが手塩にかけ、あるときは厳しく、また慈愛をもってお育ていたしたからでありましょうなあ」


天正十八年（一五九〇）、秀吉は二十万余の大軍を動員して小田原北条氏の討伐を開始、家康も豊臣軍の一軍として参戦し、直政も従った。北条氏は城下を取り囲む大外郭を築いて籠城、討伐軍と睨み合ったまま三月が過ぎる。

「戦闘が行われたのは、ただの一度、それが直政どのの仕掛けた戦じゃった。大外郭から討ち出そうとした北条兵を叩いたと聞いておる。結局、北条氏は関東の支城を次々と落とされ、ついに開城。秀吉は家康どのを北条の支配地・関八州に移封したというわけじゃ」

「父祖の地・三河、それに実力で奪い取った遠江、駿河、信濃、甲斐の五国を召し上げられての配置換え、家康どのはご無念だったのではありませぬか」

明苑も、目のあたりにした家康の奮戦を心にとどめている。

「召し上げられたのは確かじゃが…。しかし五国百五十万石から総高二百五十万石への大加増。思うところは多々あろうが、新天地の関八州は思いのまま。その経営のためか、家康どのは本城を小田原城ではなく江戸城に置かれた」

「直政どのは、小田原戦後、いかがなさいましたの」

「この森に佐奈どのの精霊がおわすなら、このことを一番にお伝えいたしたい。直政どのは秀吉の命で六万石加増になり上野箕輪城《こうずけみのわじょう》（群馬県高崎市）十二万国の城主になられた」

「十二万石、かかさま、お耳を澄ませて下さいませ。十二万石のご城主になられたのですよ」

家康の旧臣である本多忠勝《ほんだただかつ》、榊原康政《さかきばらやすまさ》が十万石でしかない。直政は徳川家臣団の筆頭に上り詰めたのである。

——そうですか、井伊谷を去ったのですね。

佐奈のつぶやきは寂しそうに聞えた。家康と同じように直政もまた父祖の地を召し上げられたのであった。武将らを代々の所領から切り離し、思うままに命じて移封させるのが、秀吉の天下支配のやり方であった。

「かかさま、よろこばしいこともありますのよ。その年の二月には直政どのの正室・花どのに嫡子・万千代（直継《なおつぐ》のち直勝《なおかつ》）が生まれ、九月には側室の阿《あ》こどのに、二男・弁之助《べんのすけ》（直孝《なおたか》）が生まれましたのよ。もう五歳になる長女の政子もおりますしね」

——去年、南渓和尚さまが、佐奈のおる浄土に参られました。井伊家を守ったのは、この佐奈ではなく和尚さまでありましょう。佐奈はこれからも井伊谷の森から離れませぬ。龍潭寺には井伊家代々の墓もある。ここで和尚さまと共に、浄土から直政の行く末を見守っておりますよ。

こののち直政は、秀吉の朝鮮出兵で家康が肥前名護屋城《ひぜんなごやじょう》に赴いて留守のあいだ、浜辺に築かれていた北条氏の支城・江戸城の普請を進めていく。秀吉が没した慶長三年（一五九八）、家康の命で箕輪城を廃城にして高崎城を築いた。中山道や三国街道の分岐点のある高崎が、軍事上、通商上の要衝だったのである。

そしてついに関ヶ原の戦いを迎えた。

慶長五年（一六〇〇）、上洛を拒む上杉景勝を討つため会津へ向かった家康軍は石田三成の挙兵を知り、下野小山《しもつけおやま》（栃木県小山市）から上方へ引き返す。先鋒を命じられたのは豊臣恩顧の武断派の武将・福島正則《ふくしままさのり》、浅野幸長《あさのよしなが》、黒田長政《くろだながまさ》らで、直政は家康から彼ら先鋒軍の軍監を命じられていた。

九月十五日、関ヶ原の戦いの当日である。家康の三男・秀忠《ひでただ》の率いる徳川本隊が上田城（長野県上田市）の真田昌幸《さなだまさゆき》・信繁《のぶしげ》（幸村）父子を攻めあぐねて日時を費やし、本隊が到着しないままの開戦となった。

――直政は立派な働きをいたしたでしょうか。

「立派も何も、直政どのが決戦の火ぶたを切ったのでござりまする」

直政は「徳川の将来を決める戦いは、徳川の兵が端緒を開く」と決意を固めており、先鋒と決まっていた福島正則隊の脇から前に出ようとした。

——頑固者じゃなあ、直政は…。

福島の家臣が「先陣は、わが主《あるじ》の務め」と行く手を阻んだ。直政は「ここには家康どのの子息、初陣の松平忠吉《ただよし》どのがおられる。忠吉どのに戦の第一線をお見せするためじゃ」と強引に脇をすり抜け、島津隊に発砲。この砲声が開戦の合図となり、本格的な戦闘が始まった。忠吉は直政の娘・政子の婿だったのである。

——井伊家も、ついに家康どのの子息と縁組するまでになったのじゃなあ。徳川家の姻戚となったのですよ、直親さま。

直政の正室は家康の養女・花。直政と花の娘の政子は、家康の四男・忠吉の正室。佐奈の許婚だった直親が命の危険を承知しながら家康と結ぼうとした悲願を思わずにはいられない。直親は命と引き換えに、井伊家の将来を徳川家康に託したのであった。

——直親さまのおこころざしが、かなったのでございますよ。

「いいえ。かかさまと、わが父のお二人が、今日の井伊家をおつくりになったのですよ」

明苑は、そっと佐奈に告げる。

繁孝は関ヶ原の決戦の日を佐奈に語った。松尾山に陣取っていた小早川秀秋《こばやかわひであき》の東軍への寝返りにより、わずか三刻（六時間）ばかりで東軍・徳川方の勝利となる。石田三成らは敗走したが、西軍の島津義弘《しまづよしひろ》隊およそ一千五百が戦場に取り残された。義弘は敵中突破を敢行、家康本陣の眼前を駆け抜ける。直政はすぐさま忠吉とともに追撃、島津隊のほとんどが井伊隊に討ち取られ、薩摩にたどり着いたのは、わずか八十人ほどだったという。

ところがそのとき、島津隊の放った銃弾が直政にあたった。

「直政どのの負傷に気づいた家康どのは、手ずから薬を塗られたという。まこと、ご慈愛このうえないご処置。さらに直政どのの活躍をお褒めになり、一挙に六万石をご加増、十八万石となり、交通の要衝にある石田三成の居城・佐和山城《さわやまじょう》を賜わったのです」

佐和山に入封した直政は佐和山藩藩主となり、なおも徳川家臣団筆頭の石高を領する。直政とともに島津追撃を戦った忠吉も負傷、家康は、わが子らのうち、ただひとり負傷した二十一歳の忠吉の勇敢さをよろこび、忍城《おしじょう》（埼玉県行田市）十万石城主から尾張清洲城五十二万石に取り立てた。

――直政は娘婿と鞍を並べて先陣を切り、島津を叩いて戦を終結させ、誇らしかったことじゃろうなあ。それにしても娘婿の大出世、さぞやうれしかろう。われは育ての親なれど、子のしあわせほどうれしいものはない。このうえない供養をしてもろうたのう。して、戦の傷はようなられたのじゃろうか。

「いいえ、かかさま。予後は思わしくありませんでした。佐和山城は石田三成の居城だったからと好まず、城を彦根へ移そうとしておられたのですが…」

慶長七年（一六〇二）二月、鉄砲傷が悪化して直政は四十二歳で世を去った。

──そうか、われが森をさまようておるうちに、直政は浄土へと旅立ってしもうたのか。広大無限の浄土なれど、直政に逢いたい…。

佐奈の嗚咽が木立をぬって流れる。

「佐奈どの、家康どのが征夷大将軍になられたのは、直政どのが亡くなってちょうど一年のち、この二月のことでした」

──われはもう、井伊谷城の森を去ろう。直政が浄土に赴いたのなら、われも御仏のもとにひざまずき、井伊家を案ずる思いを掬い取っていただかねば…。直政、いえ虎松に逢うたら、しっかりと抱き、二度と手放しませぬ。直親どののことを、虎松にたくさん語ってやりましょう。

佐奈のつぶやきは次第に遠くなり、やがて明苑と繁孝の耳に届かなくなった。

徳川家康と手を結んでほしいと佐奈に遺言し、まだ二歳だった虎松を残して討たれた直親。その虎松が猛将・直政となり、家康の筆頭家臣として戦い、直親の願った泰平の世が、もう目の前に来ようとしていた。

井伊家の家督は十三歳の直勝《なおかつ》が継ぐ。直政の遺志を受けて重臣たちは家康に新城の建設を申し出た。琵琶湖の湖岸、彦根山に新城・彦根城が築かれることになり、直勝が初代彦根藩主となる。

家康が征夷大将軍になったとはいえ、大坂城には秀吉の遺児・秀頼がおり、西国の豊臣恩顧の大名たちも意気さかんだった。彦根城は西国大名の抑えとしての要衝であることから、築城は幕府の天下普請《てんかぶしん》として進められる。天下普請とは、江戸幕府が諸国の大名に命令して行わせる城郭普請や土木工事のことである。

慶長十九年（一六一四）十月、江戸幕府による豊臣宗家討伐の戦いとなる。大坂冬の陣では直政の二男・直孝《なおたか》が井伊軍の大将を務めて突撃したが、同じ赤備えの真田信繁《のぶしげ》（幸村《ゆきむら》）の挑発に乗り五百の兵を失う。だが家康は「味方をふるい立たせた」として咎めず、翌年、直孝は彦根藩二代藩主となった。五月、大坂夏の陣の最後の決戦で先鋒を務め、徳川二代将軍秀忠の命を受けて、大坂城の山里曲輪《やまざとぐるわ》に籠っていた淀殿《よどどの》・秀頼母子を包囲、発砲して自害に追い込むという大任を果たした。

井伊谷は幕府の直轄地となり、松下常慶が井伊谷陣屋に入って引佐郡の代官を務めるようになった。

次郎法師直虎が生涯かけて願い続けた泰平の世が、ついに訪れ、徳川幕府による戦乱のない時代はおよそ二百六十年ものあいだ続く。この長きにわたる平和は世界の歴史に類を見ない。

直虎が育て咲かせた大輪の花は、泰平の世を支え、永々ときらめきを放つ。井伊家の徳川家への忠勤は代々子孫に受け継がれ、譜代《ふだい》家臣の筆頭としての地位を築きあげ、もっとも多いときで三十五万石を領した。井伊家は江戸時代を通じて彦根藩主であり、幕末の井伊直弼《なおすけ》を含め五人の幕府大老を輩出して幕政を担い、彦根城は一度も戦禍に遭うことなく明治を迎える。その象徴は、「徳川四天王」のひとりと謳われた勇将・井伊直政の部隊が装い、十七代の歴代藩主や家臣に継承された「赤備え」だった。井伊谷城の女地頭・次郎法師直虎が時代の荒波に翻弄されながら井伊家を守り抜き、泰平を望む苦闘があってこそもたらされた輝きであった。

謝辞

取材では左記の方々に多くをご教示いただきました。
静岡大学名誉教授　小和田哲男先生
井伊家菩提寺　龍潭寺　武藤全裕前住職
浜松市博物館　久野正博学芸員
高森町松源寺　市瀬良樹住職
高森町歴史民俗資料館　松上清志館長
厚く御礼申し上げます。
最後に、資料探し、現地取材にご同行、ご尽力いただき、遅れがちな執筆に叱咤激励いただいた日本ペンクラブ理事・相澤与剛様、時事通信出版局・剣持耕士様、ありがとうございました。

二〇一六年一一月

山名　美和子

参考資料

有光友學『今川義元』吉川弘文館
池上裕子『織田信長』吉川弘文館
引佐町教育委員会『引佐町史料第3集　近藤家由緒記全・井伊家伝記』
引佐町教育委員会『引佐町史料第9集　礎石伝』
引佐町教育委員会『引佐町歴史探訪ガイドブック　引佐町の歴史探訪』
引佐町歴史と文化を守る会『城山物語』
井の国千年物語編集委員会『井伊氏とあゆむ　井の国千年物語』
井村修『井伊谷三人衆とその子孫』引佐町
井村修『井伊氏と家老小野一族』
大久保彦左衛門　小林賢章訳『三河物語（上）（下））』教育社
岡崎市教育委員会『岡崎　史跡と文化財めぐり』岡崎市
奥野高広『武田信玄』吉川弘文館
小和田哲男『争乱の地域史　西遠江を中心に』小和田哲男著作集第四巻　清文堂出版
小和田哲男『井伊直虎　戦国井伊一族と東国動乱史』洋泉社
小和田哲男『駿河今川氏十代　戦国大名への発展の軌跡』戎光祥出版
小和田哲男『戦国　今川氏　―その文化と謎を探る―』静岡新聞社
小和田哲男ほか『日本を変えたしずおかの合戦』公益財団法人静岡県文化財団
勝俣鎮夫『一揆』岩波新書
木村昌之『歴史の風　中世地方国人の動静　信州松岡氏と遠州井伊氏』南信州新聞社出版局

楠戸義昭『女城主・井伊直虎』ＰＨＰ文庫
久保田昌希『戦国大名今川氏と領国支配』吉川弘文館
久留島典子『一揆の世界と法』山川出版社
高森町歴史民俗資料館『高森の地名図』
高森町歴史民俗資料館『後世に伝えたい話』
辰巳和弘ほか『湖の雄　井伊氏』公益財団法人静岡県文化財団
田端泰子『女人政治の中世』講談社現代新書
天竜市観光協会『信康と二俣城』
冨永公文『松下加兵衛と豊臣秀吉』東京図書出版会
西村忠『井伊家傳記　上下巻』たちばな会
野田浩子「『井伊家伝記』の史料的性格」『彦根城博物館研究紀要　第26号　２０１６』彦根城博物館
浜松市博物館『徳川家康　天下取りへの道　―家康と遠江の国衆―』
彦根城博物館『龍潭寺の美術　―遠江・井伊谷から近江・彦根へ―』彦根城博物館
本多隆成『定本　徳川家康』吉川弘文館
松尾邦之助『引佐町物語　遠州郷土誌』ふえみなあ社
松岡氏五百年慰霊之碑建立及び法要会実行委員会『市田郷の豪族　松岡氏と松岡城』
武藤全裕『遠江井伊氏物語』龍潭寺
武藤全裕『遠江井伊氏考察録　その一〜その七』龍潭寺

【著者紹介】

山名 美和子（やまな・みわこ）

東京都生まれ。早稲田大学文学部卒業後、東京都・埼玉県の公立学校教員を経て、作家に。第19回歴史文学賞入賞。日本文藝家協会会員、日本ペンクラブ会報委員会委員、埼玉県鳩山町文化財保護委員／町史編纂委員、朝日カルチャーセンター講師。

主な著書に、『梅花二輪』『光る海へ』『ういろう物語』（以上、新人物往来社）、『甲斐姫物語』『戦国姫物語』（以上、鳳書院）、『乙女《ヒロイン》でたどる日本史』（だいわ文庫）、『恋する日本史　やまとなでしこ物語』（中経の文庫）、『真田一族と幸村の城』（角川新書）など。

共同執筆に、『週刊 名城をゆく』（小学館）、『週刊 名将の決断』（朝日新聞出版）、『絵解き 大奥の謎』（廣済堂出版）、『ゼロからわかる忠臣蔵』（学研パブリッシング）、『物語 戦国を生きた女101人』（KADOKAWA）ほか多数。

直虎《なおとら》の城《しろ》

2016年12月17日　初版発行

著　者：山名 美和子
発行者：松永 努
発行所：株式会社時事通信出版局
発　売：株式会社時事通信社
〒104-8178　東京都中央区銀座5-15-8
電話03(5565)2155　http://book.jiji.com

印刷／製本　中央精版印刷株式会社

ISBN978-4-7887-1508-0 C0093　Printed in Japan